HEYNE
BÜCHER

D1925969

PAUL MONETTE

HAVANNA

Roman

Deutsche Erstausgabe

WILHELM HEYNE VERLAG
MÜNCHEN

HEYNE ALLGEMEINE REIHE
Nr. 01/8144

Titel der Originalausgabe
HAVANA
Aus dem Amerikanischen übersetzt
von Peter Pfaffinger

Copyright © 1990 by MCA Publishing Rights, A Division
of MCA Inc. All rights reserved.
Copyright © der deutschen Ausgabe 1991
by Wilhelm Heyne Verlag GmbH & Co. KG, München
Printed in Germany 1991
Umschlagfoto: UIP Filmverleih, Frankfurt
Innenfotos: UIP Filmverleih, Frankfurt
Umschlaggestaltung: Atelier Ingrid Schütz, München
Satz: IBV Satz- und Datentechnik GmbH, Berlin
Druck und Bindung: Presse-Druck, Augsburg

ISBN 3-453-04813-X

In Erinnerung an meine Mutter

1923–1990

Eine sehr tapfere Frau

›Einmal ist das große Glück fällig‹, heißt es. Nun, ich wünschte, ich hätte einen Dollar für jeden Spieler, der an diesem Glauben kaputtgegangen ist. Das Ganze ist völliger Unsinn, und zwar aus folgendem Grund: Die Würfel haben keinen Verstand.

Nick der Grieche

1

Sanft rollten die Wellen heran und zerschlugen den bananengelben tropischen Mond in tausend funkelnde Splitter. Hier, im Herzen der Karibik, hing stets ein süßer Hauch in der Luft, eine Mischung aus Zitronenblüten und verbranntem Zucker. Der wie mit Parfüm durchtränkte Wind war ein Indiz dafür, daß man nie weit von einer Insel entfernt war. Wie verschwenderisch über das südliche Meer verstreute Smaragde lagen die Inseln da und blitzten auch genauso in der Sonne. Und jede verhieß Unberührtheit, ja Unbeflecktheit, als würde sie nur auf einen Robinson Crusoe warten.

Trotz alledem herrschte auf dieser Ozeanroute, der Nachtpassage zwischen Key West und Havanna, Verkehr wie auf einer Autobahn. Zweimal täglich stampfte das dickbäuchige Fährschiff durch die ruhig plätschernden Wellen und zog einen bei Mondschein schneeweiß schimmernden Strudel hinter sich her. In rostzerfressenen Buchstaben war an beiden Seiten des Bugs der Name SUZI eingestanzt, eigentlich mehr ein Name für ein Freudenmädchen. Die SUZI hatte nichts von der Aura der Viermaster, jener Großschiffe, die diese Gewässer seit den Tagen von Columbus durchkreuzt hatten. Der riesigen, ächzenden Fähre blieb keine Zeit für die Romantik der See. Wie ein Ochse durchpflügte sie die Wellen und dachte nur ans Ankommen.

Irgendwo aus dem Inneren des Schiffs strömte eine schwülstige Melodie über die Decks, eine Cha-Cha-Cha-Version von *Jingle Bells*. Eine Woche vor Weihnachten war das Schiff voller Touristen, die sich nach etwas Exotischerem sehnten als Truthahn und Kürbiskuchen. Auch viele Kubaner kehrten über die Feiertage in ihre Heimat zurück, um in irgendeiner winzigen Gemeindekirche am Rande eines Zuckerrohrfeldes die Christmette zu besuchen. Nahtlos wechselte die Band jetzt zu *Rudolph, the Red-Nosed Reindeer*. Der Cha-Cha-Cha-Rhythmus blieb derselbe.

Die Route der SUZI hatte sich in dreißig Jahren nie geändert, stets führte sie von Key West nach Havanna und zurück. Doch die Insel, auf die sie in diesen Weihnachtstagen des Jahres 1958 zusteuerte, war bei weitem nicht mehr das, was sie einmal gewesen war. Im Licht des gelben Tropenmondes lag Kuba ausgestreckt da wie ein im Schlaf unaufhörlich zuckender Riese. Auf Hunderten von Hügeln standen einsam Soldaten mit Maschinenpistolen in der Hand. Tief im Dschungel suchte die Hand eines Guerillas gerade die richtige Frequenz an seinem Funksender. Im Flüsterton murmelte er dann etwas hinein, als hockten nicht Affen über ihm auf den Bäumen, sondern feindliche Spione.

Zur gleichen Zeit wurde in Havanna eine prunkvolle Party gefeiert. In einem Haus, das jedem Präsidenten zur Ehre gereicht hätte, wurde die Nacht zum Tag gemacht. Smokings und Ballkleider aus Paris, endlose Reihen von Perlenketten. Unter kreisenden Deckenventilatoren mischten sich elegante Colonels in frisch gestärkten und tressengeschmückten Uniformen unter die illustre Gesellschaft. Das Büfett ächzte unter all den aus New York und Miami herangeschifften Delikatessen.

Niemand hier ahnte, daß nur ein paar Blocks weiter ein Mann verzweifelt die Straße hinunterrannte. Er wurde verfolgt von einem olivgrünen Wagen mit getönten Scheiben. Und nicht einer von den Feiernden hörte die Maschinenpistolengarben, die den verängstigten Mann mit Kugeln durchsiebten. Leblos sackte sein Körper auf die Straße. Im Havanna des Jahres 1958 lautete der erste Punkt der Geschäftsordnung: Verdirb uns bloß nicht die Party. Man lernte, das Knattern der Gewehre zu überhören, und man lernte, es im Gelächter zu ertränken.

Die Fähre schaukelte weiter über das silbern glänzende Wasser auf die üppige Tropeninsel zu, die noch immer wie auf den Werbeplakaten der Reisebüros aussah – halb

Dschungel und halb Kasino – und die doch unmittelbar vor der Explosion stand.

Die kleine Combo im Salon der SUZI wechselte unbekümmert hin und her zwischen Cha-Cha-Cha und Samba. Auf der Tanzfläche wirbelten unter dichten Rauchschwaden kubanische und amerikanische Paare im Kreis herum. Die Stimmung war so fröhlich wie sonst bei einer Silvesterparty. An der Bar, die die Form eines Bumerangs hatte, standen die Leute in Zweier- und Dreierreihen Schlange und versuchten Rum-and-Coke und Negronis zu bestellen. Die Abendkleider stammten zwar nicht aus Paris, aber auch so sahen einige Frauen atemberaubend aus wie die schönsten Mannequins. Die Bar der SUZI stellte für sie eine Art Probelauf für die großen Kasinos in Havanna dar.

Mitten in diesem Gedränge saß an einem Tisch direkt vor der Tanzfläche eine amerikanische Familie. Typischer hätte kein Werbespot sie bringen können. Dem Vater lief der Schweiß in Strömen herunter, doch er grinste zufrieden in die Runde. Er trug ein Hawaiihemd im Stil von Harry Truman, während seine Frau ein hellgrünes Sommerkleid zur Schau stellte. Vier Kinder, zwei davon noch klein, quengelten in einem fort. Der Jüngste war gerade dabei, in den Armen seines Vaters einzuschlafen. Auf dem Tisch türmten sich Puppen und Teddybären. Alle sechs wirkten sie übermüdet, aber fest entschlossen, jede Minute ihrer Ferienreise zu genießen.

Tief unter ihnen, in den Eingeweiden des Schiffes, standen an die hundert Wagen dicht aneinandergereiht, große Chryslers und Cadillacs und gleich daneben zerbeulte Lieferwagen. Zwei große, kräftige Männer mit starken Taschenlampen huschten von Fahrzeug zu Fahrzeug und beleuchteten die Nummernschilder aus Florida, New York oder Nevada. Hier und da blieben sie stehen, um eine Haube zu öffnen oder gegen einen Kotflügel zu klopfen.

Ein mächtiger Buick mit entenschwanzartigen Heckflossen und gelbem kubanischem Kennzeichen interessierte sie besonders. Einer der Männer kroch unter das Fahrgestell und richtete die Taschenlampe auf Vorder- und Hinterachse. Nichts. Ungeduldig brummte er in sich hinein.

Oben, in seiner Kajüte hinter der Kommandobrücke, schob Mr. Potts, der Kapitän der SUZI, seine dicke Zigarre unaufhörlich von einem Mundwinkel in den anderen. Seine Augen funkelten hellwach, als studiere er eine Route durch feindliche Gewässer. In Wirklichkeit starrte er auf sein Pokerblatt. Wäre die SUZI auf ein Riff zugesteuert, in diesem Augenblick hätte es ihn nicht gekümmert. Sollte doch der Erste Maat mal was für sein Geld tun. Das hier war wichtiger.

»Ich warte noch ab«, ließ sich Mr. Potts durch den Qualm seiner Zigarre hindurch vernehmen. Mit einem gelassenen, unbeteiligten Lächeln blickte er auf.

Am anderen Ende des Tisches saß ein Mann, dessen rauhe, aber gepflegte Hände jetzt regungslos verharrten. In der einen hatte er eine Pall Mall, deren Asche sich bedrohlich nach unten neigte, und in der anderen hielt er ganz locker einen Fächer von fünf Karten. In vornehmem Akzent verkündete er: »Und ich erhöhe um zehn.«

Kapitän Potts konnte seine Freude kaum verhehlen. Seine Hände zitterten, und seine Karten schienen aneinanderzukleben. »Die zehn, und noch zwanzig dazu«, erklärte er, um einen kühlen Ton bemüht.

Der andere führte seine Pall Mall an den Mund und sog abwesend daran. Er sah gut aus, seine Züge hatten aber etwas Arrogantes, Abweisendes an sich. Sein blondes Haar war von der Sonne gebleicht wie bei einem Sportler, seine stahlblauen Augen schienen die eines Scharfschützen zu sein. Auf Kleidung legte er offensichtlich großen Wert – für manche Leute wohl zu großen. Zumindest waren sein beiges Seidenjackett, sein mattschwarzes Hemd und die fast schon protzige Krawatte mit Schachbrettmuster nicht jedermanns Geschmack. Insgesamt machte er einen sehr wählerischen Eindruck. Vielleicht hatte er schon schlechtere Tage erlebt und legte deshalb Wert auf beste Qualität.

Jack Weil bedachte den Kapitän mit einem dürren Lächeln. Im Zwielicht meinte man aus seinem Gesicht ablesen zu können, daß es von harten Zeiten geprägt war; trotzdem schien es stets zu einem Lächeln bereit, einem jungenhaften, siegessicheren und sehr verführerischen Lächeln. Auf den ersten Blick konnte man Jack Weil für einen Großgrundbesitzer aus uraltem Adel halten. Oder für einen Söldner, einen Glücksritter, einen Spion. Sein Lächeln war nur schwer zu durchdringen. Was Jack Weil wirklich dachte, ging niemanden etwas an.

»Wißt ihr vielleicht etwas, was ich nicht weiß?« bemerkte Jack wohlgelaunt. Beiläufig wanderte sein Blick um den Tisch herum, vom Kapitän zu Billy, dem Kartengeber, dann zu Pierre, einem Haitianer mit knallrotem Kopf. »Ich lege noch mal fünfundzwanzig drauf«, fügte er beinahe entschuldigend hinzu.

Ein Flackern trat in Potts' Blick. Verunsichert stierte er auf seine verklebten Karten. Billy, der längst gepaßt hatte, sah ihn mitleidig an. Plötzlich klopfte es an der Tür. »Wer, zum Teufel, ist denn das?« brüllte der Kapitän erbost. »Herein, wenn's nicht anders geht!«

Es war Gomez, der Zweite Maat. »Es tut mir leid, Sir«, meldete er verschreckt, »aber der Steward hat zwei Typen auf dem Wagendeck herumlaufen sehen. Sie sind in die Autos eingebrochen ...«

»Moment, ja!« knurrte der Kapitän und wandte sich wieder Jack zu. »Wieviel haben Sie gesetzt, Mann?«

Ein breites Lächeln spielte um Jacks Lippen. »Ich sagte, ich gehe mit und erhöhe um fünfzig.«

»Sir!« rief Gomez aufgebracht. »Ich hab' ihnen gesagt, sie dürfen das nicht. Aber sie haben einfach erklärt, sie seien von der SIM und ...« Ein Schulterzucken drückte den Rest aus. Die SIM, Batistas Geheimpolizei, war im ganzen Land gefürchtet. Wegen ihrer Brutalität wurde sie auch die SS Kubas genannt.

Potts tat, als hätte er nichts gehört. Unsicher starrte er auf Jacks Karten. »Fünfzig?« ächzte er.

»Lassen Sie sich ruhig Zeit«, meinte Jack gedehnt und lächelte Gomez freundlich an.

»Herrgott noch mal!« donnerte der Kapitän. »Ich will sehen.«

Er warf seine Karten auf den Tisch. Vom verkrampften Halten waren sie schon ganz verbogen. Immerhin hatte er ein Full House: drei Könige und zwei Neuner. Unter dem anerkennenden Murmeln der anderen brach Potts in ein dröhnendes Lachen aus. Nur Jack blieb still. Der Kapitän streckte schon die Hand nach dem Geld im Pot aus – es waren gut drei- bis vierhundert Dollar –, da legte Jack lässig sein Blatt auf den Tisch: vier Zweier.

Mit wutverzerrtem Gesicht sprang Potts auf. Einen Augenblick sah es so aus, als wolle er auf seinen Gegner losgehen. Jack dagegen verzog keine Miene. In aller Seelenruhe strich er den Gewinn ein und stapelte die Scheine säuberlich vor sich auf. »Bin gleich wieder da«, knurrte der Kapitän und schob im Hinausgehen den Zweiten Maat mit durch die Tür.

Pierre, der Haitianer, schenkte sich Rum nach. »Was, zum Teufel, ist denn die SIM?« wollte er wissen.

Die Kubaner starrten ihn entgeistert an. »Militärischer Geheimdienst«, sagte einer schließlich tonlos.

»Aber hier draußen haben sie doch keinerlei Befugnisse. Ist denn das kein amerikanisches Boot? Jack, was meinst du?«

Jack schien ihn gar nicht gehört zu haben. Er war weiter mit dem Stapeln seines Gewinns beschäftigt. Dann sagte er doch etwas, allerdings mehr zu sich selbst als zu Billy: »Ich habe von so etwas keine Ahnung. Was mir am Pokern so gefällt, ist, daß die Politik aus dem Spiel bleibt.« Erst jetzt sah er mit seinem dürren Lächeln zu Bill auf. »Nur ich und die Karten. Keiner muß vor einer Fahne salutieren.«

Hoch erhobenen Hauptes stand Potts an der Bar. Endlich sah er wie ein Offizier aus, auch wenn sein Schiff nur ein verrosteter Kahn war. »Wir fahren unter amerikanischer Flagge, meine Herren«, verkündete er stolz. »Sie befinden sich also auf amerikanischem Boden!«

Ein Flottenadmiral hätte es nicht besser sagen können. Die zwei Männer im Straßenanzug freilich, die es anging, lümmelten sich gelangweilt gegen die Bar und feixten dem Kapitän frech ins Gesicht. Es waren dieselben, die vorhin auf dem Wagendeck herumgeschnüffelt hatten.

»Während der Fahrt hat nur die Mannschaft Zutritt zum Wagendeck«, fuhr Potts wütend fort. »Wenn Sie mir keinen Durchsuchungsbefehl zeigen können, melde ich Sie gleich nach der Ankunft der US-Botschaft.«

Die zwei Männer tauschten Blicke. Dann zog der größere eine Brieftasche hervor und klappte sie lässig auf. In kaltem Schwarz auf Weiß wies ihn eine Kennkarte als Leutnant der kubanischen Geheimpolizei aus. Batistas Gestapo.

»An Bord befinden sich Waffen, Kapitän«, erklärte der SIM-Agent kühl. »Unter Umständen können wir Ihnen eine gründliche Untersuchung im Hafen ersparen. Das kann Tage dauern, stimmt's, Edouardo?« Er grinste seinen Kumpan eisig an.

»Haben Sie die Waffen gefunden?« fragte Potts unbeirrt.

Der Typ mit dem Namen Edouardo zog ein weißes Taschentuch aus der Tasche. Bedächtig klappte er es auf. Eine Mauserpistole kam zum Vorschein. »Im Handschuhfach eines der Autos, Señor«, höhnte er. Auf den Titel ›Kapitän‹ verzichtete er.

Der andere schlug ein verschmiertes Notizbuch auf und zeigte Potts die Registriernummer. »Wir haben Beweise, wie Sie sehen. Möglicherweise müssen wir Sie in Havanna für ein paar Tage festhalten.«

»Wegen einer Pistole?« schrie Potts. »Das können Sie nicht!«

Angelockt vom Wortwechsel, scharten sich immer mehr Passagiere um die drei. Die Musik war verstummt. Jetzt kamen auch die Kartenspieler, unter ihnen Jack Weil, aus der Kajüte des Kapitäns. Niemand griff in diesen ungleichen

Streit ein. Die Agenten wußten genau, daß sie sich alles leisten konnten, und traten dementsprechend überheblich auf.

Allein Jack blieb unbeeindruckt. Scheinbar unbeteiligt, wie der Kartengeber beim Black Jack, ließ er die Blicke über die Runde schweifen. Mit zusammengekniffenen Augen musterte er jeden einzelnen Passagier und versuchte den Eigentümer der Pistole zu identifizieren.

Dann kreuzte sein Blick den eines dicklichen Kubaners mittleren Alters in einem zerknitterten Geschäftsanzug. Der Mann hatte eindeutig Angst. Gehetzt wich er Jacks erbarmungslosem Blick aus. Am liebsten hätte er sich wohl ins nächste Mauseloch verkrochen. Kühl schätzte Jack Weil seine verängstigte Beute weiter ab, die goldene Armbanduhr, die italienischen Schuhe. Dann machte er abrupt kehrt und stellte sich zum Kapitän und den zwei Agenten.

»Die Waffe gehört mir«, erklärte er ruhig, als hätte er vier Asse in der Hand.

»Ist das ihr Wagen?« herrschte ihn der größere der zwei an und streckte ihm das Notizbuch entgegen.

Jack warf einen schnellen Blick auf das Gekritzel, dann schüttelte er den Kopf. »Ich fürchte, Sie haben das falsche Nummernschild aufgeschrieben, *Amigo*. Aber die Mauser gehört eindeutig mir. Gibt es ein Problem? Den Waffenschein habe ich nämlich hier drin.« Seine Hand verschwand in der Jackettasche.

Der SIM-Agent klappte das Notizbuch irritiert zu. Kampflustig baute er sich vor dem Spieler auf. »Das Mitführen von Waffen nach Kuba ist verboten. Da hilft auch kein Waffenschein.«

Scheinbar verlegen blickte Jack um sich. Der Kapitän, der gerade noch dreimal hintereinander gegen ihn verloren hatte, unterdrückte ein erleichtertes Lächeln. Der zerknitterte Geschäftsmann am anderen Ende der Bar begriff jetzt gar nichts mehr. »Entschuldigen Sie«, wandte sich Jack wieder an die Agenten. »Könnten wir das Gespräch vielleicht draußen fortführen?« Der Rest war für Potts bestimmt. »Der

Wirbel tut mir natürlich schrecklich leid, Kapitän. Aber das Mißverständnis läßt sich bestimmt schnell aufklären.«

Würdevoll nickte er den zwei Agenten zu. Irgenwie brachte er es fertig, daß sie sich ungeheuer wichtig vorkamen. Mit dem Spieler in ihrer Mitte schritten sie zur Doppelschwingtür aufs Deck hinaus. Kaum waren sie verschwunden, stimmte die Combo *Frosty the Snowman* an. Die Erleichterung im Raum war mit Händen zu greifen. Schon tanzten die ersten Paare wieder zu ihrem Sambarhythmus.

Im Schatten einer Kunstpalme saß eine Frau in weißer Seidenbluse und Shantungrock an der Bar. Eine überwältigende Schönheit: Rehaugen und volle, kirschrot geschminkte Lippen. Ihre makellosen Züge verrieten verhaltene Leidenschaft, drückten zugleich aber auch Distanz aus. Das Flitterwerk im Salon, die billige Musik berührten sie nicht. Genausogut hätte sie jetzt vor ihrem Haus auf einer riesigen Plantage sitzen können. Sie mochte an die Dreißig sein, aber ihre Augen wirkten reifer. Für unschuldig hätte sie niemand gehalten.

Mit einem Ruck warf sie das schulterlange braungoldene Haar zurück und führte ihr Glas an den Mund. Eiskaffee. Daß er sie noch eine ganze Weile wach halten würde, machte ihr offenbar nichts aus. Vielleicht war sie eine Millionärin aus Palm Beach mit mehreren gescheiterten Ehen hinter sich und freute sich jetzt auf ein amüsantes Wochenende mit ihren Freunden in Havanna. Alle Vermutungen mußten Spekulation bleiben, denn ihre Miene gab nichts von ihrem Innenleben preis.

Der Wortwechsel zwischen Jack und den kubanischen Agenten war ihr nicht entgangen, und kaum hatten die drei Männer den Salon verlassen, war eine fast unmerkliche Besorgnis in ihren Blick getreten.

»Mrs. Duran?«

Erschrocken drehte die Frau sich um. Ein Herr, Mitte Fünfzig, lächelte sie liebenswürdig an. Sein Sommerblazer war schon etwas abgetragen, trotzdem trug der Mann die lässige

Eleganz von Cambridge oder Harvard zur Schau. »Marion Chigwell«, schnarrte er mit einer Spur von Selbstverachtung. »Wir haben uns in Havanna kennengelernt, im Nettie Greenfield's.«

»Ach ja, natürlich«, entgegnete Bobby Duran unbestimmt. Der Name war ihr kein Begriff. »Hallo«, fügte sie ein wenig lahm hinzu. Dabei war sie sonst alles andere als kühl und abweisend.

»Ich schreibe einen Artikel für das Magazin *Der Gourmet*, ›Die Küche der Karibik‹ «, verkündete er stolz. Trotzdem verdrehte er die Augen bis zur Decke, als hielte sogar er nicht besonders viel davon. Sein fröhliches Gehabe wirkte nicht nur sehr aufgesetzt, sondern fast aufdringlich.

»Ach ja?« meinte sie zerstreut.

»Doch, doch«, rief er begeistert. »Und ich habe mich gefragt... Weil Ihre Schwiegermutter doch den besten Koch von ganz Kuba hat...« Er merkte gar nicht, wie lächerlich er sich mit seinen Anbiederungsversuchen machte.

Bobby sah ihn ernst an. »Was wollen Sie von ihm?« fragte sie. Auf seine verständnislosen Blicke hin wechselte sie ungeduldig das Thema. »Was wird jetzt aus dem Mann mit der Pistole?«

Chigwell plusterte sich vor ihr auf. »Nun ja,« meinte er mit einem idiotischen Lachen. »Angenehm wird es sicher nicht für ihn. Mit der Geheimpolizei läßt man sich besser nicht ein. Das hat noch keinem gutgetan. Darf ich Sie zu etwas einladen?«

Bobby Duran glitt von ihrem Barhocker. »Entschuldigen Sie mich bitte«, sagte sie nicht unhöflich und drückte sich an Marion Chigwell vorbei. Es war sehr eng im Raum, aber sie schaffte es, ihn nicht zu berühren. Gemächlich schritt sie über die Tanzfläche auf die Schwingtür zu. Wer sie so sah, hielt sie für eine von den vielen schönen Frauen an Bord, ein bißchen gelangweilt vielleicht. Niemand konnte ja ahnen, was für eine vorzügliche Schauspielerin sie war.

Auf dem Achterdeck neben der Ankerwinde beugten sich die zwei SIM-Agenten über Jacks Papiere. Der größere nahm sich den Ausweis vor, während Edouardo das Visum gegen das Licht hielt und eingehend prüfte. Es konnte ja eine Fälschung sein. Jack schien ihre Dienstbeflissenheit zu amüsieren. Beunruhigt sah er jedenfalls nicht aus. Die Hände hatte er lässig in den Jackettaschen vergraben, und mit der Schuhspitze spielte er gelangweilt an der verrosteten Ankerkette herum.

»Ein Witz ist das nicht, mein Freund«, bemerkte der größere der zwei nach vollendetem Studium der Dokumente. »Waffenschmuggel ist ein schweres Vergehen. Ein kubanischer Staatsbürger würde dafür zehn Jahre Gefängnis bekommen.«

»Außerdem sehe ich keinen Waffenschein«, erklärte Edouardo und streckte das Kinn streitbar vor.

»Vielleicht habe ich ihn hier.« Lächelnd griff Jack unter sein Jackett. Blitzschnell riß Edouardo eine Pistole heraus und drückte sie dem Spieler an die Schläfe. Ungerührt zog Jack seine Hand wieder hervor. Sie hielt mehrere Geldscheine. »Vielleicht brauche ich einen neuen«, sagte er und zählte fünf Zwanzigdollarscheine ab. Ohne mit der Wimper zu zucken, nahm der größere das Geld entgegen und gab ihm dafür den Ausweis zurück.

»Jetzt, da alles seine Ordnung hat«, meinte Jack trocken, »könnte ich ja auch meine Pistole wiederhaben.«

Der Agent zog die Mauser aus der Tasche und hielt sie grinsend hoch. Als Jack danach griff, schnippte er sie blitzschnell über die Reling. »Tut mir leid, Señor«, sagte er. »Aber wir stellen keine Waffenscheine mehr aus.«

Mit einem Nasenrümpfen stolzierte er davon. Edouardo tat es ihm gleich. Jack sah ihnen lächelnd nach. Aus der Fassung hatten sie ihn nicht bringen können, nein, ihr Gebaren flößte ihm sogar Bewunderung ein. Noch einmal sog er tief die Meeresluft ein, dann machte er sich auf den Rückweg zum Salon. Einem mit allen Wassern gewaschenen Spieler wie ihm, der seine Sinne in Tausenden von gefährlichen Partien geschärft hatte, hätte allerdings der Schatten im vierten Rettungsboot auffallen müssen. Die weiße Bluse war eigentlich nicht zu übersehen.

Aber er lief nichtsahnend unmittelbar an ihr vorbei; der Nachtwind wehte ihr Parfüm in die andere Richtung. Jack stieß die zwei Schwingtürhälften auf und schlenderte genauso zwanglos in den Salon, als wäre es der Spielsaal von Monte Carlo.

Innen blieb er erst einmal stehen und zündete sich eine Zigarette an. Auf der Tanzfläche paßte inzwischen keine Haarnadel mehr zwischen die Paare. Von der Vorzeigefamilie aus Amerika hatte sich keiner wach halten können. Schulter an Schulter hingen sie alle auf ihren Stühlen. Ansonsten sah es im Salon nach einem Tanzmarathon bis in den Morgen hinein aus. Wollten sich denn alle schon austoben, noch bevor sie Havanna erreichten? Sie schienen wie von Verzweiflung ergriffen. Und die spornte sie wohl eher an als die drittklassige Combo.

Jack schlenderte zur Bar hinüber und bestellte einen Anejo. Für das Gedränge hatte er keinen Blick übrig. Er war froh, seine Ruhe zu haben. Seinen Spielpartnern in der Kapitänskajüte war anscheinend entweder das Geld oder das Glück abhanden gekommen. Keiner sprach ihn wegen einer Revanche an.

Nach einem langen Augenblick kam Bobby Duran durch die Pendeltür herein. Wenn ihr die drei Männer auffielen, die ihr über die Tanzfläche nachstarrten, so ließ sie sich nichts anmerken. Eine Frau wie sie war bewundernde Blicke gewöhnt. Sie achtete nur auf den einen, der wiederum sie nicht wahrzunehmen schien.

Sie setzte sich wieder an ihren Platz unter der Palme. Jack Weil saß am anderen Ende der Bar direkt ihr gegenüber. Träge rührte er seinen Cocktail um und hatte nur Augen für die Etiketten auf den Rumflaschen. Bobby wandte sich wieder der schmierigen Gestalt zu ihrer Rechten zu. »Meinetwegen können Sie jetzt losschießen«, nuschelte sie. »Was für einen Artikel schreiben Sie denn?«

Marion Chigwell errötete vor Entzücken. Mit ihrem Wiederkommen hatte er schon nicht mehr gerechnet. Er strich sich eine fettige Strähne aus der Stirn und deutete eine Verbeugung an. Dann hielt er ihr sein Glas unter die Nase. »Probieren Sie mal das!« Er drängte es ihr richtiggehend auf.

Anmutig führte sie das Glas an die Lippen und nippte ganz kurz daran. Sie trank kaum mehr als einen Tropfen. Lachend schüttelte sie den Kopf. »Schmeckt ja aufregend.« Mit einem knappen Nicken gab sie es zurück.

»Das Geheimnis ist eine Prise gemahlener Kaffee«, rief der Journalist. Mit großer Geste schnippte er den Barkeeper herbei. »Dasselbe für die Dame, *por favor*.«

Sie lachte erneut hell. Sehr viele Männer hätte sie damit um den Verstand gebracht. Immer wieder schaute sie zu dem Spieler am anderen Ende der Bar hinüber. Auf der Tanzfläche war die Stimmung mittlerweile noch ausgelassener geworden. Zwanzig Leute tobten hintereinander in einer Schlange durch den Saal. Auf einmal schob Jack seinen Hokker nach hinten und stand auf. Er durchbohrte den Geschäftsmann mit dem zerknitterten Anzug und der goldenen Armbanduhr förmlich mit seinen Blicken. Der sank in sich zusammen, konnte aber nicht ausweichen. Mit einem Nikken bedeutete ihm Jack, ihm zu den Toiletten zu folgen.

»Wie oft fahren Sie denn so in die Staaten?« erkundigte sich Chigwell und beugte sich dicht zu Bobby hinüber. Zurückprallen brauchte sie deswegen nicht. Der Mann hatte keinerlei sexuelle Absichten, er wollte sich lediglich bei ihr einschmeicheln.

»Nicht sehr oft«, meinte sie ausweichend. Ihr Blick blieb auf einer Toilettentür haften, hinter der der Spieler verschwunden war. In diesem Augenblick folgte ihm der Geschäftsmann, sah sich aber zuvor noch einmal nervös um. Der Barkeeper stellte den Drink vor sie hin. Leicht angewidert verzog sie die Mundwinkel.

»Wohl nur zum Einkaufen, was?« meinte Chigwell vergnügt.

Sie kniff die Augen zusammen, als hätte sie ihn noch nie gesehen, dann nickte sie kurz. Ob das nun ja oder nein hieß, war nicht zu erkennen. Für banales Geschwätz hatte sie anscheinend nichts übrig.

In der Toilette durchsuchte der Spieler zunächst sämtliche Kabinen. Zuhörer konnte er nämlich nicht brauchen. Nervös trat der Kubaner unterdessen vor den Waschbecken von einem Fuß auf den anderen. »Ich bin Ihnen natürlich sehr dankbar, Sir«, stammelte er, als Jack sich ihm endlich zuwandte. »Aber darf ich Sie fragen, warum...«

»Dreihundert.«

»Wie bitte?« fragte der andere steif. Sie würden doch gewiß beide die Etikette wahren können.

Jack zwinkerte ihm schelmisch zu und reckte drei Finger in die Höhe. Charmant wie immer, aber den Blödsinn sollte der andere sich wohl sparen.

»Scheiße, Mann!« rief der Kubaner. »Das ist eine Menge Geld, Señor!«

»Dann eben vier.«

Der Kubaner lief puterrot an. »Sie haben doch gerade dreihundert gesagt.«

Jack Weil schnalzte schwer enttäuscht mit der Zunge. »Mein lieber Freund, Sie werden doch nicht etwa undankbar sein wollen?«

Der Kubaner verlegte sich nun aufs Feilschen: »Dreihundertfünfzig?«

Der Spieler schüttelte den Kopf. »Jetzt sind wir leider schon bei fünfhundert, *Amigo*.«

Der zerknitterte Geschäftsmann sah aus, als würde er gleich platzen. Mit zitternden Händen griff er nach Jacks Ärmel, als könne er ihn damit an einer weiteren Erhöhung hindern. In diesem Augenblick ging die Tür auf, und Edouardo, der SIM-Agent, trat an eines der Pissoirs. Der Geschäftsmann wurde leichenblaß.

»Okay«, flüsterte er und packte Jack flehentlich am Jackettrevers. »Okay, okay.« Jack nickte kurz und schritt voran zur Tür. Das Entsetzen des Kubaners war echt. Mit einem Agenten der SIM allein in einem engen Raum zu sein, war schon eine Vorwegnahme der Folter.

Draußen, im verrauchten Salon, drückte der Kubaner Jack ein Bündel Scheine in die Hand. Ohne es zu zählen, steckte der es in die Tasche und wandte sich zum Gehen. »War nett, mit Ihnen ins Geschäft zu kommen, Kumpel.«

»Moment, bitte«, protestierte der Kubaner. »Wo ist meine Pistole?«

»Ach, habe ich Ihnen das nicht gesagt? Die Burschen von der SIM haben sie an die Fische verfüttert. Das nächste Mal klappt's vielleicht besser.«

Bobby Duran war ganz Auge, als Jack Weil am anderen Ende der Tanzfläche wieder auftauchte. Dem begriffsstutzigen Pressemenschen entging natürlich auch das. Er plapperte weiter munter drauflos. »Verraten Sie mir doch bitte das Geheimnis«, drängte er in hochdramatischem Ton.

»Was für ein Geheimnis? Ach ja. Er nimmt gar keine Petersilie dazu, sondern frischen Koriander.«

Mit einem entzückten Kichern kritzelte Chigwell das Geheimnis in seinen Notizblock. Hätte er mit der Aufdeckung eines Skandals die Regierung gestürzt, er hätte nicht glücklicher sein können. Zum zweitenmal erhob sich Bobby von ihrem Hocker. »Wenn Sie mich bitte noch einmal entschuldigen«, bat sie liebenswürdig. Der Journalist war inzwischen so bezaubert, daß der Protest auf seinen Lippen erstarb.

Jack Weil stand lässig am Rand der Tanzfläche und grinste vor sich hin. Zur Zufriedenheit hatte er allen Grund. Zuerst hatte er kein einziges Mal in der Kajüte des Kapitäns verloren, und jetzt hatte ihm das Geschäft mit der Pistole noch ein hübsches Sümmchen eingebracht. Die Nacht hatte sich bestens gelohnt. Daß eine schöne Frau von der Bar auf ihn zusteuerte, fiel ihm gar nicht auf. Plötzlich stand sie direkt vor ihm, legte die Hand auf seinen Arm und gab sich alle Mühe, ungezwungen zu wirken. »Wollen Sie tanzen, Sir?« forderte sie ihn fast neckisch auf.

Für einen kurzen Augenblick wurde sein Gesicht zur ausdruckslosen Maske. Unvorstellbar, daß er sie bis jetzt noch nicht bemerkt hatte. Er war es nicht gewöhnt, von Frauen angesprochen zu werden – schon gar nicht von einer so atemberaubenden Schönheit. Dennoch durchschaute er sofort ihr bemüht zwangloses Lächeln. Es war für seinen Geschmack viel zu aufgesetzt. Ihn beschlich sogar das sonderbare Gefühl, daß sie unter dem starren Lächeln am liebsten geweint hätte. Er legte den Arm um ihre Taille, und gleich darauf tanzten sie über das Parkett.

»Sie wirken ja sehr überrascht«, stellte sie fest und schüttelte sich die Haare aus dem Gesicht. »Werden Sie denn nie von Frauen zum Tanzen aufgefordert?«

»Denen, die es tun, fällt es weitaus leichter als Ihnen.«

Er sah ihr tief in die wasserblauen Augen. Sie wich seinen unverhüllten Blicken aus, aber ihr Körper schien geschmeidiger zu werden. Sie war eine vorzügliche Tänzerin, er nicht minder geschickt, und so wirbelten sie in vollkommener Harmonie zum Takt der Samba über das Parkett. Worte waren jetzt nicht nötig, und doch murmelte sie etwas an seiner Schulter.

Er neigte sein Ohr an ihre aufregenden Lippen. »Bitte?«

»Ich sagte, soviel Aufhebens wegen einer winzigen Waffe.«

»Ach.« Er verlangsamte das Tempo. Anscheinend wollte sie nur mit ihm ins Gespräch kommen. »Die SIM-Leute haben einen Tip erhalten, haben sie mir gesagt.«

»Und Sie glauben, daß sie es dabei bewenden lassen?«

Durch die dünne Seidenbluse hindurch spürte er, wie ihre Schulterblätter sich anspannten. Auch entging ihm der flehende Unterton keineswegs. Er kam sich auf einmal hilflos vor. »Wobei sollen sie es bewenden lassen?«

»Bei der Durchsuchung«, erwiderte sie in einem Anflug von Panik.

Es kam ihm so vor, als hätte jemand es auf sie abgesehen. Sanft hob er ihr Kinn, damit sie seinem Blick nicht mehr ausweichen konnte. »Wahrscheinlich nicht«, sagte er. »Warum? Haben Sie etwas Verbotenes dabei?«

Ihre Augen flackerten kurz auf. Dann zuckte sie schon wieder mit den Schultern, ganz die Millionärsgattin aus Palm Beach. »Nur etwas Parfüm.«

»Dann brauchen Sie sich kaum Sorgen zu machen«, meinte Jack schmunzelnd. »Von den Zollbestimmungen scheinen Sie ja wenig Ahnung zu haben. Schmuggeln kann man das Zeug nur in die andere Richtung. Aber nach Gefahr riecht es in der Tat«, fügte er hinzu und sog den Duft ihrer Haut tief in sich ein.

Stumm tanzten sie weiter, immer eine Idee hinter dem Takt der Musik. Die Paare um sie herum schienen zu einem ganz anderen, irgendwie billigeren Stück zu tanzen. Sie setzte zum Sprechen an, zögerte dann aber. Er hätte sie gerne enger an sich gezogen und ihr gesagt, sie könne ihm ruhig trauen. Dann ließ er es aber doch bleiben. Vielleicht glaubte er das mit dem Vertrauen selbst nicht ganz.

Schließlich wagte sie die Frage doch, wenn auch stockend: »Es war aber nicht Ihre Waffe, nicht wahr?«

Jetzt war ihm klar, was sie von ihm wollte. Abrupt brach er den Tanz ab. Sie sah ihn fragend an. Sein Blick wurde stahlhart, wieder ganz der des Spielers, der wußte, wann er reizen mußte. »Sie müssen mich entschuldigen, Miß«, sagte er mit vollendeter Höflichkeit, obwohl er am liebsten weitergetanzt hätte. »Auf mich warten ein paar Freunde.« Er nickte kurz zur Bar hinüber und wollte sie stehenlassen.

Entschlossen stellte sie sich ihm in den Weg. »Fünfhundert Dollar.«

Er wartete einen kurzen Moment mit der Antwort. »Nein, danke.«

Aber das Warten erwies sich als Fehler. Plötzlich trat ein leidenschaftliches Glühen in ihre Augen. »Ich habe Ihnen ja noch gar nicht gesagt, was...«

»Lassen Sie mich raten«, fiel Jack ihr ins Wort. »Wenn wir nach Havanna kommen, soll ich Ihren Wagen von Bord fahren. Nur gibt es da ein kleines Problem: Zuviel Gewicht auf der Achse.« Es hatte ihr die Sprache verschlagen. »Und aus irgendeinem Grund«, fuhr er fort, »halten Sie mich für einen Mechaniker. Habe ich nicht recht?«

Sie wandte den Kopf ab. Als er sie nun mit festem Griff am Arm packte und von der Tanzfläche führte, ließ sie es ohne ein Wort des Widerspruchs geschehen. Wie ein Häufchen Elend hing sie an seiner Schulter. Statt sie aber zur Bar zu bringen, führte er sie zum Ausgang. Kaum standen sie an Deck, erstarrte sie. Noch war sie zum Kämpfen bereit, und ihr Stolz war ungebrochen.

»Aber Sie leben doch bestimmt nicht davon«, sagte er mit einem leisen Kopfschütteln und ließ sie los. »Dafür stellen Sie sich nämlich viel zu dilettantisch an.« Wortlos starrte sie einfach auf das Meer hinaus. So war nicht an sie heranzukommen. Er probierte es mit einer anderen Frage: »Haben Sie denn Bekannte in Havanna?«

»Ich lebe dort. Hören Sie zu. Ich zahle Ihnen jeden Preis. Achthundert Dollar?« Als wäre der Handel schon abgemacht, zog sie einen Schlüsselbund aus ihrer Handtasche und hielt ihn ihm entgegen. Herausfordernd sah sie ihm in die Augen.

Einen langen Augenblick musterte er sie im kalten Silber des Mondlichts. Die Nachtbrise wehte ihm ihr betörendes Lilienparfüm zu. Sie stand da, als könne sie die ganze Nacht auf seine Entscheidung warten, und obwohl er es gar nicht wollte, willigte er plötzlich ein. »Können Sie mir die Kennziffer sagen?«

Sie kramte aus ihrer Handtasche einen Umschlag hervor und reichte ihn ihm zusammen mit den Schlüsseln.

Jack gehörte nicht zu denen, die sich überraschen lassen, in der Regel hatte er das Heft in der Hand. So ließ er den Umschlag in der Sakkotasche und den Schlüssel in der Hosentasche verschwinden und fischte die eigenen Autoschlüssel heraus. Er schloß die Faust um sie und schüttelte sie wie zwei Würfel. Dann öffnete er lächelnd die Faust, damit sie sie nehmen konnte.

»Warum mache ich das nur?« fragte er in gespielter Verzweiflung. Eine Antwort erwartete er eigentlich nicht.

Sie hatte bereits ihr Geld aus der Brieftasche gezogen und zählte die Scheine vor ihm ab. Du tust es einzig und allein dem Geld zuliebe, lautete demnach ihre Antwort. Vielleicht stimmt es. Andererseits drückte ihre Miene keinerlei Mißbilligung aus. Vielleicht war sie ihm sogar dankbar, daß das Geschäft so glatt vonstatten ging, denn in Havanna ging es seit einiger Zeit drunter und drüber.

Sie faltete jetzt acht Scheine ordentlich in der Mitte zusammen und hielt sie ihm entgegen. Jack bedachte sie mit einem spöttischen Grinsen. Anscheinend lernte sie es nie. »So geht das nicht«, erklärte er. »Die erste Hälfte jetzt, den Rest danach. Dann ist auch die Gefahr nicht so groß, daß ich mich mit Ihrem... Parfüm aus dem Staub mache.«

Beflissen wie ein Kind, das die Regeln nach Punkt und Komma befolgen will, steckte sie die Hälfte der Scheine wieder in die Handtasche, die andere bot sie Jack mit würdevoller Geste an. Er nahm sie mit einem schulmeisterlichen Nikken entgegen. Diesmal verkniff er sich das Lachen. Es hätte sie nur gemütigt.

»Im Lido«, sagte er leise.

Sie sah ihn verwirrt an. »Ich... verstehe nicht ganz.«

»Dorthin bringe ich Ihren Wagen.«

»Ja, natürlich.« Sie schüttelte sich wieder das Haar aus dem Gesicht und streckte das Kinn entschlossen nach vorne. »Treffen wir uns doch, sagen wir... um zehn wegen...«

»Der Auszahlung«, fiel Jack ihr ins Wort und beendete das Gespräch mit einem galanten Nicken. Besser hätte es auch Chigwell nicht zuwege gebracht.

»Na denn, gute Nacht.« Sie lächelte erleichtert. Endlich war es ausgestanden. Als sie sich zum Gehen wandte, fuhr ihr ein Windstoß durch die Locken und entblößte einen Rubin, der von ihrem Ohr herabbaumelte. Jack starrte bewundernd auf ihren langen Hals.

Ihre Hand ruhte schon auf dem Türgriff, da rief er sie noch einmal zurück: »Wollen Sie mir nicht sagen, was für einen Wagen Sie haben? Oder soll ich es mit allen probieren?«

»Ein weißer Geländewagen!« rief sie, bereits zwischen Tür und Angel. In den aus dem Salon hervorquellenden Rauchschwaden sah sie aus wie eine Nymphe im Nebel.

»Und ich habe ein Kabriolett, einen grünen Cadillac.«

Der Moment für Bobby Durans Rache war gekommen. Mit der Zunge benetzte sie sich kurz die Oberlippe. »Natürlich, was denn sonst?« entgegnete sie trocken. Um ihre Mundwinkel spielte ein ironisches Lächeln. Im nächsten Augenblick verschwand sie im Salon, hinter ihr pendelten die zwei Türhälften sich langsam ein. Zurück blieb der Duft ihres Parfüms.

Durch das Bullauge sah Jack sie über die Tanzfläche auf die Bar zusteuern, wo der unterwürfige Chigwell sofort von seinem Hocker aufsprang und ihr die Hand küßte.

Rastlos wanderten Jacks Blicke weiter. Er sah den kubanischen Geschäftsmann eng umschlungen mit einer drallen Blondine tanzen, die sich fast von selbst aus ihrem ohnehin sehr knappen Kleid schälte. Billy der Kartengeber torkelte sturzbetrunken über das Parkett. Zu beiden Seiten einer Säule standen mißmutig die beiden SIM-Agenten und führten gerade ihre Gläser an den Mund.

Aber Jack verschwendete keinen Gedanken an sie. Er suchte etwas ganz Bestimmtes. Kühl und unbeteiligt ließ er weiter die Blicke über die Passagiere schweifen. Und dann fing er an zu grinsen. Die protzigen Touristen aus Amerika hingen immer noch in ihren Stühlen, obwohl sie längst ins Bett gehört hätten. Der Vater mit seinem Hawaiihemd, die Frau mit den blonden Haaren und dem rötlichen Teint, die verzogenen Kinder mit ihren vielen Spielsachen. Genau so etwas hatte der Spieler gesucht.

Vom zufriedenen Lächeln abgesehen, verriet sein Gesicht

keinerlei Regung. Jetzt war Arbeit angesagt, und zwar zuviel, als daß er sich noch unnötige Gedanken erlauben konnte. Er machte sich auf den Weg über das Mittschiff und trat durch eine Tür mit der Aufschrift: KEIN ZUTRITT FÜR PASSAGIERE. Eine Wendeltreppe führte ihn zum Wagendeck hinunter. Aus seinem Cadillac holte er sich zunächst eine Taschenlampe. Damit durchsuchte er methodisch das ganze Deck, bis er den weißen Geländewagen gefunden hatte.

Er schloß die Fahrertür auf und kletterte hinein. Langsam ließ er den Lichtkegel über das Wageninnere wandern. Schließlich fiel der Strahl auf die Beifahrertür. Er kroch hinüber und zerrte leicht an der Verkleidung, die sich sofort löste. Das war doch zu offensichtlich! Mit einem verächtlichen Schnauben zog er mehrere in Öltücher gewickelte und mit Isolierband zugeklebte Bündel heraus.

Jack stieg wieder aus, und die Durchsuchung des Decks begann von neuem. Zu guter Letzt blieb er vor einem Kombi mit imitierter Holzverkleidung stehen. Die verstaubten Fenster waren mit Aufklebern von allen möglichen Urlaubsorten zugepflastert. Jack leuchtete hinein. Auf einem Kindersitz lag eine Rassel. Die Sitze links und rechts daneben waren übersät von Kinderkleidern und Spielsachen. Das Heckfenster war einen Spaltbreit offen. Breit genug, daß er hineingreifen und die Verriegelung lösen konnte.

Unter der Matte fiel ihm eine Einbuchtung auf. Offensichtlich war seine Glückssträhne immer noch nicht am Reißen. Freilich blieb ihm mit dem Transport und Verstauen der Bündel noch genügend Arbeit zu tun. Er erledigte sie in aller Seelenruhe. Bobby gegenüber hatte er es abgestritten, aber er hätte einen hervorragenden Mechaniker abgegeben.

Als er sich wieder zu Bobbys Wagen zurückbegab, hätte man an seinem Lächeln nicht erkennen können, was in seinem Kopf vorging. Zuviel Denken konnte einer wie er sich mitten im Spiel auch gar nicht leisten. Eines stand jedoch fest: Er hatte sich ausnahmsweise die Finger schmutzig gemacht, der Staub des Kombis und die Schmiere von Bobbys Bündeln klebten daran. Trotzdem lächelte er vor sich hin, als hätte er aus purem Jux einen Streich ausgeheckt.

Und als stünden keinerlei persönliche Gründe dahinter.

2

Die Sonne strahlte schon am Morgenhimmel, als sich die SUZI dem Chaos namens Havanna näherte. Die Piers waren um diese Zeit bereits verstopft. Waren wurden ein- oder ausgeladen – ein Teil davon war legal –, verrostete Laster spuckten Ruß in die Luft, uralte Busse und Eselskarren bahnten sich ihren Weg durch die Abfallhaufen auf den Kais. Zu Tausenden drängten sich Menschen: Matrosen, alte verhutzelte Fischer, Beamte in allen erdenklichen Uniformen, Piraten und Taschendiebe und vereinzelt verzweifelte Männer auf der Suche nach der Gelegenheit zur Flucht.

Umsäumt wurde der Hafen von einer Festungsanlage aus einer anderen Epoche. Die massiven Steinmauern reichten bis ins Wasser hinein. In ihrem Schutz hatten einst die spanischen Eroberer gehaust, seitdem hatten sich immer wieder neue Generationen von Händlern in den schmucklosen Gebäuden niedergelassen. Ein Ende des bunten Treibens war trotz Ratten und Ungeziefer nicht abzusehen.

Hinter dem Koloß wanden sich enge, von den Spaniern im achtzehnten Jahrhundert gebaute Straßenschluchten die Hügel hinauf. Hohe Steinhäuser mit abbröckelndem Stuck und eisernen Balkonen blickten stumm auf das Kopfsteinpflaster zu ihren Füßen. Das Leben hier war billig und brutal. Dennoch sahen die Touristen eine reizende Idylle dahinter.

Über dem engen Gassengewimmel thronte protzig wie eine Kurtisane mit Ballkleid und gepuderter Perücke das Stadtzentrum mit seinen Prachtboulevards aus der glitzernden, dekadenten Zeit von Louis Napoléon.

Und darüber wiederum wucherten in noch größerer Pracht die gigantischen Hotels. Sie schienen direkt aus Miami zu kommen, und genauso riesig wie die Hochhäuser dort ragten auch sie in die Tropenwolken über dem Golfstrom.

Havanna war jetzt eine Millionenstadt und nach wie vor Herrscherin über die Karibik. Erschreckend war jedoch der unübersehbare Gegensatz zwischen schwindelerregendem Reichtum und himmelschreiender Armut. Bettler drängten sich in den Straßen neben Cadillacs. Reibungen waren unvermeidlich, die Funken sprühten, und an jeder Ecke drohte eine Explosion. Keiner vermochte zu sagen, welches nun das eigentliche Havanna war – der alte Hafen aus der Zeit von Kolumbus, der Außenposten der Kolonisten, oder die Wolkenkratzerstadt. Alles drängte mit Macht auseinander, und darum lag die eigentliche Herrschaft im Gewimmel der Straßen.

Über einen Ölfilm tuckerte die SUZI vorbei an einem dominikanischen Frachter, von dem Waffen entladen wurden. Unter den grimmigen Blicken von mit Maschinenpistolen bewaffneten Soldaten wuchteten Scheuermänner, die bis zum Gürtel entblößt waren, schwere Munitionskisten über den Pier zu den wartenden Lastwagen. Die Kriegsausrüstung war für den Generalissimo und seine Armee bestimmt. Da durfte nichts verlorengehen.

Ein letztes Mal wirbelte die Schiffsschraube schmutzigbraunes Wasser auf, dann legte die SUZI unmittelbar neben dem Frachter an. Auf dem weißen Asphalt des Piers warteten verschlafen die Passagiere der Tagesfahrt nach Key West, dahinter standen ihre Autos in einer langen Schlange. Sie mußten sich allerdings gedulden, bis die Rampe mit einem metallenen Dröhnen auf dem Pier aufschlug und das Schiff die anderen Wagen ausspuckte.

Überall standen Polizisten und Hafenbeamte herum. Statt Maschinenpistolen trugen sie zwar nur Karabiner und Pistolen, doch sahen sie kein bißchen weniger verwegen und kampfbereit aus als ihre Kollegen auf dem Pier nebenan.

Angst war Tag für Tag das Losungswort – auch der Mächtigen.

Im Bauch der SUZI dröhnten zwei Lautsprecher gegeneinander an. Auf englisch und spanisch hallten die Anweisungen über das Wagendeck. Jack Weil, der trotz der durchwachten Nacht blendend aussah, schlenderte vorbei an langen Reihen chromglänzender amerikanischer Luxusautos mit schnittigen Heckflossen. Der weiße Geländewagen stand nicht weit von seinem Cadillac, dennoch ließ er sich auf den Fahrersitz gleiten, ohne sich auch nur einmal nach Bobby umzusehen. Sie schaute ihrerseits starr geradeaus. Mit den Händen umklammerte sie krampfhaft das Lenkrad.

Dann senkte sich langsam, wie mit einem gewaltigen Gähnen, die Stahlrampe, und der erste Wagen steuerte auf die Zollbeamten zu. Sofort wurde er von einer Meute Uniformierter umringt. Mit dem Karabiner winkte einer der Beamten den Fahrer, einen Kubaner, heraus. Hinter ihm tasteten sich im Schrittempo immer mehr Wagen über die Rampe und mußten wieder stehenbleiben. Inspektoren stolzierten vorbei, kritzelten Autonummern in ihre Blocks, bellten Befehle in ihre Funkgeräte.

Zweihundert Meter weiter, wo die Hafenstraße an den Festungsmauern vorbeiführte, beobachtete ein junger Mann mit Brille und noch nicht sehr dichtem Schnurrbart die Kolonne von Autos, die da aus der SUZI kroch. Nervös lief er auf und ab, während die ersten Wagen von den Beamten durchgewinkt wurden. Plötzlich kniff er die Augen zusammen. Ein grüner Cadillac wurde gerade abgefertigt – und am Steuer saß Bobby Duran. Sie warf ihr üppiges Haar nach hinten, setzte sich eine Sonnenbrille auf und lehnte sich gelangweilt zurück.

»Ricardo, schau mal! Das ist doch nicht ihr Wagen!« rief der junge Mann und trommelte mit der Faust auf die rostige Kühlerhaube eines am Straßenrand geparkten Buick. Sein Landsmann, der bis dahin im Buick vor sich hin gedöst hatte, schreckte hoch und blinzelte sogleich in die gewiesene Richtung. »Was, zum Teufel, macht sie in einem Cadillac?«

Fluchend kletterte Ricardo aus dem Wagen. Er war der gepflegtere von den beiden und wirkte im Vergleich zu dem intellektuellen Tomas eher wie ein Dandy. Diesen Eindruck bekräftigten noch das mit Pomade nach hinten frisierte Haar und das Gigolohemd. Für die Pistole, über der das Hemd sich am Gürtel ausbeulte, war er viel zu jung. Mit angespannter Miene beobachtete er, wie die Zollbeamten auf Bobby Duran zugingen.

Während Tomas frustriert gegen den Vorderreifen trat, ließ Ricardo einen gellenden Pfiff hören. Ein bärtiger Mann, der soeben noch auf seiner Vespa sitzend eine Guava gegessen hatte, warf unverzüglich die Fruchtschale weg und schloß zu den beiden auf.

»Fahr zu Arturo«, bellte Ricardo. »Sag ihm, daß etwas geschehen sein muß. Sie ist im falschen Auto.«

Der Mann auf der Vespa nickte stumm, wendete scharf und jagte in entgegengesetzter Richtung davon. Ricardo und Tomas blieben an Ort und Stelle, um ohnmächtig mitanzusehen, wie der Inspektor sich über Bobby beugte und sie befragte. Urplötzlich war es vorbei, und der Beamte entließ Bobby in den reißenden Großstadtverkehr.

»Da ist er ja!« schrie Tomas aufgeregt und packte seinen Freund am Hemd. Jetzt nämlich kroch der weiße Geländewagen aus dem Rachen der SUZI, am Steuer saß ein unbekannter blonder Mann. Der Cadillac mischte sich unterdessen in das Gewühl und Gehupe auf der Straße. Ricardo sah von einem Wagen zum anderen. Für einen mußte er sich entscheiden. »Los, ihr nach!« schnappte er. Sekunden später donnerte der Buick den Hügel hinunter, um sich in das Chaos hinter dem Hafen zu drängen.

Der Fahrer unmittelbar vor Jack hatte Glück und durfte anstandslos passieren. Vielleicht war er ein Verwandter des Beamten. Jack war der nächste. Ein Inspektor in brauner Uniform winkte ihn heran, dann ließ er ihn halten. Unverzüglich lief ein Kollege um den Wagen herum, bellte die Registriernummer in sein Funkgerät und strich mit der Hand über die Kotflügel. Der im braunen Anzug beugte sich nun mit seinem Klemmbrett vor das Fahrerfenster und verlangte mit ausgestreckter Hand die Papiere. Jack händigte sie ihm bereitwillig aus.

Der Inspektor überflog sie mit einem Blick. »Steigen Sie bitte aus, Señor«, befahl er knapp.

Wieder leistete Jack Folge. Gelassen stellte er sich neben den Wagen, während der andere die Beifahrertür aufriß und im Handschuhfach herumtastete. Mit vollkommener Unschuldsmiene sah Jack zu, wie der Mann die lose Verkleidung bemerkte und seinen Partner herbeipfiff. Aufgeregt riß der Inspektor die Verkleidung herunter. Die Spannung stieg, doch dann kniff der Beamte verärgert die Augen zusammen und knallte die Tür zu. Die Suche hatte nichts ergeben.

Der mit dem Klemmbrett verzog verächtlich die Lippen. »Und was haben Sie in den Schachteln da, Señor?«

Die blauen Augen des Spielers flackerten unruhig auf. Er folgte dem Blick des Zollbeamten. Zwischen dem Fahrer- und dem Rücksitz lagen mehrere halb unter einer Decke versteckte Schachteln. Jack sah sie zum ersten Mal. Die Verwirrung stand ihm deutlich ins Gesicht geschrieben. Mit einem Scherz versuchte er die peinliche Situation zu überspielen. »Handgranaten natürlich«, antwortete er flapsig.

»Machen Sie sie bitte auf«, befahl der andere kühl.

Jack bückte sich langsam und zog eine Schachtel aus dem Wagen. Aus den Augenwinkeln beobachtete er den Beamten, der, den Karabiner im Anschlag, auf der Beifahrerseite stand. Dann stellte er die Schachtel auf die Motorhaube und hob den Deckel hoch.

Am liebsten hätte er losgeprustet. In der Schachtel befand sich glitzernder Weihnachtsbaumschmuck. Angestrengt bemüht, sich die Erleichterung nicht anmerken zu lassen, zog er ein handgefertigtes Christkind heraus. Mit einem fröhlichen Lächeln hielt er es dem Beamten vor die Augen. Der schüttelte sich vor Lachen.

»Wissen Sie was, mein Freund«, sagte Jack freundlich, »nehmen Sie doch ein paar Kugeln mit nach Hause für Ihre Kinder. Weihnachten ist schließlich das Fest der Freude.«

Der Inspektor war mit einem Schlag prächtig aufgelegt. Mit dem Karabiner winkte er seinen Partner zum nächsten Wagen. Er selbst legte das Klemmbrett beiseite und beugte sich mit glänzenden Augen über den Karton. Nach einigem Kramen entschied er sich für einen Engel und einen Schneemann.

»Soll ich Ihnen mal was Verrücktes sagen?« fragte er Jack, nun in kameradschaftlichem Ton. »Die Rebellen wollen, daß wir dieses Jahr auf Weihnachten verzichten. Stellen Sie sich das vor: Keine Weihnachtsbäume. Keine Geschenke. *Nada*. Sagen Sie selbst. Ist das nicht lächerlich?«

»Das darf doch nicht wahr sein!« erwiderte Jack und schnalzte angewidert mit der Zunge. »Wollen die Rebellen wirklich ein Land, in dem Weihnachten gegen das Gesetz ist? Was für eine Welt ist das nur?«

Der Inspektor verstaute die Geschenke sorgfältig in seiner Jackentasche, dann überreichte er Jack lächelnd die Wagenpapiere, und die beiden wünschten sich zum Abschied Frohe Weihnachten. Als Jack in den Wagen stieg, sah er den zerbeulten Kombi aus dem Wagendeck der SUZI kommen. Aus den Fenstern beugten sich lachend die vier Kinder.

Langsam rollte der Geländewagen weiter. Der Fahrer nach ihm, bemerkte Jack, hatte nicht soviel Glück wie er. Es war ein armer Bauer in einem klapprigen Laster. Drei Inspektoren stocherten überall herum und bombardierten ihn mit Fragen, als wäre er ein Terrorist. Mittlerweile fuhr der Kombi vor dem Kontrollpunkt daneben vor. Der Älteste sprang zwischen den Sitzen hin und her und piesackte seine Schwester, die alsbald Zeter und Mordio schrie. Die Mutter wechselte gerade die Windeln des Babys, und der Vater lächelte den Inspektor mit dem Klemmbrett verlegen an. Der warf nur einen kurzen Blick in den Wagen und winkte die Amerikaner gleich weiter.

Kaum hatten sie sich ins Verkehrschaos eingereiht, war der gute Familienvater auch schon heillos überfordert. Informationsbüros oder wenigstens Hinweistafeln waren weit und breit nicht in Sicht. Ihm blieb gar keine andere Wahl, als Stoßstange an Stoßstange im hupenden Gewühl weiterzukriechen und auf ein Motel am Straßenrand zu hoffen. Daß ein weißer Geländewagen, der am Straßenrand geparkt hatte, nun direkt hinter ihm einscherte, fiel ihm natürlich nicht auf.

Im Schrittempo ging es durch die engen Gassen des alten Kolonialviertels. Jack hatte so genügend Muße, dem gnadenlosen Guerillakrieg der Kinder vor ihm zuzuschauen. Straßenverkäufer boten vor den offenen Autofenstern ein Sammelsurium an Waren feil – alles von Marienstatuen bis hin zu lebenden Hühnern. Erschreckt von der Aggressivität der Karnevalsstimmung in den Straßen, wichen die Amerikaner immer wieder zurück. Der Spieler dagegen sog das brodelnde Leben begierig in sich auf.

Schließlich bogen sie in die Avenida del Jesu ab, eine breite Geschäftsstraße, in der selbst bei Tag die Reklameschilder leuchteten. Die riesige Coca-Cola-Werbung auf dem Dach eines Bürogebäudes mußte beruhigend auf die Amerikaner wirken. Jack sah, wie die Frau aufgeregt auf ein großes Motel deutete. ›Casa del Sol‹ hieß es und war genauso wohltuend protzig wie die Bauten in Florida. Hinter dem Kombi fuhr Jack an den Randstein heran.

Der Harry-Truman-Typ und seine Frau suchten verzweifelt nach der Brieftasche, als Jack sich über das Fenster beugte. »Entschuldigen Sie bitte die Störung«, sagte er höflich. Sie sahen verschreckt auf, aber er merkte ihnen sofort die Erleichterung darüber an, daß hier jemand englisch sprach. »Ich bin von der amerikanischen Botschaft«, fuhr Jack fort. »Uns wurde gemeldet, daß Ihr Wagen von einer Schmugglerbande benutzt wurde.«

Der Mann und seine Frau wurden kreidebleich. Dicke Schweißperlen traten auf seine Stirn.

»Natürlich sind Sie in keinster Weise beteiligt«, fügte Jack hastig hinzu. »Wissen Sie, das sind skrupellose Leute. Daß sie mit ihren Machenschaften unschuldige Touristen in größte Gefahr bringen, stört sie nicht im geringsten. Aber ich kann Ihnen versichern, daß Ihr Name aus dem Spiel bleibt.«

Ihre Panik ließ ein bißchen nach. Die Kinder hinten tobten nach wie vor wild herum. »Haltet doch endlich das Maul!« brüllte der Vater sie an. Seine Stimme überschlug sich, aber es wirkte. Sie verstummten mit einem Schlag.

Jack trat zum Heck und bat den Mann, aufzumachen. Dann schob er die Spielsachen beiseite und hob die Matte über dem Reservereifen an. Die Bündel in den Öltüchern kamen zum Vorschein.

Die Amerikaner schnappten entsetzt nach Luft und wichen zurück, als fürchteten sie eine Explosion. Sofort holte die Frau die Kinder aus dem Wagen heraus. Jack sammelte unterdessen die Bündel auf und klemmte sie sich unter den Arm. Mit offenem Mund sahen ihm die Amerikaner zu.

»Wenn ich Ihnen noch einen Rat geben darf«, sagte Jack streng: »Hängen Sie das vor ihrer Heimreise lieber nicht an die große Glocke. Mit der Sorte von Leuten ist nicht gut Kirschen essen, wenn Sie verstehen, was ich meine.« Sie nickten benommen. »Na denn, schönen Urlaub noch.«

Er schlenderte zum Geländewagen zurück und warf die Bündel auf den Rücksitz. Als er sich hinter das Lenkrad klemmte und in den Verkehr einreihte, merkte er, daß die Amerikaner ihm voller Ehrfurcht nachblickten. Für sie mußte er eine Art Held sein. Wahrscheinlich hatten sie noch nie etwas derart Aufregendes erlebt. Zu Hause würden sie es wohl in der Nachbarschaft herumposaunen, bis ihr Jüngster mit der Schule fertig war.

Der bärtige Mann auf der Vespa ließ sich nur einige Häuserblocks mit dem Verkehr treiben. Vor einer engen Gasse, in der er Arturo anzutreffen hoffte, ging er vom Gas herunter. Ein an der Ecke angepflockter Esel trank gemächlich aus einem Trog. Erst jetzt, als er sich in die Kurve legte, erblickte der Bärtige den olivgrünen Wagen im Rückspiegel. Er war bedrohlich nahe hinter ihm und bog auch noch ab.

Noch in der Kurve stieg der Bärtige aufs Gas. Der olivgrüne Wagen blieb an seinem Hinterrad kleben. Das konnte kein Zufall mehr sein. Schlagartig fiel ihm ein, daß das ja eine Sackgasse war. Die Häuser vor ihm rückten immer enger zusammen, erdrückten ihn schier. Der Bürgersteig war wie leergefegt, und zu den Fenstern schaute niemand heraus. Es war, als hätte eine Art siebenter Sinn den Leuten gesagt, wann es Zeit war, besser nichts mitzubekommen.

In panischer Angst raste der Bärtige weiter. Gleich kam der kleine Platz, wo es nicht mehr weiterging.

Im Vergnügungsviertel Malecon war alles Glanz und Gloria. Blitzblank herausgeputzte Hotels prunkten über tropischen Gärten, wo Wasserfontänen in die Höhe schossen und Pelikane herumstolzierten. Und der Inbegriff von Havannas Glamour war das Lido mit seinen türkisblau schillernden Balkonen an der Vorderfront. Drinnen war es nicht weniger prachtvoll. Um jede Säule in der Vorhalle waren Girlanden aus Weihnachtslichtern geschlungen. Sie schimmerten wie blaue und rote Edelsteine, doch das war natürlich nur Schein, in Malecon kam es nur auf den Eindruck an.

Continentals und Cadillacs, das Stolzeste, was Amerika an Autos zu bieten hatte, gaben sich vor dem Lido ein Stelldichein. Ihnen entstiegen an der Seite eines Zuckermillionärs oder Gangsters im Exil Kubanerinnen in Kleidern aus Long Beach und mit Juwelen aus New York. Im Lido war von den Problemen auf dem Land nichts zu spüren, seine Gäste konnten ihr Geld zum Fenster hinauswerfen. Außerdem, wer kümmerte sich denn um Bauern, Diener und Saisonarbeiter? Wenn in Kuba etwas nicht stimmte, wären die Prominenten hier wohl die ersten, die es erfuhren. Zumindest wiegten sie sich in diesem Glauben.

Es war noch früh am Morgen, als Jack Weil mit dem Geländewagen vor dem Lido vorfuhr. Carlos, der wie immer mit goldener Livree bekleidete Portier, grinste über das ganze Gesicht. Sie waren gute alte Bekannte und begrüßten einander entsprechend. Nach Jacks Treiben in der letzten Zeit erkundigte sich Carlos aber nicht. So etwas brachte Pech. Im Lido zählte nur das Hier und Jetzt.

Selbstbewußt schritt Jack durch die Vorhalle, vorbei an den Palmen, dem großen Papageienkäfig und dem moosbewachsenen Teich, auf dessen Grund tausend glitzernde Münzen von ebenso vielen unfrommen Wünschen kündeten. Dann trat er ins Kasino. Auf den ersten Blick hätte es schon Mitternacht sein können, so viele Männer im Smoking und aufregende Frauen in paillettenbesetzten Kleidern schlenderten von Tisch zu Tisch. Aber Jack erkannte sofort, daß der Raum allenfalls zur Hälfte gefüllt war. Selbst für neun Uhr vormittags war hier wenig los. Eine Combo auf dem Podest versuchte tapfer, mit einer fetzigen Jazznummer etwas Leben ins Publikum zu bringen. Für großartige Begrüßungszeremonien hatte Jack keine Zeit. Hin und wieder einem Croupier oder Saalchef zunickend, streifte er durch die Räume. Er suchte jemanden. »Hey, Jack, lange nicht gesehen!« rief ihm ein geschniegelter Black-Jack-Geber zu.

Jack entblößte sämtliche Zähne zu einem Grinsen und ging weiter, denn er erblickte bei den Bakkarattischen einen sehr müde aussehenden Herrn. »Na, wie geht's, Ramos? Neue Stories auf Lager?«

Julio Ramos wandte sich um. Er war ein abgebrühter Journalist von etwa vierzig Jahren, sah aber um gut zehn Jahre älter aus. Whiskyjahre. »Ach, es ist eigentlich immer dieselbe Story«, erwiderte er kein bißchen überrascht, obwohl sie sich seit Monaten nicht gesehen hatten. »Weißt du, ich interviewe immer noch deine Landsleute. Erstaunlich daran ist nur eines: Keiner hat Angst.«

»Wovor sollten sie denn auch Angst haben?« entgegnete Jack. Seine Blicke schweiften weiter rastlos durch den Saal.

»Du nimmst wohl gar nichts ernst, wie?« Er meinte es nicht als Vorwurf. Dafür war Ramos vielleicht schon zu resigniert. »Für dich sind wir alle doch nur Pesos. Und auf unser Geld scheißt du. Was interessiert dich denn noch außer amerikanischen Dollars?« Er schien weniger mit Jack zu reden, als vielmehr schon den nächsten Leitartikel im Kopf zu formulieren. »Aber ich sage dir eines, Jack. Draußen im Land haben wir eine waschechte Revolution.«

Jack klopfte ihm begütigend auf die Schulter. »Bitte... Nicht so früh am Morgen. Ich bin gerade erst gekommen. Können wir die Revolution nicht nach dem Frühstück austragen? Wo steckt übrigens Joe Volpi? Hast du ihn gesehen?« Sein Gesicht erstarrte jäh. »Nimm's mir nicht übel, Ramos, wir unterhalten uns später noch mal«, sagte er schnell und ließ seinen Bekannten sitzen.

Lässig schlenderte er weiter zur gewundenen Treppe am anderen Ende des Saals. Dort stand ein hochgewachsener Mann im Geschäftsanzug auf der untersten Stufe. Mit dem Stolz des Eigentümers blickte Joe Volpi über sein kleines Reich. Wenn Meyer Lansky der König von Havanna war, so war Joe Volpi sein Premierminister. Dafür wirkte er jedoch in diesem üppigen Dschungel voller schillernder Paradiesvögel äußerst bescheiden, mehr wie ein Buchhalter in konservativem Grau.

Als Jack Weil sich zu ihm gesellte, verzog er das Gesicht zu einem säuerlichen Lächeln. Warmherzig war der gute Joe Volpi nicht unbedingt, eher das Gegenteil. Seine größte Freude war schon immer die Schadenfreude gewesen. Als Kind hatte er wahrscheinlich gerne lebenden Fliegen die Flügel herausgerissen. »Hallo, Jack«, meinte er gedehnt und hielt ihm seine kalte Rechte entgegen. »Wie kommt es, daß wir uns so wenig sehen? Ihr Geld haben wir schon vermißt.«

Der Spieler schüttelte dem Geschäftsführer die Hand, blieb aber auf der Hut, als fürchte er um seine Armbanduhr. »Hey, Joe. Wo sind denn die ganzen Kunden?«

»Es ist noch sehr früh, Jack.«

»Ach ja? Ich habe gehört, daß ihr mitten in einer Revolution steckt...« – mit einem fröhlichen Lachen tat er das ernste Gerede über Politik ab – »... und da habe ich mir gedacht, daß hier vielleicht besonders viel Geld herumliegt..., daß die Leute sich von ihren Sparguthaben trennen möchten.« Er warf einen Blick über die Tische, als wollte er die Einsätze abschätzen.

»Ja, ja, das tun sie auch«, gab Joe Volpi zu. »Aber soll ich Ihnen sagen, wie sie das anstellen, Jack? Sie geben das Geld ihren Frauen. Und die Frauen rennen zu den Pfaffen und kaufen ihnen lauter dämliche Heiligenstatuen ab. Zigtausende werden dem Heiligen Anton in den Arsch gesteckt, und dann steigen sie ins Flugzeug nach Miami.« Der höhnische Tonfall verriet nur allzu deutlich, was Joe Volpi von solchen Praktiken hielt.

»Das mit der Revolution ist nichts als Hysterie«, fuhr er fort und deutete gelangweilt hinter sich. An einem Finger glitzerte ein Smaragd. »Im Osten, sechshundert Meilen von hier, ja, da wird sie ernst genommen. Da sitzen auch die ganzen Revolutionäre. Ein, zwei Dutzend werden es schon sein.«

»Hmhm.« Jack ließ weiter die Blicke durch den Saal schweifen, wo die Spieler hektisch ihr Glück suchten. »Ich sage Ihnen mal, was ich im Krieg im Pazifik gelernt habe. Nichts muntert die Leute mehr auf, als ein bißchen Gewehrfeuer.«

»Meinen Sie, Jack?« Volpi nickte bedächtig zu dieser Lebensweisheit. »Und wo sind dann die großen Spieler heute? Gestern nacht ist nämlich ein Munitionsdepot in Cojimar in die Luft gejagt worden. Der Krach war unüberhörbar. Wie kommt es dann, daß hier kaum einer spielt?«

»Ach, die warten noch«, erklärte Jack gelassen. »Sie... sie

riechen nur noch kein Blut.« Er richtete wieder den Blick auf Volpi. »Und was wird oben so gespielt?« fragte er und deutete mit dem Kinn zum obersten Stockwerk. Er roch fast die Atmosphäre der privaten Spiele, zu denen die besonderen Gäste sich in die Penthouse-Suite zurückgezogen hatten.

»Ich habe sie zugemacht«, knurrte Joe Volpi angewidert. »Glauben Sie's mir ruhig, Jack – von hohen Einsätzen beim Pokern kann man heute nur noch träumen. Die Lage ist zu verworren.«

Jack trommelte auf das Treppengeländer. »Aber gerade deswegen spielen sie doch, Joe! Sie suchen etwas, wo sie noch ein wenig Einfluß nehmen können. Hören Sie, die wissen genau, daß die Party bald aus ist. Aber die wirklich großen Spieler... die stehen Gewehr bei Fuß.«

Joe Volpi bedachte Jack wieder mit seinem sauren Lächeln, aber in seinen Augen flackerte Erstaunen auf. Seit Monaten sah er dem müden Treiben von hier oben aus zu. Und immer war es auf den Spieltischen nur um Kleckerbeträge gegangen. Er gehörte zu denen, die an Wetterstürze glauben, aber in der ganzen Zeit hatte es für ihn kein einziges Mal geregnet.

»Klingt, als hätten Sie eine größere Partie vor, Jack. Aber das ist natürlich nur geraten...«

»Hmhm«, meinte Jack in neutralem Ton. Seine Hand strich müßig über das Treppengeländer. »Ich dachte an eine Partie in meinem Apartment. Aber dann müßte ich einen Koch anstellen, zwei Kellner und noch ein paar Muskelmänner.« Er seufzte gepeinigt auf. Dann fuhr er mit monotoner Stimme fort: »Menschenskinder, ich würde zehn Prozent von meinem Gewinn abgeben, wenn ich mir nur den ganzen Ärger drumherum ersparen könnte.«

Endlich lag ein Angebot auf dem Tisch. Einen Augenblick lang herrschte Schweigen. Beide waren schon sehr lange in diesem Geschäft, und daß sie sich dabei immer wieder über den Weg liefen, war unvermeidlich. Das hieß aber noch lange nicht, daß sie Sympathien oder Antipathien füreinander hegten. Vor allem leisteten sie sich kein Vertrauen. Vorsichtige Bewunderung war schon das höchste der Gefühle.

»Ich würde die Partner mitbringen, Joe. Und wenn sie ins Lido kommen, müssen sie an den ganzen Spieltischen vorbeilaufen. Was meinen Sie, wie das die Stimmung anheizt, wenn die Leute wissen, daß oben etwas ganz Großes gespielt wird?«

Volpi hatte die Worte des Spielers mit einem bedächtigen Nicken begleitet. Am Ende verzog er kurz die seit einem Bruch schiefe Nase. »Ich sag's ja immer, Jack«, meinte er gedehnt. »Wenn Sie nur einmal an etwas anderes als an Karten und Würfel denken könnten, wären Sie ein Riesengenie.«

Jack ging auf den Scherz nicht ein. Statt dessen starrte er erneut auf den Spielsaal. Wieder verkniff Volpi den Mund zu einem verdrießlichen Lächeln. »Ich lasse es mir durch den Kopf gehen«, sagte er ohne jede Betonung.

»Es gibt ja auch noch andere Kasinos«, erwiderte Jack fast beiläufig.

»Sie haben schon bessere Ideen gehabt, Jack. Vergessen Sie nicht, daß immer noch Lansky in dieser Stadt das Sagen hat.«

Der Spieler sah ihn mit ausdruckslosen Augen an, als ginge die verhüllte Drohung nicht ihn an. »Denken Sie nicht zu lange drüber nach, Joe«, sagte er sanft. »Sonst kommt Ihnen die Revolution dazwischen.«

Er wandte sich zum Gehen, doch dann blieb er jäh stehen. Bobby Duran war soeben eingetreten und glitt zwischen den Spielern hindurch. Sie war atemberaubend schön. Zum Umziehen hatte sie keine Zeit gehabt. Nur einen orangefarbenen Seidenblouson hatte sie sich eilig über die Bluse gehängt. Dennoch sah sie frisch wie aus dem Ei gepellt aus. Jack starrte sie bewundernd an und vergaß ganz, daß er hier der Lokalmatador war. Für einen Augenblick wirkte er sogar unsicher, wie einer, der nicht weiß, welche Karte er als nächste spielen soll.

Vor einem leeren Black-Jack-Tisch blieb sie stehen und ließ

sich vom Kartengeber Chips für zwanzig Dollar geben. Dann deckte er zwei Karten auf, eine Vier für sie, eine Sechs für das Haus. Ihre nächste Karte war eine Zehn. Die für das Haus legte der Geber mit dem Blatt nach unten auf den Tisch und wartete auf ihre Entscheidung. Sie zögerte unsicher, als ginge es um Unsummen. Der Geber zog gespannt eine Braue hoch, sie dagegen sah aus, als würde sie gleich in Tränen ausbrechen.

»Sagen Sie ›bedient‹«, raunte ihr eine Stimme ins Ohr.

»Was?«

»Nehmen Sie keine Karte mehr«, erklärte er geduldig, als spräche er zu einem Kind.

Erleichtert über Jacks Erscheinen, lächelte sie den Kartengeber an und schüttelte den Kopf. Der deckte für sich eine Neun auf und mußte, weil er unter siebzehn Augen blieb, noch eine Karte ziehen. Es war wieder eine Neun. Er hatte überkauft. Als tadelloser Verlierer schob er ihre Chips und noch den Einsatz des Hauses, zehn Dollar, zu ihr hinüber. Ihre Wangen glühten auf, ob vor Verlegenheit oder vor Freude, war nicht zu erkennen.

»So, und jetzt bestelle ich Ihnen einen Drink«, meinte Jack. Widerspruchslos ging sie an seiner Seite mit zur Bar. Anders als auf dem Schiff, wahrten sie nun aber Abstand. Nicht einmal mit den Ärmeln streiften sie sich. Vielleicht geschah es aus Vorsicht, weil jemand sie beobachten konnte, vielleicht wußten sie auch nur, wann Diskretion angebracht war. Mochte dem sein wie ihm wollte, sie schlenderten jedenfalls zur Bar wie zwei Zufallsbekannte, die sich hier wieder über den Weg gelaufen waren.

Angesichts der Tageszeit ging es in der Bar lebhafter zu als im Kasino. Freilich, wenn dort der Tag gerade anfing, ging hier eine Nacht zu Ende. Jack nickte dem Barmixer kurz zu, dann führte er Bobby zu einer Ledergarnitur in einer Nische, wieder ohne sie zu berühren. Sie ließen sich einander gegenüber nieder. Nur die Art und Weise, wie sie ihre Handtasche umklammerte, verriet Bobbys Nervosität.

»Was soll's denn sein?« fragte Jack und hielt schon mit einem Auge nach dem Kellner Ausschau. Bobby fummelte hektisch an ihrer Handtasche herum, als könne sie es kaum erwarten, bis das Finanzielle endlich geregelt war. »Lassen Sie das doch, entspannen Sie sich lieber«, sagte er und versuchte die Handtasche aus ihrer Reichweite zu schieben.

Sie riß jedoch so heftig am Gurt, daß der ganze Inhalt auf den Boden polterte. Schon wieder sah es so aus, als würde sie gleich anfangen zu weinen. »Überhaupt kein Problem«, redete Jack ihr beschwichtigend zu. In der Art eines Zauberers, der Hasen aus seinem Hut zaubert, ließ er die Hände unter dem Tisch verschwinden und legte einen Gegenstand nach dem anderen vor ihr hin. »Schlüssel, Feuerzeug, Kamm, Brieftasche«, verkündete er fröhlich und hielt die Tasche für sie auf, damit sie alles darin verstauen konnte. »Alles so gut wie neu. Und wenn nicht, ist es schnell repariert.«

Unwillkürlich mußte sie doch lächeln. In diesem Augenblick kam der Kellner. »Wie wär's mit einem Daiquiri?« fragte der Spieler. Da Bobby den Kopf schüttelte, bestellte er ein Ginger Ale für sie.

Unvermittelt zuckte sie zusammen. Eine nur allzu bekannte Gestalt war in ihr Blickfeld geraten: Marion Chigwell. Und schon winkte er zu ihnen herüber. »Ich gebe Ihnen jetzt wohl besser das Geld«, flüsterte sie hastig und fing an, in der Handtasche herumzukramen. Außer dem Parkschein kam nichts zum Vorschein. Sie sah verwirrt auf.

Ganz beiläufig öffnete Jack den Umschlag, den sie so verzweifelt gesucht hatte, und zählte die Hundertdollarscheine ab. »...zwei, drei, vier. Stimmt genau. Besten Dank.«

Ihr Gesicht war ein einziges Fragezeichen. Grinsend streckte er die Hand aus, als wolle er ihr eine Locke aus der Stirn streichen. Dann schnippte er aber mit den Fingern hinter ihrem Ohr, und eine Fünfzigcentmünze lag auf seiner Handfläche. »Beeindruckt?« fragte er trocken. »Wofür haben Sie mich denn gehalten? Für einen billigen Aufreißer?«

Sie nahm die fünfzig Cents nicht an. »Und warum sollte ich meine Meinung ändern, Mr. Weil?«

»Nennen Sie mich Jack. Wie heißen Sie?«

»Millicent Smith«, kam es wie aus der Pistole geschossen zurück. Er sah sie ungläubig an, aber sie ging nicht darauf ein. Diese Runde war an sie gegangen. »Was machen Sie eigentlich, Mr. Weil?« fragte sie. »Bei Ihren Begabungen... Sind Sie Magier von Beruf?«

»Investment-Branche«, meinte er knapp. »Marsha? Shirley? Nein, eine Shirley sind Sie nicht.« Es schien ihn zu beunruhigen, daß ihm kein passender Name einfiel. Dann hellte sein Gesicht sich auf. »Ich hab's! Catherine!«

»Roberta«, erklärte sie. In diesem Moment kam der Kellner mit dem Ginger Ale für sie und dem Daiquiri für Jack. Anmutig nahm Bobby den Papierschirm aus ihrem Glas und wirbelte ihn zwischen den Fingern herum.

»Was ist nun in den Bündeln, Roberta?«

Sie stand abrupt auf und riß ihre Tasche an sich. »Ich glaube, wir sind quitt, Mr. Weil. Mehr brauchen Sie nicht zu wissen«, sagte sie und rauschte davon. Den heftig winkenden Chigwell ließ sie links liegen.

Vor dem Papageienkäfig in der Vorhalle holte Jack sie wieder ein. Bis zum Ausgang liefen sie nebeneinander her. »Ich würde Sie bei Gelegenheit gerne wieder treffen«, sagte er schließlich.

Sie sah ihm starr in die Augen. »Ich habe Ihnen doch gesagt, daß ich verheiratet bin.«

»Tatsächlich?« rief Jack lachend. »Nichts haben Sie mir gesagt.«

Jetzt senkte sie doch den Blick. Für einen Moment bekam die stolze Fassade einen Riß und ließ etwas Licht hindurch. »Es tut mir leid«, sagte sie ruhig. »Es war keine Absicht.«

»Schade«, meinte der Spieler in ernstem Ton. Sie hatten inzwischen die Straße erreicht. Vor ihnen standen mehrere Orchideentöpfe und ein Springbrunnen. Die Szene wirkte wie eine Lichtung im Dschungel. »Aber wir sind doch nicht in den Vereinigten Staaten!« fuhr der Spieler fort. »In Havanna weiß man, wie man sich vergnügt. Meiner Ansicht nach liegt das am Klima, was meinen Sie?«

Bobby Duran gab keine Antwort. Sie wirbelte immer noch den Papierschirm zwischen den Fingern herum und hing ihren eigenen Gedanken nach.

»Ich mache Ihnen einen Vorschlag, Roberta. Ich habe hier eine kleine Wohnung. Nicht besonders groß, aber sehr hübsch. Erinnert ein bißchen an Paris. Und Diskretion ist Ehrensache.«

Jetzt sah sie ihm wieder in die Augen. Erstaunt oder abgestoßen war sie nicht, sondern eher erleichtert. »Sie sind wirklich sehr direkt, Mr. Weil.«

»Oh, ich kann zur Not auch aalglatt sein, Roberta. Stört es Sie, wenn ich Sie Bobby nenne? Ich denke mir nur, daß Sie haufenweise glatte Typen kennen. Das Gebiet halte ich für ziemlich abgegrast. Aber sagen Sie mal« – er grinste sie verschmitzt an – »kennen Sie denn auch wirklich ungehobelte Kerle?«

Sie lachte auf. So ungezwungen hatte er sie noch nicht erlebt. Ganz frei schien sie in diesem Augenblick zu sein, vollkommen gelöst, als hätte ihr nie jemand weh getan, vor allem kein Mann. Und in dieser Gelöstheit wirkte sie so unglaublich schön, daß es ihm den Atem verschlug. Sogleich wurde sie wieder ernst. »Es ist ungeheuer wichtig, Mr. Weil«, flüsterte sie und legte beschwörend die Hand auf seinen Arm. »Niemand darf von unserem Wagentausch erfahren. Niemand.« Der verspielte Flirt von vorhin war mit einemmal wie weggeblasen, als hätte es ihn nie gegeben.

»Wenn es Ihnen so wichtig ist«, erwiderte der Spieler mit rauher Stimme, »dann nehme auch ich die Sache ernst.« Sie nickte kurz und wandte sich zum Gehen. Er stolperte ihr nach, wollte sich nicht so von ihr verabschieden. »Ich nehme an... Sie... Sie wissen, was sie tun?«

»Das weiß ich«, erwiderte sie mit einem heiteren Lächeln. Ihr Blick suchte bereits den Garagenbediensteten.

»Hübsches Seidenblouson haben Sie da ... und an den Ohren tragen Sie bestimmt keine Rheinkiesel. Was haben Sie mit einer Revolution zu tun, Bobby? Können Sie mir das sagen?«

Sie lief dunkelrot an. »Hören Sie zu, Mr. Weil, ja? Sie haben mir einen Gefallen getan, und dafür bin ich Ihnen dankbar.« Sie gab sich nicht einmal Mühe, den verächtlichen Ton zu verbergen. »Abgesehen davon sind Sie arrogant und egoistisch und bilden sich ein, über sehr viele Dinge Bescheid zu wissen. Aber was wissen Sie wirklich über Kuba?«

Sein Genick wurde ganz steif, aber nach außen blieb er genauso freundlich und charmant wie immer. »Ich weiß, wer hier das Sagen hat«, erwiderte er mit Nachdruck. »Und ich weiß, wie ich mich aus Ärger heraushalten kann. Mehr muß ich in der Regel an keinem Ort der Welt wissen.« Ehe sie sich's versah, hatte er ihr den Papierschirm aus den Fingern genommen. »Damit er mir Glück bringt – Sie haben doch nichts dagegen?«

Der Garagenbedienstete kam, und sie reichte ihm geistesabwesend den Parkschein. Ihr Blick blieb weiter auf Jacks Augen gerichtet. »Glauben Sie denn an das Glück?« fragte sie ihn fast traurig.

»Nein«, entgegnete er mit einem melancholischen Lächeln und drehte den Schirm zwischen den Fingern.

»Ich muß gehen«, sagte sie abrupt und drückte sich eilig an ihm vorbei. Eigentlich wollte sie sich nicht mehr umdrehen, tat es dann aber doch. Und errötete dabei.

Der Diener war nämlich nicht mit ihrem Wagen gekommen, sondern mit dem Cadillac, auf den der Schein ausgestellt war. Strahlend hielt er ihr die Tür auf.

»Vielen Dank, das ist meiner«, sagte Jack und stieg ein. Dabei streifte er leicht Bobbys Schulter. Dann holte er den anderen Parkschein aus der Tasche und reichte ihn dem verdatterten Diener zusammen mit einem Zwanzigdollarschein. »So, und jetzt holen Sie bitte den Wagen für die Dame.« Der Diener nickte. Bei zwanzig Dollar stellte man keine Fragen.

Jack ließ den Motor an. Langsam fuhr der Wagen an ihr

vorbei. Er winkte ihr noch einmal gönnerhaft zu. »Ein andermal vielleicht, ja?«

Sie tat, als hätte sie nichts gehört. Im nächsten Augenblick war er verschwunden.

3

Der grüne Cadillac schlängelte sich durch das Verkehrsgewühl. Von einem Marktplatz drang lautes Geschrei bis zu Jack herüber, aufgeregt priesen die Händler ihre Waren an. Wer wußte denn schon, ob es am Ende der Woche noch Hühner und Bananen geben würde? Unterschwellig herrschte überall die Angst vor Unruhen und Rationierungen. Die Gerüchtemacher hatten Hochkonjunktur auf diesen Altstadtmärkten.

Grinsend bog Jack um die nächste Ecke. Straßenkinder rannten wild lachend vor seinem Wagen her. Er berauschte sich geradezu an dem bunten Treiben, der sprühenden Lebensfreude in diesem Viertel. Von einem kaputten Hydranten spritzte ein Wasserstrahl unkontrolliert mal in diese, mal in jene Richtung. Halbnackte Kinder tanzten um ihn herum und retteten sich erst im allerletzten Moment ins Trockene.

Vor einem hohen ockerfarbenen Haus, einem Relikt der spanischen Besatzer, parkte Jack seinen Cadillac. Der Verputz zeigte viele tiefe Risse, aus denen dichte Grasbüschel wucherten. Das Erdgeschoß war an Geschäfte vermietet, eine Apotheke und eine Wäscherei. Die maurischen Spitzfenster und Eisenbalkone am oberen Teil der Fassade bezeugten aber nach wie vor den vornehmen Stil früherer Tage, wenn sich auch niemand mehr auf die wackeligen Balkone hinauswagte. Zum Innenhof mit einem verwilderten Garten in der Mitte führte ein massives Holztor, durch das bequem eine Kutsche gepaßt hätte.

Zwei braungebrannte Knirpse kamen pitschnaß vom Hydranten herbeigerannt, als Jack sich aus dem Wagen schob. Er sah amüsiert zu, wie sie sich um die Koffer balgten. Schließlich durfte jeder einen hinter sich herziehen. In der Einfahrt trat ihnen keuchend und mit den Schlüsseln klirrend eine Frau entgegen. La Polaca, die Polin, wurde sie genannt, obwohl zum größten Teil ungarisches und zu einem kleineren griechisches Blut in ihren Adern floß. Sie tat einen tiefen Zug an ihrer selbstgedrehten Zigarette und musterte ihren Mieter mit einem skeptischen Blick.

»Warum schreiben Sie denn nicht?« fragte sie in verletztem Stolz. »Dann hätte ich die Wohnung geputzt.«

»Das hätten Sie bestimmt nicht getan«, erwiderte Jack und lächelte sie liebenswürdig an. »Läuft das heiße Wasser?«

La Polaca zuckte vielsagend mit den Schultern, als wäre das eine schwierige Frage. Gemeinsam stiegen sie die Treppe hoch. La Polaca rang keuchend nach Luft, doch zugleich sog sie trotzig an ihrer Zigarette. Oben begutachtete sie ihr riesiges Schlüsselbund, wählte schließlich einen Schlüssel aus und sperrte die schwere Eichentür zu Jacks Wohnung auf. Die Knirpse stürmten mit den Koffern als erste hinein und warfen sie in der Mitte auf den Boden.

Die Wohnung sah genauso aus, wie Jack sie vor Monaten verlassen hatte. La Polaca bückte sich nach einigen vergilbten Briefen vor der Tür. Jack leerte unterdessen sein ganzes Kleingeld aus den Taschen. Jubelnd rannten die Knirpse damit davon. Auf dem Wohnzimmertisch stand eine Kaffeetasse mit verschimmeltem Bodensatz. Über allen Möbeln lag eine feine Staubschicht. Wo die Sonne durch die Ritzen in den Jalousien hereinlugte, wirbelte der Staub in dichten Flokken herum.

»Ich hatte gar nicht mehr mit Ihrer Rückkehr gerechnet«, erklärte la Polaca und trat ihre Zigarette aus.

»Warum?« fragte er aufgekratzt. »Gibt es jetzt ein Gesetz gegen das Glücksspiel?«

»Das nicht... aber...« Sie hielt den Zeigefinger vor die Lippen. Über das Thema durfte nicht offen gesprochen wer-

Der Spieler Jack Weil (Robert Redford) ist in Havanna auf der Suche nach ein paar guten Spielrunden.

Bobby Duran (Lena Olin) lebt gefährlich – sie unterstützt zusammen mit ihrem Mann, Arturo Duran, die Rebellen.

den. Dann reichte sie ihm seine Post, die er sofort in den Papierkorb unter dem Tisch warf.

Er ging zum Fenster, um die Jalousien hochzuziehen. »Wohnt der Professor noch oben?«

»Wohnt immer noch hier«, kicherte sie, »und treibt es immer noch mit den Witwen im ›Nacional‹. Im Augenblick hat er ein Zwillingspärchen. Aus Chicago. Das ist halb so langweilig, sagt er. Ich meine, es ist doppelt so langweilig.«

Das Sonnenlicht flutete jetzt herein. Jack zog sich das Jakkett aus. In einer Tasche hatte er den Papierschirm aus dem Lido gefunden. Es schien ihn zu überraschen, daß er ihn noch hatte. Er legte ihn in eine Schüssel auf dem Tisch.

»Wie würde es mir eigentlich in Miami ergehen, Jack?« fragte la Polaca unvermittelt und stellte sich ans Fenster. »Sehen Sie da Chancen für mich?«

»Ganz mies. Aber was hat Miami einer vornehmen Ungarin wie Ihnen zu bieten? Havanna ist doch gar nicht so schlecht.«

»Wissen Sie, wie ein Panzer sich anhört?« meinte sie versonnen. »Dieses grauenhafte Kreischen? Es kommt immer näher. Ich höre ständig nur Panzer die Straße runterfahren.« Sie wandte sich wieder vom Fenster ab.

Jack hatte sich unterdessen ans Aufräumen gemacht. Er strich die Kissen glatt und warf die vertrockneten Topfpflanzen in den Papierkorb. »Hey, Polaca, wir sind doch nicht in Budapest!«

Sie schenkte ihm ein nachsichtiges, wenn auch mitleidiges Lächeln. »Hier haben Sie's ja gut, Jack.« Auf ihre Weise zeigte sie so ihre aufrichtige Freude über sein Kommen. Mit allen ihren Mietern verband sie ein kameradschaftliches Verhältnis. »Es ist immer noch sehr ruhig. Aus dem Kasino kommt fast nie Lärm. Höchstens die Chips klimpern mal. Na gut, wenn die Spieler die Karten mischen, das hört man vielleicht auch noch. Und der Straßenlärm hat sie ja noch nie geschert.« Sie huschte zur Tür und strahlte ihn kokett an. »Ich hole nur mal den Besen.« Dann verschwand sie. Ihr rasselnder Husten hallte noch eine Weile durch das Treppenhaus.

Jack machte die Tür hinter ihr zu und stellte sich mit einer Pall Mall im Mund ans Fenster. Er zündete sie an und schnippte das Streichholz hinaus. Langsam taumelte es zur Straße hinab. Sein Blick fiel auf ein Kartenspiel auf dem Fensterbrett. Mechanisch nahm er es in die Hand, mischte die Karten und ging damit ins Zimmer zurück. Als wartete er darauf, daß ein imaginärer Partner abheben würde, knallte er die Karten auf den Tisch.

Aus halb geschlossenen Augen blinzelte er den Kringeln seiner Zigarette nach und krempelte sich die Ärmel hoch. Dann tat er etwas sehr Sonderbares. Er winkelte den linken Arm an und strich sich mit den Fingern über die hervortretenden Venen. Sollte das Glück bringen? Nur, er glaubte ja nicht an das Glück.

»Jack Weil ist wieder da!« rief er plötzlich trotzig in das leere Zimmer hinein.

Niemand widersprach ihm.

Von Westen her pfiff ein heftiger Wind durch Malecon. Die Flut brandete gegen die Kaimauer und schleuderte der Mittagssonne zischende Gischtkronen entgegen. Auf Sandsäkken auf der Uferpromenade saßen gelangweilt zwei Beamte der Nationalen Polizei. Die Karabiner hatten sie gegen die Schenkel gelehnt. Sie schauten unentwegt auf die weißen Schaumkronen der See hinaus, als sollten sie auf Piraten achten. Von einem der baufälligen Hotels dröhnte die Hitparade von Radio Miami zu ihnen herüber.

Drinking Rum and Coca-Cola, trällerten die Andrews Sisters. *Go down Point Couva Mana...*

Das Radio war so laut aufgedreht, daß es im Umkreis von hundert Metern zu hören war. Hinter den Polizisten und ihrem Bunker aus Sandsäcken verhallte die Musik in einer Gasse. Der Sand, den Tag für Tag der Wind vom Meer hereinwehte, vermochte den Lärm nicht zu schlucken. Ganz am

Ende der Sackgasse stand eine Lagerhalle, deren Fassade mit roten Buchstaben verunstaltet war. ›FUERA YANQUIS!‹ hatte jemand mit ungelenker Hand hingeschmiert. Bis hierhin dröhnte die Musik so laut, daß die Mauern zu vibrieren schienen.

Both mother and daughter, schmetterten die Andrews Sisters unisono, *working for the Yanqui Dollar!*

Grau und verschwommen flutete das Sonnenlicht durch die verschmierten Fensterscheiben ins Lagerhaus. Drinnen stapelten sich größtenteils schmutzige und verrostete Maschinenteile. Zu welchem Gerät sie einmal gehört haben mochten, wußte niemand mehr so genau. Aber mitten in diesem Durcheinander stand der weiße Geländewagen. Ricardo, der geschniegelte Revolutionär, stand über den Kofferraum gebeugt da und hievte die in Öltücher gewickelte Schmuggelware heraus. Eines nach dem anderen reichte er die Bündel einem älteren, einarmigen Mann.

Auf einem Tisch daneben warteten die Einzelteile eines tragbaren Radios auf ihre Montage. Eine hochgewachsene, sehr ernst aussehende Frau mit schwarzem glattem Haar studierte aufmerksam den Bauplan. Tomas, der Intellektuelle mit der Brille, wanderte vor dem verschmierten Fenster auf und ab. Als einziger schien er das Gejaule der Andrews Sisters zu hören. Oder zumindest war er der einzige, der sich davon an den Rand des Wahnsinns bringen ließ.

»Es ist jetzt fünf Uhr!« schnappte Tomas. »Wo steckt er nur?«

Keiner gab eine Antwort, denn keiner wußte es. Ricardo und der Einarmige, Bufano, brachten die Bündel zum Tisch. Sorgfältig wickelte Ricardo die Öltücher auf. Der Rest war Monicas Aufgabe. Vorsichtig, als bastelte sie eine Bombe, nahm sie die Einzelteile und machte sich an die Arbeit.

»Etwas stimmt da nicht!« zischte Tomas. »Sonst ist er doch pünktlich!« Er fuhr immer schnell aus der Haut. Wie ein wütender Panther lief er weiter vor dem Fenster auf und ab. Die anderen schenkten ihm keinerlei Beachtung. Unnötige Sorgen konnten sie sich nicht leisten. Sonst würde die Revolution vorbei sein, noch bevor sie angefangen hatte.

Nach Sonnenuntergang prasselte einer jener tropischen Wolkenbrüche über die Stadt hernieder, die immer einsetzen wie das Ende der Welt, rastlos ziehen sie von Insel zu Insel weiter. Ein weißer Lichtstrahl zuckte über den grünen Cadillac. Unter seinen Reifen in der Rinne neben dem Bürgersteig schoß das Wasser einem Wildbach gleich hinunter. Jemand war so umsichtig gewesen und hatte das Verdeck hochgeklappt. Daß es durch ein paar undichte Stellen hereinregnete, ließ sich freilich nicht verhindern.

Jack Weil saß bei geschlossenen Fensterläden in seiner Wohnung und lauschte der Sintflut. Zum fünfzehnten Mal schon teilte er ein Blatt aus. Es war ein Spiel gegen zwei Phantome. Die Karten lagen alle aufgedeckt auf dem Tisch. Er verlor mit einem Pärchen Neuner. Die Erzählung einer alten Frau fiel ihm wieder ein – man solle nie im Gewitter Karten spielen, war die Moral gewesen.

Als er die Karten wieder aufsammelte, war in der Ferne Maschinengewehrfeuer zu hören – nicht so scheppernd wie der Donner, aber heimtückischer. Er setzte sich kerzengerade auf und lauschte. Keine Schüsse mehr. Unten in der Straße jagte ein Wagen mit quietschenden Reifen vorbei. Erneut rieb sich Jack Weil über den angewinkelten Unterarm.

Er legte die Karten beiseite und fischte den Papierschirm aus der Schale, öffnete ihn, machte ihn wieder zu und legte ihn in die Schale zurück. Dann packte er den Telefonhörer und wählte eine Nummer. Das tat er so kraftvoll, als müßte er eine Roulettedrehscheibe in Bewegung setzen. Jemand am anderen Ende nahm ab. Er hatte keine Zeit, ›Hallo‹ zu sagen.

»Ich habe eine Nachricht für Joe Volpi«, schnauzte der Spieler ins Telefon. »Richten Sie ihm aus, daß Jack Weil das Warten satt hat. Er soll sich fürs Pokern einen anderen suchen.«

Und schon knallte er den Hörer auf die Gabel. Der Sturm

draußen hatte sich jetzt gelegt. Er fuhr in sein Jackett und steckte das Kartenspiel in die Tasche. Als er vor das Haus trat, nieselte es nur noch. Wenn die alten Weiber recht hatten, war jetzt die beste Zeit fürs Spielen.

Er fuhr in Richtung Süden, wo es garantiert keine großen Hotels gab. Niemand aus dem Lido würde sich in dieser Gegend beerdigen lassen, aber in den zwielichtigen Strichlokalen und billigen Spielhöllen dort lauerte der Tod in einer anderen Gestalt. Selbst nach dem Regenguß roch es nach Schmutz, Lärm und Streit.

Jack parkte seinen Wagen in einer schmuddeligen Gasse und ging zu Fuß weiter, vorbei an laut plärrenden Losverkäufern. Die Kasinos sahen sich hier alle gleich: sie waren total heruntergekommen. Jeder Eingang führte in eine kleine Hölle. Die Spielautomaten starrten vor Schmutz. Der grüne Filzbezug der Billardtische sah aus wie mit Pilzen überwuchert – ein einziges Bild des Verfalls. Dennoch warteten im Schatten ausgemergelte Existenzen auf ihre Glückssträhne. Für die meisten von ihnen freilich war es längst zu spät.

Vielleicht hatte er sie willkürlich ausgesucht, vielleicht kannte er sie von früher her. Oder vielleicht waren auch nur die Neonlichter ein bißchen greller und die zwei Dirnen im Eingang ein bißchen üppiger. Jedenfalls hatte eine Kneipe es Jack besonders angetan. Sie bestand aus einer Reihe von Spielautomaten, ein paar Spieltischen und einer Theke. Ein wie ein Zuhälter aussehender Typ trat auf Jack zu. »Señor«, schnarrte er und rieb sich dazu die Hände, als wolle er den Kreislauf in Gang bringen, aber Jack hatte schon das Weite gesucht.

Rastlos zog er weiter und starrte durch das Glasfenster eines anderen Etablissements, eines nicht minder schäbigen, verwahrlosten Schuppens. Ein Gitarrentrio tobte drinnen und verpuffte seine Energie im Nichts. Genausogut hätten die Gäste im Leichenschauhaus pokern können. Der Spieler eilte weiter, mehr als ein Betrunkener torkelte ihm vor die Füße.

Nach einer guten halben Stunde hatte er das ganze Viertel abgegrast und nur übelste Spelunken gefunden. Ganz zum Schluß fand er endlich gegenüber einer alten Missionskirche ein halbwegs vernünftiges Kasino. Die Kundschaft bestand größtenteils aus Seeleuten und Arbeitern – nicht unbedingt sein Fall, aber wenigstens keine Halbleichen. Neben einem Kamin aus Pappkarton vor der Tür stand ein klapperdürrer Weihnachtsmann, der unablässig mit einer Glocke bimmelte.

Mit einem Blick durch das Fenster überzeugte sich Jack vom Vorhandensein der nötigen Grundausstattung, nämlich Roulettetischen und Deckenventilation. Er warf dem Weihnachtsmann ein paar Münzen zu und trat ein. Auf einem Podest hinter der Bar tanzten zwei Stripperinnen, die gerade beim Busen angelangt waren und ihn ausgiebig herumschwenkten. An der Bar stand der Eigentümer persönlich, ein Syrer, der sich in einem fort über das nach hinten geklatschte Haar fuhr, um zu sehen, ob die Pomade noch wirkte.

Jack schlenderte zu ihm hinüber und stellte sich vor. Mitten in ihre Verhandlung hinein ließen die Stripperinnen die letzten Hüllen fallen. Jack achtete nicht weiter auf ihr aufreizendes Gebaren, sondern folgte dem Syrer zu einem privaten Tisch hinter den Roulettes. Kaum hatte er seine Karten auf den Tisch geknallt, da näherten sich auch schon die ersten Zocker. Sie rochen förmlich das Spiel.

Wie von einem Magnet angezogen, traten ein untersetzter Kubaner mit Panamahut und ein englischer Matrose an den Tisch und kauften dem Syrer eilig Chips ab. Jack nickte ihnen lächelnd zu, als sie neben ihm Platz nahmen. Hinzu kam noch ein Geschäftsmann aus China. Er bezahlte den Syrer mit einer Geldrolle, und in diesem Augenblick erinnerten die zwei an Kaufleute auf der Seidenstraße des Mittelalters. Es war eine bunte Mischung. Jack kam sich vor wie bei einer Pokerrunde im Hauptquartier der Vereinten Nationen.

Hinter dem Chinesen näherte sich zögernd ein schwarzer Busfahrer in blauer Uniform. »Komm schon, Kumpel, setz dich zu uns«, munterte Jack ihn auf. »Der Einsatz ist zwei Pesos, comprende? Wir spielen Straight Draw Poker.« Der Mann konnte nicht mehr widerstehen und setzte sich als fünfter an den Tisch. »Ich gebe«, erklärte Jack. Die Spannung in seiner Stimme war nicht zu überhören. Es konnte losgehen.

Stunden später war das Kasino in dichte Rauchschwaden gehüllt, und die Musikbox dröhnte um einiges lauter, damit auch kein Nachtschwärmer einschlief. Die Stripperinnen hatten inzwischen gewechselt. Die zwei neuen hatten gewaltige Brüste, und ihre Bewegungen hatten etwas unnatürlich Traumhaftes, als würden sie unter Wasser schwimmen. Vielleicht hatten sie Heroin genommen. Das Publikum scherte sich nicht um sie. Alle starrten gebannt auf das Drama am Pokertisch.

Der Kubaner mit dem Panamahut schob mit dem Rechen gerade den Pot mit mindestens tausend Dollar auf seine Seite. Der Chinese und der Busfahrer waren längst mit leeren Taschen ausgestiegen. Bereitwillig waren aber andere an ihre Stelle getreten. In Dreierreihen standen die Zuschauer um den Tisch. Nur allzugern wären sie eingestiegen, denn der Kartengeber, ein blonder Amerikaner, ließ sich ausnehmen wie eine Weihnachtsgans. Das Lächeln war ihm trotzdem nicht vergangen.

»Ich weiß schon, daß du mich geblufft hast!« rief Jack Weil dem Kubaner lachend zu und zuckte hilflos mit den Schultern. »Was heißt ›bluffen‹ auf spanisch?« wandte er sich an die Herumstehenden.

Der Syrer ließ sich nichts entgehen. Ihm war noch nicht ganz klar, was hier gespielt wurde. Als Eigentümer konnte er sich jedoch wirklich nicht beklagen. So viele Chips wie diese Nacht hatte er im ganzen Monat noch nicht verkauft.

Weitere Spieler strömten herbei, bis die ersten Sonnenstrahlen durch das staubverschmierte Fenster fielen. Jetzt tanzte nur noch eine Stripperin, eine Schwarze, auf dem Podest vor sich hin. Sie vergaß ganz, die Kleider abzulegen, so wenig Beachtung erntete sie für ihre Bemühungen.

Um den Pokertisch standen die Kibitze nach wie vor in Dreierreihen. Jack gegenüber saßen zwei Musiker – sie hatten nach dem Auftritt den Frack erst gar nicht abgelegt –, ein verkaterter Tourist, dem Miami förmlich vom Gesicht abzulesen war, und ein amerikanischer Matrose mit dunkelrotem Kopf. Neben Jack hatte sich eine der Stripperinnen von vorher niedergelassen. Die Arme hielt sie keusch über der Brust verschränkt.

Jacks Grinsen war unverändert munter. Fröhlich legte er ein Full House auf den Tisch: drei Damen und zwei Siebener. Das brachte ihm endlich einen fetten Gewinn. Wie ein Kind einen ganzen Haufen Süßigkeiten an sich rafft, so zog er den Gewinn zu sich herüber. Sorgfältig zählte er ein paar hundert Dollar ab und reichte sie dem Syrer. »Das wäre dein Anteil, Amigo. Dafür bringst du uns aber einen pechschwarzen Kaffee.«

Während der Matrose die Karten wieder mischte, legte Jack den Arm lässig auf die Stuhllehne der Stripperin und blinzelte in die Runde der Kibitze. Plötzlich ging sein Grinsen vom einen Ohr zum anderen. »Hey, jetzt werden wir aber vornehm«, rief er. »Baby Hernandez ist gekommen!«

Hernandez, ein Zuckermillionär, hob sich deutlich von den ungepflegten Stammkunden ab. Er war frisch rasiert, gepudert und für das Lido gekleidet. Sein Eau de Cologne brachte einen Frühlingshauch in den abgestandenen Kneipendunst. Er bedachte Jack mit einem gewinnenden Lächeln. Baby Hernandez mochte jeden, und jeder mochte ihn. »So, so«, schnarrte er. »Es stimmt also, was die Leute sagen, Jackie?«

»Was denn, Baby?«

»Daß Sie wirklich überall spielen.« Babys Lächeln war nicht direkt höhnisch, aber fast.

»Wo man mich eben läßt«, meinte Jack gedehnt. Sein Blick wurde härter. »Machen Sie mit, Baby?« forderte er ihn auf.

Einen Wimpernschlag lang zögerte der Zuckermillionär. »Abgemacht. Ich muß nur noch schnell telefonieren.« Er machte auf dem Absatz kehrt und lief zum Münzfernsprecher an der Bar. Mit einem leisen, zufriedenen Lächeln beobachtete Jack ihn beim Wählen.

Sehr, sehr kurze Zeit später zwängte sich eine große weiße Luxuslimousine durch die enge Gasse und hielt vor dem heruntergekommenen Kasino. Sie wirkte hier noch mehr fehl am Platz als Baby Hernandez, der sich hin und wieder in billigen Absteigen herumtrieb, wenn ihn die Lust dazu überkam. Ein Chauffeur in adretter Uniform sprang aus dem Wagen und riß die Tür hinten auf. Heraus kam Joe Volpi. Ein säuerlicherer Blick war kaum noch vorstellbar. Er verzog das Gesicht, als wäre er in einen Haufen Hundekot gestiegen. Noch nie hatte sich ein Joe Volpi dazu herabgelassen, den Fuß in ein solch verkommenes Viertel der Verlierer zu setzen. Entsprechend nervös sah er auch aus. Anscheinend hielt er Armut für ansteckend.

Umringt von seinen Leibwächtern betrat Volpi die verrauchte Höhle. Sieben Uhr morgens und gerammelt voll! Das Lido konnte da vor Neid erblassen. Die Menge hinter den Roulettetischen drängte sich so dicht, daß die Pokerrunde dahinter schier verschwand. Seine Leibwächter schoben zwar die Umstehenden für ihn beiseite, dennoch bekam Volpi die Pokerspieler vorerst nur zu hören.

»Na ja, ein Pärchen könnte es schon werden«, verkündete Jack Weil aufgekratzt. »Flush ist auch nicht ausgeschlossen.« Er war unrasiert, hatte rotgeränderte Augen und war ganz aufgeputscht. »Neun bis fünf, die Bürostunden. Zwei Dämchen. Viermal Kreuz. Oho, der König der Selbstmörder!« rief er und deckte ein Pik-As vor dem Matrosen mit dem roten Kopf auf. Dann kam er an die Reihe. »Ich bekomme natürlich eine Drei zur Sieben«, stöhnte er. Er nickte dem Kubaner mit dem Panamahut zu, der die zwei Damen vor sich liegen hatte. »Die Dämchen bieten als erste.«

Er sah auf und erkannte Joe Volpi, der direkt hinter dem

Matrosen stand und ihn mürrisch anstierte. »Schön, schön, schön«, sagte der Spieler leise und spreizte die Finger elegant auf dem Tisch. »Nettes Spiel, passende Umgebung. Mehr will ich ja gar nicht, Kumpel.«

Dann blickte er wieder in die Runde. »Letztes Spiel«, kündigte er an und warf ein paar Chips in den Pot. »Ich erhöhe auf zweihundert.«

Volpi machte auf dem Absatz kehrt. Weil sich auf dem Weg zum Ausgang Körperkontakte nicht vermeiden ließen, verzog er angewidert das Gesicht. Der Syrer verbeugte sich tief vor ihm, als hätte der König persönlich sein unwürdiges Etablissement beehrt. Volpi würdigte ihn keines Blicks und verschwand sofort in seinem Wagen. Auf dem mit rotem Plüsch bezogenen Rücksitz stieß er erst einmal einen Seufzer aus. Dann holte er aus der Bar eine Flasche Whisky.

Wenige Minuten später trat Jack Weil ins Freie. Als erstes sog er tief die Morgenluft in sich ein. Beim Anblick der weißen Luxuslimousine spielte er den Erstaunten. Während er noch den Kopf schüttelte, sprang der Chauffeur, ein bulliger, rabiat aussehender Typ, herbei und hielt ihm die Tür auf. Er ließ sich auf dem edel bezogenen Sitz Volpi gegenüber nieder. Genüßlich verschränkte er die Arme hinter dem Hals, streckte sich und gab ein langgezogenes Ächzen von sich. Die Erschöpfung machte sich allmählich bemerkbar.

Der Wagen glitt leise davon.

»Raten Sie mal, Volpi! Ich habe das Spiel doch noch gewonnen!« rief der Spieler und grinste über das ganze Gesicht. »Sie sind ein richtiger Glücksbringer.«

»Ihre Nachricht hat mir ganz und gar nicht gefallen, Jack.« Volpis Stimme war nicht minder kalt als seine Augen.

»Ich war wohl ungeduldig.«

»Ungeduld können Sie sich in Ihrer Position nicht leisten. Damit schneiden Sie sich im Augenblick nur ins eigene Fleisch.« Der warnende Tonfall war unüberhörbar. Zugleich wirkte Volpi müde, als müßte er zum hundertsten Mal denselben Text wiederholen. Seufzend massierte er sich die

Schläfen. »Also gut. Sie können Ihr Spiel im Lido haben. Zehn Prozent, so wie Sie's vorgeschlagen haben.«

Jack verdrehte auf der Lehne den Kopf und sah zum Fenster hinaus. Sie hielten gerade an einer Ampel. Eine Gruppe von Arbeitern machte auf dem Bürgersteig Brotzeit. Sie sahen ausgehungert aus und mampften gierig in sich hinein.

»Arme Scheißer«, meinte Volpi trocken. »Ich möchte nur wissen, gegen wen sie den Dreckskerl von Batista eintauschen wollen. Sie kriegen doch nur wieder einen anderen Tyrannen.« Er lachte zynisch.

»Ich will mehr, Joe.« Jack klopfte lässig eine Zigarette aus der Schachtel und zündete sie sich an. Vom Sitz gegenüber kam kein Laut. »Ich habe in allen großen und kleinen Clubs zwischen Chicago und Miami gespielt. Und ich kann mich an jedes einzelne größere Spiel erinnern. Verstehen Sie das?«

»Was wollen Sie, Jack?«

»Ich will das große Ding. Bislang konnte ich davon nur träumen. Mit Partnern, die keinen Gedanken an die Einsätze verschwenden, egal, wie hoch sie sind. Verstehen Sie mich jetzt?«

Gegenüber blieb es still. Und doch war dem Gesicht des Geschäftsführers anzumerken, daß sich hier etwas Besonderes abspielte. So hatte er den Spieler noch nie erlebt. Verletzbar war er in diesem Moment, zugleich aber auch gefährlich. Und ganz bestimmt ließ ein solcher Mann sich auf keine Halbheiten ein.

»Ich will, daß Sie mit Lansky sprechen«, fuhr Jack fort. »Ich will, daß das Haus auf meiner Seite steht.«

Joe Volpi schniefte, als hätte er plötzlich eine Allergie entwickelt. »Gestern wollten Sie doch nicht mehr als ein Spiel im Club. Das gebe ich Ihnen ja. Und auf einmal wollen Sie Geld von uns.« Er drehte die Handflächen nach oben wie einer, der kein Geld mehr hat.

Jack drückte die Zigarette im Aschenbecher aus. »Wissen Sie, was mir letzte Woche zugestoßen ist? Mir ist klar geworden, daß ich noch nicht so bald sterben werde. Wozu soll ich mir noch länger etwas vormachen? Die Gelegenheit zu einem großen Spiel kommt nie wieder, es sei denn, ich ergreife sie jetzt beim Schopf.« Er beugte sich weit nach vorne. »Die Zeit ist günstig, Joe. Und zwar in dieser Stadt. Eine zweite Chance läßt die Geschichte nicht zu.«

Sie schaukelten beide sanft auf und ab. Die Limousine kam geräuschlos vor Jacks Haus zum Stehen. Schon wieder tollten die Straßenkinder um den Wagen herum. Joe Volpi schüttelte zu Jacks letzten Worten den Kopf. Geschichte war nicht sein Fach. »Sie sind müde, Jack«, meinte er.

»Bestimmte Dinge haben mich müde gemacht.«

»Jetzt mal langsam, ja? Ein Spiel, wie abgemacht. Zeigen Sie erst mal, was in Ihnen steckt.« Er hüstelte leise. Eine Erkältung deutete sich an. »Ich brauche mindestens einen Tag, um es zu organisieren. Wir werden ja sehen, wie es läuft. Alles zu seiner Zeit, Jack, okay?«

Der Chauffeur hielt dem Spieler die Tür auf. Im gleißenden Sonnenlicht erinnerte der rote Plüsch auf den Sitzen an ein Bordell. Jack Weil nickte schwach und stieg aus. »Schlafen Sie sich mal aus!« rief Volpi ihm nach. Er wirkte geradezu besorgt um Jacks Wohlergehen.

Unter dem Gejohle der Knirpse glitt die Limousine davon. Eine Weile liefen sie ihr noch nach, dann wurde sie ihnen zu schnell. Der Spieler streckte sich mit einem lauten Gähnen. Nach dem heftigen Regen glitzerte die Straße in der Morgensonne. Zum ersten Mal in seinem Leben sah er so aus wie einer, der die Geschichte auf seiner Seite hat.

Der Abend senkte sich über die prächtigen, im Schutz alter Ziegelmauern liegenden Villen der Gartenstadt. Darüber erhob sich sanft eine Hügellandschaft mit saftigen Grasmatten. An den Rändern der sich träge durch die Gegend windenden Straßen reckten sich herrliche Palmen in die Höhe. So etwas wie einen Bürgersteig gab es natürlich nicht. Wer hier lebte, hatte es nicht nötig, wie ein gewöhnlicher Bauer zu laufen.

Ein stahlblauer Chevrolet kam um die Ecke geschossen

und bog in eine gepflasterte Auffahrt ein. Am Steuer saß Bufano, der einarmige Revolutionär. Gekleidet war er aber ganz und gar nicht wie ein Rebell. In seiner sauberen weißen Hose, dem Blazer und dem gestärkten Hemd wirkte er eher wie ein vornehmer Offizier. An der Beifahrerseite stieg Monica aus, die Radiobastlerin. Sie trug ein luftiges Sommerkleid.

Man hätte sie für die Bewohner des Anwesens halten können, auf das sie jetzt lässig zuschlenderten – Mitglieder der besseren Gesellschaft, in gesicherter Position und so langweilig wie alte Geldscheine. Dazu wollte allerdings nicht passen, daß ein Mann und eine Frau sie von der Veranda der Villa gegenüber aufmerksam beobachteten. Der Mann nickte der Frau über seine Zeitung hinweg zu, woraufhin sie sich erhob und ins Haus eilte. Das Ganze erinnerte an eine lautlose Theateraufführung. Der Puls Havannas schlug unhörbar.

4

Wer in Havanna etwas auf sich hielt, ging in die Florida Bar im vornehmsten Viertel der Stadt zwischen Juwelierläden und französischen Boutiquen. Alles im ›La Floridita‹, wie die Schickeria das Lokal gerne nannte, war aus glänzendem Messing und hochglanzpoliertem Teak. Die Bar hätte auch am Seine-Ufer in Paris stehen können, und ihre Besitzer schienen weder Kosten noch Mühen zu scheuen, damit sie auch weiterhin ein Vorbild an Eleganz blieb. So konnte es auch nicht überraschen, daß sich selbst an diesem Abend – an dem die ganze Stadt von Bombenanschlägen und einer Invasion der Rebellen flüsterte – die Limousinen vor dem Floridita reihten. Komme, was wolle, das Highlife mußte weitergehen.

Die Bar war gerammelt voll. Dicht an dicht stand man da, tuschelte miteinander und tauschte die neuesten Gerüchte aus, soweit es die Musikband zuließ. Man fand gar nicht die Zeit, sich hinzusetzen, weil es so viele Bekannte zu begrüßen gab. Die Frauen waren braungebrannt und gertenschlank. Ihre knappen Cocktailkleider verrieten mehr, als sie verhüllten. Um den Hals oder von den Ohren hingen Diamanten. Die Begleiter der Damen waren durch die Bank älter. Fehlende Jugend versuchten sie, angeregt von zu vielen Martinis, durch besonders geistreiche Konversation wettzumachen.

Gemeinsam an einem Tisch saßen Marion Chigwell, der unbedarfte Kolumnist, und ein Abenteuerreporter aus Kuba, Julio Ramos. Sie waren schon ein sonderbares Paar, aber gemeinsam hatten sie wenigstens die tintenverschmierten Finger und die für ihren Berufsstand typische Fettleber. Chigwells Fliege bauschte sich auf. Er verkündete wieder einmal eine maßgebliche Theorie.

»Was zum Teufel ist er denn?« rief er mit einer wegwerfenden Geste. »Castro, und was weiter? Eine Radiostimme, sonst nichts!«

Achselzuckend nippte Ramos an seinem Whiskyglas. »Hören Sie, keiner hier weiß, was noch alles passiert. Nicht einmal die Rebellen. Die wollen auch nicht alle Castro. Ein paar sind für Prio. Sie wissen nur eines – daß sich etwas ändern muß.« Mit einem abschätzigen Blick auf Chigwells Drink wechselte er das Thema. »Hier trinkt man Daiquiri, mein Freund. Ihren Mojita bestellt man bestenfalls in den Bodeguitas. Wo haben Sie denn Ihre Informationen her? Von Bauern?«

Auf einmal wandten beide den Kopf. Jack Weil bahnte sich den Weg zur Bar. Er winkte den Journalisten zu, dann blieb er an einem anderen Tisch zu einem kurzen Plausch stehen. Er trug ein elegantes weißes Seidenjackett und sah bestens ausgeruht aus, wie einer, der schon immer auf der Sonnenseite des Lebens gestanden hat. Nichts an ihm deutete auf die letzte Nacht in der Spielhölle hin. Ihm war die seltene Gabe zu eigen, die Vergangenheit jederzeit abzustreifen. Heute war ein neuer Tag, und er war für alles Aufregende zu haben, vor allem, wenn es Röcke trug.

Er hatte kaum seinen Anejo bestellt, da kamen sie schon auf ihn zu, zwei blutjunge hübsche Urlauberinnen. Patty, eine Blonde mit Bubikopf, trug ein Marilyn-Monroe-Kleid mit äußerst tiefem Ausschnitt. Ihre Freundin, Diane, mit braunem Pferdeschwanz, hatte unter einem weißen Kaschmirpullover nichts weiter an. Sie waren eindeutig auf ein Abenteuer aus und trugen das recht stolz zur Schau. Beide hatten sie wohl gerade erst die High School hinter sich. In Amerika hätte kein Türsteher sie hereingelassen.

»Hey!« rief Diane und tippte ihm auf die Schulter. »Sprechen Sie englisch?« Kontaktschwierigkeiten hatte sie keine.

»Aber immer«, erwiderte der Spieler lächelnd.

»Habe ich dir nicht gesagt, daß er Amerikaner ist?« wandte sie sich triumphierend an ihre Freundin. Dann sprach sie wieder mit Jack, im Ton eines Schulmädchens diesmal: »Sagen Sie mal, Mister, uns ist nicht ganz klar, was...«

»Hier müßt ihr einen Daiquiri trinken«, fiel Jack ihr ins Wort und schnippte schon den Barkeeper herbei.

Diane schürzte die Lippen. »Und wenn mir das nicht schmeckt?«

»Es wird dir garantiert schmecken«, versicherte ihr der Spieler und legte ihr einen Arm um die Hüfte. »Ich heiße übrigens Jack.«

Diane streckte den Körper kerzengerade durch. Lächelnd stellte sie jetzt Patty und sich selbst vor. Bevor sie weiterreden konnte, war Ramos lüstern herangeschlichen. Ein Whiskygrinsen huschte über sein zerknittertes Gesicht, und seine Nase zuckte wie die eines Hundes, der Beute wittert. »Sie sind wohl zum erstenmal in Havanna, meine Damen?« erkundigte sich der Journalist.

»Hey, Ramos, wo ist deine neue Story?« zog Jack ihn auf.

Der Reporter nickte den Mädchen höflich zu. »Diese wunderschönen Blumen sind die Story«, schnurrte er. »Willkommen in Hemingways Stammcafé.«

»Wirklich?« lispelte Patty aufgeregt. »Schade, daß er heute nicht da ist.«

»Hat er es Ihnen denn nicht gesagt?« In gespieltem Erstaunen nickte der Reporter in Richtung Jack.

»Was denn?« flüsterte Diane.

»So ein Hasenfuß!« gackerte Ramos und knuffte Jack in die Seite. »Also wirklich, Ernie, kein Backfisch ist so schüchtern wie du.«

»Ernie?« hauchte Patty ungläubig.

»Ernest Jack Hemingway«, bestätigte Ramos mit einem bedeutsamen Nicken.

»Ach ja?« spöttelte Diane, die gewandtere von den beiden. »Und wo ist sein Bart?«

Der Journalist legte den Finger auf die Lippen. »Pssst! Das ist sein Inkognito.«

Sie lachten alle fröhlich auf. Jetzt kamen auch die Daiquiris für die Mädchen. Von hinten näherte sich der unvermeidliche Chigwell und lächelte hoffnungsvoll in die Runde. Bereitwillig machte Ramos ihm Platz. Es war eine willkommene Gelegenheit, sich eng an Patty zu drücken. »Mein Name ist Chigwell«, erklärte die Nervensäge. »Ich schreibe für den *Gourmet*.« Wie immer hörte er sich wie ein Vertreter an. Er nickte Jack zu. »Waren Sie nicht neulich auch auf der Nachtfähre?«

»Hmmm«, meinte Jack nachdenklich. »Hatte ich da einen Bart?«

»Nein ... keinen Bart.«

Der Spieler schüttelte den Kopf. »Dann kann ich es nicht gewesen sein.« Die zwei Schönheiten kreischten vor Lachen. Diane schmiegte sich sogleich enger an Jacks Arm.

»Wie lange wollen Sie denn bleiben, meine Damen?« fragte Ramos. Er sah aus, als wolle er ein Stück von Pattys Schulter abbeißen.

»Ach, nur bis Neujahr«, meinte Diane gedehnt. »Hey, wie ist das denn mit Castro? Ist er wirklich so gefährlich?«

»War nett, Sie wiederzutreffen«, flötete Chigwell und warf

einen Blick auf die Uhr. »Leider muß ich bis Mitternacht noch drei Restaurants abklappern. Zeit, daß ich mich auf die Socken mache. Alles Gute noch, Ramos, meine verehrten Damen.« Und weg war er. Mit auf und ab tanzender Fliege steuerte er auf den Ausgang zu.

Diane hatte die Politik schon wieder vergessen. Sie nahm einen großen Schluck aus ihrem Glas. »Oooohhh, ist das gut«, stöhnte sie verzückt. Es klang wie ein Versprechen für die Nacht.

Ramos beugte sich zu Jack hinüber. »Hältst du ihn für eine Tunte, unser Marionchen?«

Der Spieler kniff die Augen zusammen. »Keine Ahnung. Aber irgendwie kommt er mir nicht ganz astrein vor.« Dann schnitt er eine angewiderte Grimasse. Solch einen verheißungsvollen Abend wollte er sich doch nicht mit ernsten Spekulationen verderben lassen. Er zwickte Diane in die Hüfte. »Alles klar, meine Damen? Jetzt wollen wir mal einen anständigen Abend planen, sonst verpassen wir noch was.«

»Wenn hier jemand plant, dann ich!« schaltete Ramos sich ein. Er streckte stolz die Brust heraus und kam sich ungeheuer wichtig vor. »Schließlich bin ich der einzige Einheimische. Jetzt zeige ich euch erst mal ein Lokal, das die Touristen garantiert nicht kennen. Mir nach!«

Er hob den Arm wie ein Kavallerieoffizier und schritt voran durch das dichte Gewühl. Patty und Diane sahen Jack fragend an. Mit einem Nicken forderte er sie zum Mitkommen auf. »Zum Lesesaal der Christlichen Wissenschaft«, beschied er sie. Er legte je einen Arm um ihre Schultern, und so folgten sie dem Reporter.

Unter herzhaftem Lachen lief das Quartett an den vielen Limousinen vorbei und zwängte sich in den Cadillac. Es war eine herrlich milde Nacht, sogar im engen Gassengewirr hing überall der Duft von Jasmin in der Luft. Diane schmiegte sich eng an Jack. Ramos, der mit Patty hinten saß, fuchtelte wie ein Politiker herum.

»Ihr Yankees seid euch doch alle gleich«, wetterte er in die

Nacht hinaus. »Wir reiben uns jahrelang im Unabhängigkeitskampf gegen die Spanier auf, und am allerletzten Tag reißt ihr euch alles unter den Nagel und nennt das dann den spanisch-amerikanischen Krieg!« Er blitzte Patty an, die unsicher zurückblinzelte. »Ihr habt uns immer nur als Kolonie behandelt.«

»Aber wir kennen uns noch gar nicht!« rief Patty empört und zog den Rock übers Knie.

»Hör nicht auf ihn«, beschwichtigte Jack sie. »Seine Oma hat es mal mit Teddy Roosevelt getrieben. Seitdem fürchtet die Sippe um ihren lupenreinen katholischen Stammbaum.«

Er bog in eine belebte Gasse ein, wo aus den Lautsprechern zahlloser Bars und Striplokale Cha-Cha-Cha-Rhythmen dröhnten. Eindeutig der richtige Ort zum Feiern. Überall standen Weihnachtsbäume in Töpfen auf dem Bürgersteig oder in den Fenstern der Bars. Ein Plastik-Rentier mit knallroter Nase hockte gefährlich wackelig auf einer Ampel. Vor ihnen stolzierten Zuhälter und übermäßig aufgetakelte Dirnen auf und ab.

Die Bodeguita del Medio stand in auffallendem Gegensatz zum Floridita. Auf ihre Weise war sie aber genauso schick und vielleicht sogar noch beliebter. Sie war nur eine kleine Cafébar in einer Nebenstraße, die Warteschlange davor reichte jedoch bis in die nächste Straße. Ramos dirigierte Jack zu einem Parkplatz nicht weit von der Bar, dann führte er die Amerikaner an der Schlange vorbei zum Eingang. Der Türsteher ließ sie passieren, als stünden sie unter diplomatischer Immunität. Die Mädchen waren gehörig beeindruckt.

Das Gedränge war noch schlimmer als im Floridita, nur war hier nichts von französischer Eleganz zu spüren. Es herrschte eine spanisch-kubanische Atmosphäre, und zwar unverwässert vom Glamour der Villenviertel. Für Musik sorgten drei Gitarristen, die sich Carlos Pueblo and Co. nannten. Im Schein von flackernden Laternen drängte sich hier ein wesentlich jüngeres und sehr schlicht gekleidetes Publikum. Manikürt oder geschniegelt war niemand. Guyaberas statt Jacketts war die Parole. Es wurde gefeiert, daß die Fetzen flogen, teils weil Weihnachten war, und teils weil der Untergang der Welt bevorstand.

Jack drückte beide Mädchen fest an sich, während Ramos auf einen Plausch mit dem Geschäftsführer zur Bar ging. Er beugte sich über den Pferdeschwanz. »Möchtest du einen Mojito probieren?« flüsterte er.

»Klar«, kicherte das Mädchen. »Ich will alles probieren.«

Lächelnd beugte er sich in die andere Richtung. »Und was willst du, Diane?«

»Ich heiße Patty.«

»Wollte nur einen Test machen«, meinte Jack unter allgemeinem Gelächter. »Und? Willst du auch alles probieren, Patty?« Er glitt mit der Hand mehrmals über ihren Arm. Ganz offensichtlich hieß ihr leises Stöhnen ja.

Plötzlich drängten sich zwei große, kräftige Männer zum Ausgang. Die Feiernden machten ihnen eilig Platz. Für einen kurzen Augenblick senkte sich unheilvolle Stille über das Lokal. Kaum waren die Gorillas verschwunden, ging das Stimmengewirr von neuem los, als hätte eine Sirene Entwarnung gegeben. Schnell erreichte die Stimmung wieder den Höhepunkt. Ob sie aufgesetzt war oder echt, interessierte wohl niemanden.

Ramos gesellte sich wieder zu Jack und den Mädchen. »Habt ihr diese Typen gesehen? Das waren welche von Batistas Polizei. SIM wird sie genannt.«

»Was wollten sie?« fragte Patty. Sie schmiegte sich immer noch eng an Jack.

»Sie wollen etwas ganz Bestimmtes verhindern«, meinte Ramos lächelnd.

Diane stieß Jack neckisch an. »Hast du nicht gesagt, Havanna sei sicher?«

»Ich doch nicht, mein Schatz. Ich halte keinen Ort der Welt für sicher.«

Unvermittelt schnappte Ramos nach Luft. »Mein Gott«, flüsterte er ehrfurchtsvoll. »Das ist ja Duran.«

Jack hatte schon gespürt, daß sich etwas an der Tür tat, aber wer auch immer eingetreten sein mochte, er war von der Menge noch verdeckt. Auch wenn Jack jetzt den Kopf reckte, waren ihm die Neuankömmlinge doch herzlich egal. Er hatte ja mit beiden Händen voll zu tun.

»Jack! Das ist Arturo Duran!« Der Journalist schrie fast vor Aufregung, Jacks ausdrucksloser Blick machte ihn nur noch erregter. »Dieser Mann ist hier eine Institution«, erklärte Ramos mit fast religiöser Inbrunst.

»Aha...«, meinte der Spieler vage. Wenn er an einer Kirche vorbeikam, hielt er auch immer die Luft an.

»Er war in den Bergen.« Ramos beugte sich so dicht zu Jack, daß der nicht mehr einzuatmen wagte, so ekelerregend roch die Whiskyfahne, die ihm entgegenschlug. »Er war mit Fidel zusammen, heißt es. Wenn einer die vielen Splittergruppen unter einen Hut bringen kann, dann er.« Seine Leidenschaft ließ keinen Zweifel mehr zu. Der Journalist scherte sich keinen Deut mehr um die in seinem Beruf übliche Überparteilichkeit. Ein Guerilla hätte in diesem Augenblick nicht fanatischer sein können.

Noch einmal wandte Jack den Blick zum hektischen Treiben am Eingang. Diesmal bekam er den Mann zu Gesicht, der soviel glühende Verehrung auf sich zog. Er war Kubaner, gutaussehend, etwa Mitte Vierzig und dem Auftreten nach eindeutig Aristokrat. Große, ausdrucksstarke Augen und ein adrett gestutzter Schnurrbart prägten das Gesicht. Aber trotz seiner eleganten Erscheinung und des maßgeschneiderten europäischen Anzugs hatte er etwas Asketisches an sich. Er war wohl ein Mann, der gelernt hatte, Liebgewordenes aufzugeben, und der genau wußte, wofür es sich zu kämpfen lohnte.

Diane und Patty zogen den Spieler schon wieder ungeduldig auf seinen Hocker, als wieder ein Raunen durch die Menge ging. Jacks Herzschlag setzte für einen Moment aus. Eine Frau trat an Durans Seite – Bobby. Hastig befreite Jack sich von den zwei Mädchen. Er packte den Journalisten am

Arm. Sein Mund war plötzlich wie ausgetrocknet. »Wer ist das?«

»Seine Frau«, erklärte Ramos, ohne den Blick von seinem Helden zu wenden. »Roberta heißt sie.«

Arturo Duran und seine Frau versuchten sich bis zur Bar durchzukämpfen, gehindert wurden sie daran von zahllosen Gratulanten. Ein jeder wollte ihm begeistert die Hand schütteln. Verlegen ließ er die vielen Glückwünsche über sich ergehen. Dann trat der Inhaber der Bodeguita unter tausend Verbeugungen auf ihn zu. In diesem Moment schüttelte Bobby das üppige Haar nach hinten und ließ den Blick durch das Lokal schweifen.

Als sie Jack erkannte, zuckte sie zusammen, als wäre plötzlich eine alte Wunde aufgebrochen. Einen Augenblick sahen sie und der Spieler einander mit versteinerter Miene an. Als ihr Mann sie wieder beim Arm nahm, löste sie sich aus der Erstarrung, lehnte sich eng an ihn und murmelte ihm etwas ins Ohr. Ihre tiefe Vertrautheit war für jedermann ersichtlich. Duran lächelte.

Entschlossen trat er an die Bar heran, wo Ramos, Jack und die zwei Mädchen saßen. Seine Frau folgte ihm mit einem Schritt Abstand. In Ramos' Gesicht spiegelten sich abwechselnd Erstaunen und Verzückung, die blankem Entsetzen wichen, als Duran freundschaftlich den Arm um Jacks Schulter legte. »Hallo, mein Freund«, begrüßte ihn der Aristokrat mit einem warmen Lächeln. »Lange nicht gesehen, was? Haben Sie einen Augenblick Zeit?«

»Für Sie?« entgegnete der Spieler. »Soll das ein Scherz sein?«

Es war schwer zu sagen, was dem Spieler mehr behagte, als Arturo ihn zum anderen Ende der Bar führte. War es Ramos' unbezahlbare Miene? Oder war es die unerwartete Nähe zu Bobby? Mit einem Schlag war Jack aufgeputscht wie nach einem halben Dutzend Mojitos, oder wie bei einem Spiel um zehntausend Dollar.

Gelassen trat Bobby an die drei anderen heran. »Ich bin Roberta Duran«, stellte sie sich charmant lächelnd vor, als wäre sie die Gastgeberin und dies ihre Party.

»Ich wußte gar nicht, daß Ihr Mann und Jack Weil Bekannte sind«, brachte Ramos hervor. Er hatte sich vom Schock noch nicht ganz erholt.

»O doch«, sagte sie und lächelte den Amerikanerinnen zu.

»Ich bin Diane, und das ist Patty«, sagte die mit dem Pferdeschwanz. Bobby gegenüber wirkten sie plötzlich noch schulmädchenhafter. Viel fehlte nicht, und sie hätten geknickst.

Arturo Duran musterte den Spieler mit einem halb bewundernden, halb amüsierten Blick. Jacks totales Desinteresse an der Politik schien er sofort gespürt zu haben. »Sie wissen nicht, wer ich bin«, stellte er ohne jede Spur von Überheblichkeit fest.

»Nur daß Ramos die Augen verdreht, wenn von Ihnen die Rede ist.« Jetzt musterte Jack sein Gegenüber.

»Sie kennen ja das südliche Blut«, meinte Arturo Duran mit einem Achselzucken. Dann wurde er ernster. »Ich möchte Ihnen meinen tiefen Dank bekunden. Meine Frau hat mir von Ihrem Wagemut erzählt.«

Unwillkürlich warf Jack einen Blick auf Bobby. Sie war in ein angeregtes Gespräch mit Patty und Diane vertieft. Ihre Eleganz und ihr vollkommen natürliches Gebaren konnte er genauso wenig vergessen wie ihr Lilienparfüm. Fast hätte er Durans Einladung überhört: »Möchten Sie nicht mit uns speisen.«

»Ähm, danke«, stotterte der Spieler. Er wußte selbst nicht recht, warum er auf einmal so durcheinander war. »Aber es geht nicht... Meine Freunde... ähm...«

»Bitte«, drängte Arturo. »Nur einen Imbiß, wie es bei Ihnen in Amerika üblich ist.« Lachend schnippte er mit den Fingern. Ein glühender Bewunderer des hektischen Treibens in den Vereinigten Staaten war er also nicht unbedingt. »Und danach können Sie ja wieder zurück zu Ihren Freunden. Sie haben sicher nichts dagegen. Nichts gegen Ramos – er ist ein anständiger Mann, aber eben ein Reporter.« Jack blieb weiter stumm. »Bitte.« Arturo wurde eindringlicher. »Sie würden meiner Frau und mir eine große Freude machen.«

Schließlich nickte Jack. Ganz gegen seinen Willen hatte er sich breitschlagen lassen. Kurz gingen sie zu den anderen hinüber, und Jack versprach, daß er sich baldmöglichst wieder zu ihnen gesellen wolle. Sie machten einen Treffpunkt aus, und souverän führte der Journalist die Mädchen zum Ausgang. Alles sollte ihm recht sein, sofern es nur Arturo Durans Sache diente.

Jetzt erst begrüßten Jack und Bobby einander, beiläufig und kühl wie zwei entfernte Bekannte. Der Inhaber führte sie an einen Tisch hinter der Bar, den er irgendwie aus dem Nichts herbeigezaubert hatte, denn die Bar war ansonsten nach wie vor gerammelt voll. Sie hatten kaum Platz genommen, da erschien schon ein Kellner mit einer Runde Mojitos. »Das Essen hier ist nichts Exquisites«, bemerkte Arturo. »Auf dem Land wird es sehr viel gekocht, aber es wird Ihnen bestimmt schmecken.«

»Ich habe hier schon gegessen«, erklärte Jack. Um Robertas Blick auszuweichen, starrte er unentwegt auf seinen Drink.

»Mr. Weil hat nämlich in Havanna eine Wohnung«, schaltete Bobby sich ein.

»Ach so!« rief ihr Mann. »Dann verbringen Sie ja sehr viel Zeit in Kuba.« Es war keine Frage, aber er war immer noch dabei, den Amerikaner einzuschätzen. Noch wußte er nicht so recht, wo dieser Playboy hingehörte.

»Ich spiele hier gelegentlich Karten«, sagte Jack obenhin.

»Dann sind Sie also Glücksspieler?«

»Nun ja – ich versuche das Glück auszuschalten.«

Arturo sah ihn verdutzt an. »Und wie machen Sie das?«

»Indem ich so gut wie möglich spiele.«

Bobby ließ ein glockenhelles Lachen ertönen, und sogar Arturo mußte lächeln.

Der Spieler konnte nun nicht mehr die Augen von ihr wenden. Sie trug ein blaßrotes Kleid, von dem sich deutlich ein französisches Kopftuch mit aufgesticktem Reitermotiv abhob. Ihre Wangen zeigten einen Hauch von Rosa, obwohl sie kein Make-up benutzte. Wahrscheinlich hatte sie in seinem Kabriolett ein paar Sonnenstrahlen abbekommen.

Ein gehäuftes Tablett und drei Teller wurden aufgetragen, obwohl keiner eine Bestellung aufgegeben hatte. Schwarze Bohnen und Reis, Yucca und Schweinefleisch und grüne Tomaten. Küche vom Land, wie Arturo angedeutet hatte. Und bezahlen mußten sie natürlich auch nicht.

»Ja, ein Spieler«, meinte Bobby und drückte ihrem Mann liebevoll den Arm. »Ein Mann mit Mut zum Risiko, nicht wahr, Mr. Weil? Ein Mann, der das Risiko auf ein Minimum beschränkt. Genau solche Leute brauchen wir ja.«

Eisiges Schweigen herrschte plötzlich im ganzen Raum. Jack drehte sich um. In der Tür standen wieder die zwei SIM-Agenten. Ihre Augen waren hinter ihren dunklen Sonnenbrillen nicht zu erkennen. Mißmutig ließen sie die Blicke über die Tische schweifen. »So eine Sonnenbrille könnte ich auch gut gebrauchen«, raunte der Spieler.

Bobby lachte heiter auf. Angst war ihr nicht anzumerken. Faszinierter denn je zuvor musterte Jack Arturo. »Beunruhigen diese Burschen Sie denn nicht?«

»Eigentlich nicht«, erwiderte Duran und schaufelte Schweinefleisch auf Jacks Teller. »Nicht daß ich übermäßig tapfer wäre«, fügte er eilig hinzu. »Aber wissen Sie, Mr. Weil, in Batistas Kuba gibt es zwei Sorten von Menschen. Die einen, die Foltern aushalten – und die anderen. Meine Familie ist nun mal sehr alt, kastilisches Geschlecht und sehr bekannt. Darum ...«

Er zog bescheiden die Schultern hoch. Es war fast ein Reflex bei ihm, als wolle er damit sagen, ihm komme keinerlei Verdienst zu. Plötzlich schien es ihm nur noch um das Wohlergehen seines Gastes zu gehen, und so fiel der Spieler über den Braten her. Das Fleisch schmeckte hervorragend. Für ein typisches Bauerngericht war es raffiniert zubereitet. Jack hielt mit seinem Lob nicht hinter dem Berg. Auf diese Weise schmeichelte er gleichzeitig dem Koch des Hauses und der reichen Kultur des Landes, seiner Wahlheimat.

Arturo Duran lächelte. Ganz offensichtlich hörte er für sein Land bestimmte Komplimente sehr viel lieber als an die eigene Adresse gerichtete. Vergnügt sah er den beiden beim Essen zu. Selbst rührte er kaum etwas an, offensichtlich war er durch und durch Asket.

»Hoffentlich wissen Sie, was für einen bedeutenden Dienst Sie uns erwiesen haben«, wandte er sich wieder an Jack.

Der Spieler sah zu Bobby hinüber. Sie erwiderte den Blick mit der gleichen tapferen und entwaffnenden Offenheit, mit der sie ihn auf der SUZI angesprochen hatte. So gut Jack auch sonst bluffte, diesem durchdringenden Blick konnte er nicht standhalten. Der Einsatz war zu hoch. Er schaute wieder zu ihrem Mann hin, der gerade eine Telefonnummer auf ein Streichholzbriefchen schrieb.

»Schon gut, ich glaube es Ihnen gern«, sagte der Spieler so gleichgültig er es vermochte.

»Sie sind Kartenspieler, Mr. Weil, und Ihrer eigenen Einschätzung nach ein guter.« Arturo lächelte ihn an, und plötzlich kam Jack sich ihm gegenüber wie ein blutiger Anfänger vor. »Sie bewegen sich in Kreisen, die für uns von unschätzbarem Wert sein können. Wenn ich Sie noch einmal um etwas bitten dürfte...«

Jack lief rot an. »Für so etwas spiele ich nicht Karten. Das ist Politik.« Das letzte Wort spuckte er verächtlich aus.

Arturo schob das Streichholzbriefchen zu ihm hinüber. »Für den Fall, daß Sie es sich anders überlegen.«

»Das werde ich nicht.«

Mit einem nachsichtigen Lächeln schüttelte der Adelige den Kopf. »Sie sind ein typischer Amerikaner, Mr. Weil. Dabei geht es im Leben doch um nichts anderes als um Politik. Kriege, Hungersnöte, Revolutionen, alles wird davon bestimmt. Und trotzdem sagen Sie, das spielt keine Rolle für sie?«

»Nicht für *mein* Leben«, versetzte der Spieler, aber die eigenen Worte kamen ihm plötzlich unpassend vor, wie bei einem bockigen kleinen Kind.

»Für jedes Leben«, betonte Arturo mit einem traurigen Blick auf die Speisen. »Verkörpert Politik nicht auch Hoffnung?«

Jack lachte nervös. »Fragen Sie mich nicht, Sir. Ich habe keine Ahnung davon.«

»Ich glaube, Mr. Weil fühlt sich nur verunsichert, wenn du ihn so bedrängst«, bemerkte Bobby.

Arturo betrachtete noch einmal aufmerksam Jacks Gesicht. Obwohl er sich eigentlich schon vorher ein Bild von ihm gemacht hatte, wirkte er jetzt etwas verwirrt. Die Frage, wie es dazu kommen konnte, daß zwei so grundverschiedene Männer an einem Tisch saßen, ging ihm nicht aus den Sinn. Bislang waren Leute mit einer anderen Weltanschauung immer seine Todfeinde gewesen.

Seine nächste Frage kam stockend. Arturo tastete sich heran, als müsse er ein Minenfeld durchqueren. »Vielleicht... schockiert es Sie, daß ich eine so gefährliche Mission meiner Frau übertrage...«

»Sie ist ja *Ihre* Frau.« Es war nicht so grob gemeint, wie es klang. Der Spieler versuchte nur zu sagen, daß es ihn nichts anging. Genauer gesagt, er wünschte es sich – aber Wunsch und Wirklichkeit klafften auseinander.

»Wir haben nur ein Ziel«, fuhr Arturo Duran fort. »Den Umsturz des Batista-Regimes. Dabei läßt es sich nicht vermeiden, daß wir uns die Hände schmutzig machen.« Ohne es zu merken, betrachtete er die eigenen Hände, als wolle er überprüfen, wie schmutzig sie waren. Der Heilige in ihm kam wieder zum Vorschein – auf der ewigen Suche nach dem richtigen Weg. »Wenn wir ein anderes als dieses eine Ziel hätten, sagen wir, nur schön, nett und lieb zu sein...« – ein versonnenes Lächeln huschte über sein Gesicht – »...ja, dann würde Batista hier in alle Ewigkeit herrschen. Verstehen Sie mich bitte richtig, Mr. Weil. Ich bin nicht da, um über

Sie zu richten. In vieler Hinsicht beneide ich Männer wie Sie, weil Sie sich trotz allem eine gewisse Unschuld bewahren.«

Soviel philosophischen Gleichmut brachte seine Frau wohl nicht auf, auch wenn sie den Arm auf seine Schultern legte. Ihre Wangen hatten sich rot gefärbt. »Vielleicht ist es gar nicht Unschuld«, warf sie ein. »Vielleicht schert sich Mr. Weil einfach einen Teufel um solche Dinge.« Sie sagte es ohne jeden Zorn. Gleichwohl kam jedes Wort wie ein Peitschenhieb.

»Hey, ich kenne doch die Politiker!« Jack wurde trotzig. »Ich spiele ja Karten mit ihnen. Mit dem allergrößten Vergnügen sogar, weil sie so leicht zu schlagen sind. Menschenskinder, wo sonst kann der Mann von der Straße diesen Burschen das Fell über die Ohren ziehen?« Er lachte kurz und trocken auf. In seinen Augen funkelte es herausfordernd, als wolle er sich mit jedem anlegen, der ihm zu widersprechen wagte. Dann hatte er sich wieder unter Kontrolle. »Seien Sie mir nicht böse, aber ich muß zu meinen Leuten zurück.«

Bobby nickte anmutig. Sie war wieder ganz die bezaubernde Gastgeberin. Auf ihre Härte und unverhüllte Verachtung einzugehen, war für Jack sehr viel leichter. Plötzlich fiel es ihm wie Schuppen von den Augen. Das beiläufige Lebewohl vom Lido hatte er wohl gründlich mißverstanden. Sie hatte es als Abschied für immer gemeint, wie jetzt auch. Aber bestand das Leben eines Spielers nicht aus tausend Abschieden? War er sein Leben lang nicht permanent im Aufbruch begriffen? Jetzt aber blieben ihm die Worte »Auf Wiedersehen« in der Kehle stecken.

Arturo war jedoch noch nicht fertig. »Warum lassen sie sich das Fell über die Ohren ziehen?« fragte er, faszinierter, als er sich eingestehen wollte.

Jack wandte sich ihm wieder zu. Er war froh, nicht sie ansehen zu müssen. »Weil es beim Pokern manchmal viel bringt, wenn man mit einem tollen Blatt verliert. Denn danach ist es um so leichter, mit einem miesen Blatt zu gewinnen.« Er verkündete dieses Axiom im Tonfall eines Propheten, der seine auf Stein gemeißelten Gebote vorliest. »Aber bei einem Politiker kann man sich nie auf dergleichen verlassen. Die wollen immer die Macht sofort.«

Ein Ausdruck vollkommen neuer Achtung trat in das Gesicht des Adeligen – und das bei einem Mann, der sich nicht so leicht beeindrucken ließ. Er hatte zuviel Zeit mit Leuten verbracht, die, abgestumpft durch die Unterdrückung, ihren Frieden mit den Tyrannen geschlossen hatten.

Bobby schaltete sich wieder mit sanftem, aber unüberhörbar herausforderndem Ton ein. »Ich glaube, daß die Welt Ihnen mehr am Herzen liegt, als Sie zugeben, Mr. Weil.«

»Ach, wirklich?« meinte der Spieler fast spöttisch.

»Jemand muß die Verantwortung übernehmen, sonst ändert sich nie etwas.«

»Vielleicht.« Er starrte auf seine Hand hinunter. Überrascht stellte er fest, daß er die ganze Zeit mit Arturos Streichholzbriefchen gespielt hatte. Energisch schloß er die Faust darum. »Aber ich maße mir kein Urteil darüber an, wer die Änderungen vornehmen soll.«

»Warum haben Sie uns dann geholfen?« fragte Arturo.

»Es war ein Geschäft.«

Arturo lächelte. »Und warum haben Sie dann das Geld zurückgegeben?«

Zum Glück pokerten sie jetzt nicht, denn Jack sah vollkommen entgeistert drein, so als wäre ihm ein As aus der Hand gefallen. Er warf einen Blick zu Bobby hinüber. Sie senkte den Blick und zog stumm die Zipfel ihres Kopftuchs über die Lippen.

»Roberta hat mir erzählt, daß sie zu Hause den Umschlag wieder in ihrer Tasche gefunden hat«, erklärte Arturo. »Demnach sind Sie nicht nur Spieler, sondern auch eine Art Zauberkünstler.«

Jack gab keine Antwort. Die drei Gitarristen kamen auf Bobby zu, verneigten sich tief vor ihr und stimmten ein andalusisches Liebeslied an. In diesem Augenblick hatte Arturo alle Trümpfe in der Hand, auch wenn er nicht im entferntesten an einen Spieler erinnerte. Er lächelte gutmütig, vielleicht sogar lausbübisch vor sich hin. Eifersucht schien ihn nicht zu quälen.

»Vielleicht glauben Sie trotz alledem doch an etwas«, meinte er trocken. »Vielleicht glauben Sie an die Schönheit von Frauen, Mr. Weil.«

Jack stand als erster auf, aber auch die beiden schienen aufbrechen zu wollen. Die Hände lässig in den Taschen, richtete der Spieler ein paar gemurmelte Dankesworte an Arturo. Als nächstes hätte er seine Frau ansprechen müssen, aber Bobby und Jack konnten nur noch stumme Blicke wechseln, denn der Eigentümer der Bodeguita kam herbeigesaust, überschüttete Señora Duran mit Komplimenten und erheischte seinerseits Lob von seinen Gästen. Halb mit einem Achselzucken, halb mit einem Winken verabschiedete sich Jack. Wenigstens mußte er nichts mehr sagen.

Langsam kämpfte er sich durch die Menge zum Ausgang vor. Niemand folgte ihm, und er drehte sich auch kein einziges Mal um. Er sah beileibe nicht aus wie ein Mann auf der Flucht. Nonchalant wie immer, ließ Jack Weil die Blicke über alle möglichen Gesichter schweifen. Am Horizont wartete ja das Spiel seiner Träume. Ganz so frei wie früher einmal war er jedoch nicht mehr. Als er auf die weihnachtlich geschmückte, nach Jasmin duftende Straße hinaustrat, überzogen seine Stirn tiefe Falten, Grüblerfalten. Männer, die sich durchschaut vorkommen, sehen so aus.

Und in seiner Tasche steckte das Streichholzbriefchen.

5

Es war kurz nach Mitternacht, und um diese Zeit ist nichts mehr unmöglich. Die Stimmung im Floridita und der Bodeguita war auf dem Höhepunkt. Keine Haarnadel hätte mehr in die Lokale gepaßt, aber jetzt, zur Geisterstunde, strömten die Feiernden in Zweier- oder in Dreiergruppen auf die Straßen, um woanders in die Mysterien der Nacht einzudringen. Die Kasinos kamen nun richtig auf Touren, die Stripshows wurden heißer, und die Separées füllten sich. Die Nacht in Havanna war ein Königreich für sich und gewährte Gunstbeweise und geheime Verabredungen, wie man sie sich in seinen kühnsten Tagträumen nicht ausmalen konnte.

Zu den rastlosen Gestalten dieser nächtlichen Parade gehörte ein abstoßend häßlicher Eisverkäufer. Mühsam schob er seinen Karren über das holprige Kopfsteinpflaster der Altstadtgassen, bei jeder Erschütterung ertönte ein verlockendes Bimmeln. Pärchen traten Arm in Arm heran. Sie fühlten sich wieder wie Kinder, wenn sie der Vogelscheuche ihr Geld reichten und dafür das Softeis im Pappbecher und mit gelbem, grünem und rotem Sirup darüber bekamen.

Dann kramte die Vogelscheuche lachend in ihrem Beutel unter dem Gürtel nach Wechselgeld und gab es ihnen zusammen mit dem Eis. Ein Bettler trat mit ausgestreckter Hand aus dem nächsten Hauseingang. Die Pärchen kehrten ihm den Rücken, die Vogelscheuche zischte ein »Verpiß dich!«.

Plötzlich wurde die ganze Szene in grelles Licht getaucht. Ein schwarzer Wagen schlingerte um die Ecke. Sie alle – Eisverkäufer, Bettler und Kunden – sahen erschrocken auf. Wenige Meter vor ihnen bremste der Wagen scharf. Sollte einen der Insassen die Gier nach Kirscheis überkommen haben? Die Tür ging auf, und eine Gestalt wurde auf das Pflaster gestoßen. Reglos blieb sie vor den entsetzten Zeugen liegen.

Mit kreischenden Reifen schoß der Wagen davon. Die Pärchen suchten schleunigst das Weite. Ob die Gestalt noch lebte, scherte keinen. Auch die Vogelscheuche schob ihren Karren eilig davon. Nur der Bettler kam näher und wagte einen Blick auf das Gesicht des Toten. Ausdruckslos starrten die Augen des bärtigen Vespafahrers in den Mitternachtshimmel.

Die Straße war auf einen Schlag leergefegt. Der Bettler fand im Rinnstein eine Zeitung und breitete sie wie ein Leichentuch über dem Gesicht des Toten aus. Dann schlurfte er zu seinem Hauseingang zurück. In dieser Nacht würde sich in Havanna keine Menschenseele mehr um den Bärtigen kümmern. Vielen Toten wurde nicht einmal diese kleine Zeremonie zuteil. Dazu hätten sie schon im eigenen Bett sterben müssen.

Aber konnte eine Leiche mehr oder weniger noch etwas an der Angst in der Stadt ändern? Wohl kaum. Durch das bunte Treiben versuchte man sie nur zu überspielen. Die Schatten nämlich bargen die Gewalt, und darum trieb es die Feiernden den Motten gleich ins grelle Licht der Neonröhren und der schlaflosen Straßen.

Arm in Arm flanierten angeheiterte Pärchen durch die Hauptverkehrsstraßen. Zum Schlafen waren sie zu aufgedreht. Unter all diesen scheinbar unbeschwerten Nachtschwärmern fielen Bobby und Arturo nicht weiter auf. Nur amerikanische Matrosen auf dem Weg zu einem der lärmenden Nachtclubs pfiffen Bobby anerkennend nach. Träge lehnte sie den Kopf an Arturos Schulter, und so bummelten sie aufs Geradewohl durch die Stadt. Man hätte schon sehr genau hinsehen müssen, um ihre wachsamen Blicke zu bemerken.

An der nächsten Straßenecke standen Taxis in einer Reihe. Arturo warf einen beiläufigen Blick über die Schulter. Kein schwarzer Wagen kroch hinter ihnen her, niemand war ihnen zu Fuß gefolgt. Eilig führte Arturo seine Frau zum vordersten Taxi, machte die Tür auf und stieß sie blitzschnell hinein. Dann drehte er sich um und ging hastig davon.

Das Taxi wendete und bog in den nächsten Boulevard ab. Stoßstange an Stoßstange ging es dort weiter. Junge Kubaner in blitzblanken amerikanischen Chromkarosserien brüllten und pfiffen den Mädchen nach. *Sweet Little Sixteen* dröhnte wie eine Hymne aus den offenen Wagen. Dazwischen wetzten Erdnuß- und Zeitungsverkäufer mit ihren Waren hin und her.

Das Taxi erreichte die Kreuzung Prado – Via Veneto. Über dem Garten in der Mitte des Platzes erhob sich ein Weihnachtsbaum, darunter stand eine Krippe mit lebensgroßen Figuren. Trotz des beängstigenden Verkehrs tanzten junge Leute auf dem Boulevard und trommelten ihren Rhythmus auf die Kühlerhauben der vorbeifahrenden Wagen. Als das Taxi den Prado verließ, kam ihm ein grünes Kabriolett entgegen. Aber gerade in diesem Augenblick sah sein Fahrer in eine andere Richtung. Bobby und Jack fuhren aneinander vorbei wie zwei Schiffe in der Nacht.

Jack suchte konzentriert die Bürgersteige nach Ramos und den beiden Mädchen ab. Mehr denn je erinnerte er an einen einsamen Seemann auf seinem ersten Landgang nach sechs Monaten. Hoch über den Dächern der anderen Clubs am Prado erblickte er endlich die Leuchtbuchstaben des Tropicana. Lächelnd schaltete Jack den Blinker ein und verlangsamte das Tempo.

Eine elegant gekleidete Frau beugte sich in das Fenster. Dem ersten Eindruck nach hätte er sie für eine Mitreisende auf einem Luxuskreuzer halten können, deren Name ihm nur nicht einfiel. Beim Lächeln entblößte sie aber eine Reihe mit schiefen und noch mehr fehlenden Zähnen. Sie war also doch nicht so elegant, wie ihre Kleidung vermuten ließ. »Blasen à l'américaine, Señor?« fragte sie sanft.

Jack Weil mußte grinsen. Eine solch raffinierte Unterscheidung war ihm auf allen seinen Reisen noch nicht untergekommen. Anscheinend gab es für alles eine Markenbezeichnung. »Ein andermal, mein Schatz«, erwiderte er liebenswürdig. »Aber für heute habe ich schon zwei Verabredungen.«

Mit einem gelassenen Achselzucken gratulierte die Dirne ihm zum doppelten Glück. Jack bog langsam in die Einfahrt vor dem Tropicana ab und parkte. Ein Bediensteter hielt ihm die Tür auf, und er schlenderte die Stufen zum Eingang hinauf. Als er den schweren Samtvorhang beiseite schob, schien er wieder ganz der alte Playboy.

Innen spiegelte sich alles Licht in einer riesigen Kugel unter der Decke. Die Frauen trugen lange Abendkleider, die

Männer, bereits mit rot gefärbtem Gesicht, hatten ihren Smoking an. Sie schwammen nicht nur alle in Geld, sondern hatten auch dieselbe Tour vom Floridita ins Lido und jetzt in die Tropicana hinter sich. Die Route stand so unumstößlich fest wie die Stationen auf dem Kreuzweg. Die Ein-Uhr-Show in der Tropicana ließ sich niemand entgehen. Mit gerecktem Hals schlängelte sich Jack durch die Menge. An einer der Glaswände mußten sie doch sitzen.

Eine Hand legte sich auf seine Schulter. Er sah einen piekfein herausgeputzten Herrn mittleren Alters mit grauen Locken vor sich. Aus strahlenden Augen blitzte er ihn an. »Santos!« rief Jack und schüttelte ihm herzlich die Hand. »Wie geht's denn immer?«

»Götterdämmerung«, sagte der andere und deutete mit weitschweifender Geste auf das Gedränge rings herum. »Heute wird noch einmal auf den Putz gehauen. Morgen nämlich...« Er ließ den Rest in der Luft schweben. Zwinkernd gab er Jack einen Ellbogenstoß. Feiere die Feste, solange es sie noch gibt, schien er ihm damit sagen zu wollen.

Jack trat näher an die Glaswand heran, hinter der der Garten lag. Endlich erblickte er Ramos und die zwei Mädchen an einem runden Tisch. Er sah ihnen zu, hatte es aber nicht mehr eilig. Nach der hektischen Suche fragte er sich plötzlich, wozu er sich überhaupt all die Mühe gemacht hatte. Unwillkürlich drückte er den linken Arm gegen den Bauch und fuhr sich mit den Fingern über den Unterarm. Es sah aus, als suche er den Puls.

Der Tanzsaal der Academia war nichts anderes als ein heruntergekommener Schuppen im Hafengelände. Von außen erweckte er den Eindruck einer abbruchreifen Lagerhalle. Dem widersprach allerdings die lange Schlange von Studenten, die auf Einlaß warteten. Sie mußten sehr abgehärtet sein, denn der penetrante Gestank aus der Fischkonservenfabrik nebenan hätte jede Katze umgeworfen. Zu ihrem Glück unterschieden sich diese jungen Bohemiens in nichts von ihren

Altersgenossen in New York und Paris. Für ihren Geschmack konnte es gar nicht derb und anarchisch genug zugehen.

Der Saal war brechend voll. Eine blutjunge Band gab eine etwas blecherne Version von *That'll Be The Day*, und die Studenten tanzten ekstatisch dazu. Die gesetzteren Typen hatten sich an der Bar versammelt. Baskenmützen und langes Haar wiesen sie als Anhänger von Che Guevara aus. Junge Verkäuferinnen versuchten ihre Aufmerksamkeit auf sich zu ziehen. Von den Zielen der Guerilla hatten sie zwar keine Ahnung, aber auch so gefielen ihnen die Burschen.

Daß Arturo Duran ausgerechnet in diesen Schuppen ging, war alles andere als unauffällig. Er wirkte ein bißchen wie ein Professor, der auf die Sitten seiner Schützlinge achten will. Seine Blicke schweiften unruhig über die Bar, bis er Bufano entdeckte. Mit seinem einen Arm hielt er eine große Einkaufstüte. Der Ansatz eines Nickens, und beide steuerten auf die Küche zu.

Sobald die Tür hinter ihnen zufiel, hörte eines der Paare auf zu tanzen – Monica und Ricardo. Sie liefen in verschiedene Richtungen, Monica zur Damentoilette, und Ricardo schlenderte für eine Zigarette nach draußen. Sie durften nicht zusammen mit den anderen in der Küche verschwinden. Sicher waren sie nur, wenn sie keine Aufmerksamkeit auf sich lenkten.

Als Arturo und Bufano in die enge, schmierige Küche traten, standen schon zwei Männer mit schmutzigen weißen Kochschürzen und drei zerzauste Kellner über ein winziges Radio gebeugt da. Durch einen Orkan von Knattern und Rauschen meldete sich eine Stimme aus dem Lautsprecher: »Hier der Rebellensender. Könnt ihr uns hören?«

Arturo räusperte sich. Erschrocken sprangen die fünf in Deckung und rissen dabei das Radio um. Sie atmeten hörbar auf, als sie ihn erkannten. Fast hätten sie sich hingekniet und ihm den Ring am Finger geküßt. Die alten Traditionen ließen sich nicht so schnell ändern.

Arturo und Bufano gingen an ihnen vorbei und entriegelten die Hintertür. Dort warteten schon Monica und Ricardo. Unmittelbar nach ihnen kam Tomas herein. Er trug eine genauso große Tüte wie Bufano. Monica holte einen Schlüsselbund aus ihrer Handtasche und sperrte die Vorratskammer auf. Einer nach dem anderen traten die Rebellen ein. Arturo machte als letzter die Tür hinter sich zu.

Sie arbeiteten rasch und präzise. Die Zeit drängte. Bufano und Tomas setzten ihre Tüten auf dem Tisch in der Mitte ab. Sorgfältig hoben sie die Einzelteile des Funkgeräts heraus. Arturo machte einen Zeitvergleich, und Monica setzte die Einzelteile zusammen. Dazu brauchte sie nicht mehr als drei Minuten. Sie war das technische Genie der Gruppe, der lebende Beweis, daß Frauen durchaus zu Recht einen Platz in der Führung der revolutionären Bewegung beanspruchten.

Nach Arturos Uhr war es jetzt eine Minute vor eins. Um genau fünf nach eins wollten sie senden. Fünf Minuten später wäre dann alles vorbei, und der Küchenchef in der verschmierten weißen Schürze würde auf diesem Tisch Teig kneten. Alles war auf die Sekunde geplant. Wenn man an einer neuen Welt arbeitete, durfte man nichts dem Zufall überlassen.

Ein Bongowirbel ertönte in der Dunkelheit. Ein durchdringender Lichtstrahl fuhr suchend durch das exotische Laubwerk. Der Bongowirbel wurde lauter, als der Strahl sich auf die Bühne senkte und auf eine atemberaubend schöne Mulattin fiel. Sie war gut einsachtzig groß, eine wahrhafte Amazonenkönigin. Um die Brüste hatte sie einen Stoffstreifen geschlungen, darunter trug sie einen langen, in der Mitte geschlitzten Batikrock. Aufreizend wiegte sie sich zu den immer schneller werdenden Bongoschlägen. Der Lichtstrahl erfaßte allmählich die ganze Bühne. Hinter der ersten tauchte nun eine zweite, nicht minder schöne und königliche Mulattin auf und dann noch eine. Sie drehten sich jetzt alle drei auf der Rampe hin und her und schienen sich selbst an ihrer Schönheit zu berauschen. Und dann gingen die Lichter an, so hell wie die Mittagssonne über der Karibik, wenn sie das Meer in Quecksilber verwandelt.

Am besten Tisch vor der Bühne klatschte ein beleibter kubanischer Rummillionär im Takt. Vor lauter Begeisterung fiel er fast von seinem Stuhl. Und immer mehr Mulattinnen tänzelten herbei, eine nach der anderen. Ein kubanischer Admiral warf Kußhändchen in Richtung Bühne. Neben ihm saßen steif zwei amerikanische Marineoffiziere, denen die Augen schier aus den Höhlen sprangen. Allein für sie, die dicht gedrängten Kriegshelden und die Geldbarone, tänzelten die Mulattinnen auf und ab. Ihre Bewegungen ähnelten teils denen von Modellen auf dem Laufsteg und teils denen von Priesterinnen, die einem erzürnten Gott ihre Opfer darbringen.

Die Mulattinnenriege des Tropicana galt als Kubas Achtes Weltwunder. Insgesamt zwanzig Frauen von erlesenster Schönheit in allen Farbschattierungen vom blassesten Crème bis hin zum tiefsten Kaffeebraun trieben nun das Publikum zu Beifallsstürmen. Als der Gipfelpunkt der Ekstase erreicht war, ließ Jack Weil sich auf dem leeren Stuhl neben Patty nieder. Lächelnd drückte er ihr die Hand und nickte zu den Tänzerinnen hinüber, als hätte er sie engagiert.

An der anderen Seite des Tisches saß Ramos, den Kopf gegen Dianes Schulter gelehnt. Er hatte eindeutig zuviel über den Durst getrunken. Schläfrig blinzelte er den Spieler an, und irgendwie gelang ihm noch ein triumphierendes Lallen: »Na also, Jack, hast es doch noch geschafft!«

Die Show ging jetzt erst richtig los. Auf der Rampe tänzelten die Mulattinnen weiter aufreizend hin und her. Die Mädchen hinter ihnen hoben ihre Röcke höher und höher. Makellose Beine kamen zum Vorschein, und man ahnte erregt, daß sie nichts unter den Röcken trugen. Noch mehr Scheinwerfer gingen an und strahlten auf eine zweite Bühne hinter der eigentlichen und auf noch eine darüber. Eine afro-kubanische Band wurde sichtbar. Die Trompeten heulten immer wilder auf der zweiten Bühne, die Bongos und Congas trommelten auf der dritten.

Das Ganze war ein einziger Dschungel voll unbändigem Leben, ein Garten Eden hinter Glas, der nach oben in den tropischen Himmel wuchs. Sterne funkelten in den Zweigen der Palmen und Eukalyptusbäume. Zwei Baumhütten kamen ins Licht, vor denen im Duett ein Mann und eine Frau eine leidenschaftliche Liebesballade sangen. Auf jeder Ebene drehten sich Tänzerinnen. Es war eine Orgie von Schönheit und Verderbtheit zugleich, ein Schrei nach Lust, der letzte Freudentaumel einer heidnischen Wildnis, der der Untergang drohte.

Unter den Bäumen stiegen auf einmal farbenprächtige Fontänen in die Höhe. Die Mulattinnen tänzelten nun unter frenetischem Beifall auf dem Laufsteg mitten durch das Publikum. Einer nach dem anderen versanken all die runden Tische in Dunkelheit. Nur noch die Kerzen flackerten. Das war der absolute Höhepunkt von Havannas Glamour. Geld aus Amerika, aus Kuba, aus Venezuela, aus Brasilien, das ganze Geld, das die Welt regiert, schien auf diesen Tischen zu liegen.

Und diese ganze Orgie des Vergnügens diente der Erbauung der herrschenden Klassen. Jack Weil drückte Patty fest an sich und streifte über ihre Brüste: »Na, meine Damen, gefällt's euch?« überschrie er die tobende Musik.

Beide lächelten ihn an. Dianes Augen hatten sich voller Begehren geweitet. »Nicht schlecht«, zog sie den Spieler auf. »Aber das wahre Havanna habe ich noch nicht gesehen...«

Jack lachte anerkennend. Er war hier ganz der Zeremonienmeister. Der heidnische Ritus hatte die zwei Mädchen aufs Äußerste erregt, sie brannten förmlich vor Lust. Und Ramos, der arme Ramos, schlief fest an Dianes Schulter. Wie immer ließ er sich den Höhepunkt entgehen.

Die Lieferantentür an der Rückfassade des Academia-Tanzsaals ging auf. Ricardo und Tomas kamen als erste heraus und verschwanden sofort in der Dunkelheit. Eine halbe Minute später trat Monica mit Arturo Duran ins Freie. Sie gaben sich als Liebespaar, Arm in Arm bummelten sie die Gasse hinunter. Den Abschluß machte Bufano. Er verschloß die Tür und rannte in eine andere Richtung davon. Durch die dünnen Wände des Tanzsaals drangen Fetzen von *Cherry Pink and Apple Blossom* nach draußen. Die Revolutionäre konnten sich also unbemerkt in alle Winde zerstreuen.

Tomas und Ricardo sahen genauso vergammelt aus sie zahllose andere junge Bohemiens auf dem Heimweg. Als sie an einem Hafencafé vorbeikamen, tauchte die Neonröhre ihre Gesichter in blaues Licht. Sie achteten nicht weiter auf den alten Mann, der den Tresen abwischte, und den schäbig gekleideten Arbeiter am Fenstertisch mit seiner bieder aussehenden Frau in einem ausgewaschenen geblümten Kleid. Kaum waren die zwei jungen Männer jedoch vorbeigelaufen, drückte der Arbeiter die Nase ans Schaufenster, um zu sehen, in welche Richtung sie gingen. Seine Frau sprang auf einmal behender, als ihr Aussehen hätte vermuten lassen, auf und lief schnurstracks zum Münzfernsprecher.

Die meisten Menschen versuchten natürlich auch hier durch nichts aufzufallen. Seit Tausenden von Jahren taten sie ihr Möglichstes, um nichts sehen, hören und sagen zu müssen. Aber die rasanten Ereignisse im Havanna des Jahres 1958 kurz vor Weihnachten hatten ihre Welt verändert. Wer nicht zu den Rebellen oder den Regierungssoldaten gehörte, tat gut daran, die eine oder die andere Seite mit Informationen zu versorgen. Wahrhaft neutral waren nur die Toten.

Eine Stunde später hatte Bufano, der Einarmige, an einem Flipperautomaten in einer Spielhalle in der Calle Santa Maria achtzigtausend Punkte erspielt. Überall ratterten und klingelten die Maschinen in einem fort, schossen die Stahlkugeln durch die Hindernisse und sausten vor und zurück. Hinter Bufano stand eine Traube von Zuschauern und feuerte ihn an.

Mit einem Schlag löste sich sein Publikum in Nichts auf. Jeder tat, als ginge ihn das alles nichts mehr an. Bufano war zu sehr in sein Spiel vertieft, um etwas mitzubekommen. So entging ihm auch, daß zwei Hünen in Anzug und mit Sonnenbrillen auf ihn zukamen. Sie packten ihn von hinten und rammten ihm ihre Pistolen in die Seiten. Die Kugel, die gerade noch so schwindelerregend viele Punkte gesammelt hatte, brach ihren Tanz ab und plumpste ins Loch. Kein einziger sah auf, als die zwei Männer Bufano aus dem Salon stießen. Niemand hatte etwas gesehen.

Die Uhr in Monicas kleiner Altstadtwohnung stand auf zwei Uhr morgens. Die junge Frau saß im Bademantel an einem kleinen Tisch. Vor ihr lag aufgeschlagen ein Lehrbuch der Kernphysik. Revolution oder nicht, das Examen stand vor der Tür. Im Bett in der Ecke schlief ihre Großmutter. Ihr weißes Haar wallte über das Kissen, über ihre Brust hing an einer Halskette ein goldenes Kreuz.

Aus dem Treppenhaus kam ein Rascheln, wie es Ratten verursachen. Im nächsten Augenblick sprang die Tür auf. Drei kräftige Männer trieben Monica in eine Ecke. Sie machte erst gar nicht den Versuch zur Gegenwehr, sondern flehte nur mit erhobenen Händen, sie sollten wenigstens die alte Frau verschonen. Einer der SIM-Agenten packte sie mit roher Gewalt und legte ihr Handschellen an. Ihre Großmutter erhob sich und bat sie in Jesus' Namen um Gnade, doch Jesus stand bei diesen Schlägern nicht hoch im Kurs. Einer von ihnen beförderte sie mit einem Fausthieb aufs Bett zurück.

Monica kämpfte jetzt mit Zähnen und Klauen. Es half nichts. Zwei zerrten sie aus der Wohnung. Der dritte, derjenige, der die Großmutter vorhin zum Schweigen gebracht hatte, beugte sich über die Bewußtlose und riß ihr mit einem Ruck das Kreuz vom Hals. Gold war Gold. Danach herrschte Totenstille in der winzigen Wohnung. Das Lehrbuch mit seinen jetzt überflüssigen Formeln lag auf dem Boden. Vom Kinn der Großmutter sickerte Blut. Die Weihnachtsgeschenke unter dem Bett, die sie für ihre geliebte Monica schon eingepackt hatte, waren unversehrt, aber es sollte kein Weihnachten mehr für sie geben.

Im Hafengelände rannte der Intellektuelle, Tomas, was das Zeug hielt. Er hatte sich von den zwei SIM-Agenten, die ihm vor seinem Wohnheim aufgelauert hatten, losreißen können und war bis in dieses ärmste der Elendsviertel gekommen. Eine Straßenbeleuchtung gab es hier nicht, eigentlich nicht einmal so etwas wie Straßen. Kunterbunt standen hier nur Baracken durcheinander – Hütten aus Blech, Stroh oder Pappe. Irgendwo hatte er die Brille verloren und sah jetzt allenfalls nur noch Schemen und Schatten. Wohin er auch rannte, wütendes Hundegebell von allen Seiten verriet seine Spur nur allzu deutlich.

Er wußte, daß sie ihm dicht auf den Fersen waren. Ein Versteck war nirgendwo in Sicht. Dennoch rannte er unentwegt weiter. Er wollte im Laufen sterben. Jede Sekunde als freier Mensch hatte unschätzbaren Wert, auch wenn seine Zeit wie in einer Sanduhr unaufhaltsam ablief.

Da sie alle gefangen und zum Schweigen gebracht wurden, erfuhr keiner vom Schicksal der anderen. Darin aber lag ihre letzte, ihre größte Illusion – in der Hoffnung, daß einer wenigstens davonkommen würde. Wenn einer es schaffte, so redete Tomas sich ein, dann bestimmt Ricardo.

Ricardo fuhr in seinem alten Buick durch die Stadt. Aus dem Radio plärrte Musik in die Nacht hinaus. Mit seiner Lederjacke, der Bluejeans, dem im Wind wehenden schwarzen Haar und der lässig aus dem Mundwinkel hängenden Lucky Strike sah er aus wie ein Abziehbild von James Dean. Ein Poster des Schauspielers zierte auch die Wand über seinem Bett. Einen Unterschied gab es freilich. Ricardo hatte allen Grund, Revolutionär zu sein.

Er näherte sich dem Tunnel nach Guanabacoa. In Gedanken war er schon längst bei dem heißblütigen Mädchen, das in seinem Bett auf ihn wartete. Sie stammte aus der herrschenden Klasse und liebte ihn natürlich, weil er Patriot war. Vor allem aber hatten es ihr die heimlichen Verabredungen angetan. Sie fühlte sich dann immer an Romeo und Julia erinnert. Ihr Vater war nämlich Minister im Kabinett von Batista.

Ricardo schnippte die Zigarette zum Fenster hinaus und warf einen Blick auf sein Gesicht im Rückspiegel. Schon spürte er, wie seine Hose sich in der Leistengegend spannte. Politik und Sex lagen eben dicht beieinander.

Kaum war er in den Tunnel hineingefahren, trat der Fahrer vor ihm abrupt auf die Bremse. Ricardo reagierte blitzschnell. Um Haaresbreite vermied er einen Aufprall. Was war denn das für ein Idiot da vorne, der ihn fast umgebracht hätte? Unter wüsten Flüchen riß er die Tür auf. In diesem Augenblick rammte ein anderer Wagen den Buick von hinten, zerquetschte den Kotflügel und schob ihn gegen die Mauer. Ein Funkenregen ergoß sich über die Unfallstelle.

Wo hatten diese Bauerntrampel eigentlich fahren gelernt? Ricardo fluchte mit solcher Hingabe, daß er sein höchstes Ziel, die Befreiung der Bauern, komplett vergaß. Er zwängte sich aus dem Buick. Denen wollte er es ordentlich zeigen. Und dann war seine Wut mit einem Schlag wie weggeblasen. Von beiden Seiten traten Männer mit dunklen Anzügen, Sonnenbrillen und Pistolen im Anschlag auf ihn zu. Ricardo begriff, daß es nun nichts mehr wurde mit Guanabacoa und dem heißblütigen Mädchen. Gegen brutale Gewalt konnten Sex und Politik nichts ausrichten.

Um einiges später in Jacks Wohnung. Durch die Vorhangritzen zwängte sich der Schimmer der Straßenbeleuchtung; ansonsten war es in der Wohnung finster. Auf der Straße trug ein betrunkenes Paar lautstark einen Streit aus. Er klang fast tröstlich in einer Stadt, die sich auf Explosionen einer ganz anderen Art gefaßt machte. Der Spieler stand mit nacktem Oberkörper vor dem Fenster. Die kühle Nachtluft tat ihm wohl.

Auf dem Sofa hinter ihm tappte jemand im Dunkeln herum. »Hey!« rief Patty. »Wo ist denn hier ein Lichtschalter?«

»Kein Licht«, sagte er, nicht scharf, aber sehr bestimmt.

Patty ließ sich wieder gegen das Rückenpolster fallen und nahm einen weiteren tiefen Zug von einer dicken Marihuanazigarette. »Hey!« ließ sie sich noch einmal vernehmen. »Das Ding wirkt ja überhaupt nicht bei mir!«

Aus der Dunkelheit tauchte Diane neben ihr auf. Sie tanzte splitternackt für sich allein, kniete sich vor Patty nieder und riß ihr plötzlich den Joint aus der Hand. »Her damit!« rief sie und zog eine Schnute. »Ich mag alles!«

Tänzelnd entfernte sie sich wieder von der Couch. Die Asche an der Zigarette hing bereits herab. Wie von der Tarantel gestochen sprang Patty auf und machte sich an die Verfolgung. Das Mädchen mit dem Pagenkopf war das weitaus schüchternere. BH und Slip hatte sie noch nicht ausgezogen. Schrill lachend jagten sich die zwei um den Tisch herum. Schließlich wandte Jack sich zu den Nymphen um. Er sah sonderbar ernst drein. Der viele Alkohol hatte ihn nicht betrunken genug gemacht. Er dachte zuviel für drei Uhr morgens und viel zuviel für einen Spieler.

Die Mädchen tobten im Bad weiter. Lautstark bettelte Patty um einen Zug von dem Zeug, das bei ihr angeblich nicht wirkte. Wie zwei spielende Kinder reichten sie die Zigarette schließlich hin und her. Dann gesellte Jack sich dazu und legte einen Arm um Pattys Taille. Sie kreischte in gespieltem Entsetzen auf und fing an, heftig zu strampeln. Mit einem geschickten Griff zog er ihr den BH aus. Sie strampelte längst nicht mehr, als er den Kopf zwischen ihren Brüsten vergrub. Seufzend ließ sie den Kopf nach hinten sinken. Jetzt durfte er sie zum Bett tragen.

Seine Lippen liebkosten erst eine, dann die andere Knospe, bis sie wollüstig stöhnte. Fast unhörbar flüsterte er an ihrem Nacken: »Welche bist du denn jetzt?«

Patty mußte lachen. »Weiß ich selbst nicht so genau. Ist das denn so wichtig?« Grinsend schüttelte der Spieler den Kopf, was Patty derart erheiterte, daß sie sich zu Diane umwandte, die am anderen Ende des Betts hockte und weiter an ihrem Joint sog. »Hey, welche bist du denn?«

Diane verschluckte sich. »Wenn ich das nur wüßte!« brachte sie hustend hervor, woraufhin alle drei sich vor Lachen schüttelten. Diane warf sich neben die beiden. Bei dieser Art von Spiel hatte es nichts mehr zu besagen, wer nun wer war. Hauptsache, es tat niemandem weh.

Die ersten roten Streifen zeichneten sich am Horizont ab. Die Vögel hatten schon mit ihrem frühmorgendlichen Krawall im Gartenviertel angefangen. Keine Maschinenpistole hätte sie übertönen können. Von ganz oben, auf dem Gipfel des Hügels, bot sich ein herrlich friedlicher Blick auf die dicht an dicht stehenden Wolkenkratzer im Hotelviertel im Osten bis hin zum Hafen im Westen. Weiter draußen lagen wie Farbtupfer die Inseln auf dem bleiernen Meer.

Als drei stahlgraue amerikanische Limousinen die Straße hinauffuhren, verstummte das Vogelgezwitscher, so wie auch im Dschungel plötzlich Totenstille herrscht, wenn ein Jaguar sich an seine Beute heranpirscht. Am Ende der Hügelstraße hielten die drei Wagen vor einer weiß getünchten Mauer an. Dahinter befanden sich ein kleiner Park und in dessen Mitte ein Bungalow im karibischen Stil.

Früher war das Haus Teil der Befestigungsanlagen der Stadt gewesen. Generäle waren dort damals einquartiert worden. Die Wege waren mit Muschelschalen gepflastert, und den Rasen zierte eine hübsche Laube. Der Blick reichte bis hinab zum Meer. Dieses Haus hatte von Anfang an nur vornehme Leute und Scharen von Dienstboten beherbergt.

Aus allen drei Wagen sprangen Männer in dunklen Anzügen und mit Sonnenbrillen. In dieser tristen Ausstattung glichen sie einander fast aufs Haar. Unter anderen Umständen hätte man sie für Witzfiguren halten können, aber ihre Maschinenpistolen waren alles andere als witzig. Genausowenig ihre entschlossenen Schritte. Sie passierten das schmiedeeiserne Tor und schwärmten in alle Richtungen aus. Jeder Fluchtweg mußte abgeriegelt werden. Als sie das Haus umzingelt hatten, war auch der letzte Vogel verstummt.

Wortlos schlugen zwei von ihnen die wunderschöne Glastür vorne ein. Von der Rückfassade kam das Echo, ihre Kollegen hatten es ihnen gleichgetan. Ein Küchenmädchen innen schrie auf, der Butler verkroch sich sofort unter dem Tisch im Anrichteraum, aber für die Klasse der Bediensteten interessierten sich die Männer von der SIM nicht. Sie stürmten die hölzerne Wendeltreppe hinauf, so daß das ganze Haus unter ihren Stiefeln erbebte.

Schlaftrunken trat Arturo Duran aus seinem Zimmer, als zwei Männer mit erhobenen Pistolen auf ihn zusprangen.

Seine Augen weiteten sich, doch ließ er sich ohne Widerstand festnehmen. Er hatte sich zu seiner vollen Größe aufgerichtet und überragte seine Verfolger fast um Hauptеslänge. Anders dagegen Bobby. Ihre Augen blitzten vor Zorn, und sie warf sich wutentbrannt gegen den ersten Gorilla. Die Haare hingen ihr bis zu den Schultern herunter, und es scherte sie nicht, daß sie keine Waffe hatte und bis auf Höschen und Seidenhemd nackt war.

Der Agent packte sie am Haar und riß ihr brutal den Kopf zurück. Sie schlug weiter auf ihn ein, kratzte und fauchte wie eine Katze, bis er mit dem Knauf seiner Maschinenpistole zustieß. »Bobby! Nein!« brüllte Arturo Duran.

Sein Donnern ließ sie alle erstarren. Nach Luft ringend ließ sie die Arme fallen. Der Agent hatte sich noch in ihren Haaren verkrallt, aber er ließ die Waffe sinken. Inzwischen waren sie von einem halben Dutzend Männer umringt, mehr als zur Niederschlagung einer ganzen Truppe wehrloser Demonstranten nötig gewesen wäre. Zwei hielten Arturo in eisernem Griff und stießen ihn zur Treppe.

»Sie auch!« bellte einer, allem Anschein nach der Anführer. Er trug keine Waffe. Offensichtlich machte ihm das Kommandieren mehr Spaß als das Schießen.

Arturo wurde plötzlich steif. Noch einmal riß er den Kopf herum. »Nein«, befahl er, aber diesmal hörte es sich eher an wie ein Flehen.

Es hatte keinen Zweck. Sie zerrten ihn erbarmungslos die

Treppe hinunter. Sein Herz pochte heftig vor Angst, und das, obwohl er keiner Gefahr aus dem Weg ging. Ein anderer wollte jetzt auch Bobby zur Treppe stoßen. Sie fuhr zu dem Anführer herum. »Erst muß ich mich anziehen!« zischte sie. Er war es nicht einmal wert, daß sie ihm ins Gesicht spuckte. Erhobenen Hauptes stolzierte sie ins Schlafzimmer zurück. Sollten sie ihr doch in den Rücken schießen, wenn sie es wagten.

Zwei Gorillas blieben wie betäubt vor der Tür stehen und sahen ihr zu, wie sie sich ein Kleid überzog und in ein Paar Schuhe schlüpfte. Für eine Sekunde waren ihre Maschinenpistolen nicht mehr als Spielzeuge. Unbeholfen hielten sie sie in der Hand und wußten nicht so recht, was sie damit anfangen sollten. Im nächsten Augenblick rauschte Bobby an ihnen vorbei. Im Gehen knöpfte sie sich das Kleid zu. Die Agenten tapsten ihr nach wie zwei ungeschickte Leibwächter. Stolz schritt sie voran, und mit jeder Faser ihres Körpers drückte sie Verachtung aus. Man hätte glauben können, daß sie es war, die hier eine Armee befehligte.

6

Am Nachmittag konnte man im Floridita wirklich nichts anderes tun als die Böden schrubben und die Gläser polieren. Der Speisesaal blieb zu, denn die Schar, die ihn nachts in einen Ameisenhaufen verwandelte, war zu verkatert, um Eßbares auch nur anzuschauen. An der Bar hockten natürlich immer ein paar Leute. Melancholisch stierten sie in ihren Espresso – Männer auf den Spuren Hemingways.

In einer Nische saß ein amerikanisches Ehepaar, das sich nur noch anzuöden schien. Er blätterte in einer Zeitschrift herum, sie saß einfach stocksteif da. Aufgetakelt wie sie war, hatte sie auch kaum Bewegungsspielraum. An der Bar lümmelten sich zwei Männer in Businessanzügen und unterhielten sich über ein geplantes Silvesterfest in New York. Sie waren peinlich darauf bedacht, das Wort Rückflug nicht in den Mund zu nehmen. Es machte keinen guten Eindruck, wenn man Fluchtgedanken äußerte.

Auf dem allerletzten Hocker saß Ramos und starrte auf eine Zeitung. Das Glas Tee und die Brötchen vor sich hatte er nicht angerührt. Er wirkte abwesend und schien auch gar nicht zu lesen. Sein Blick blieb auf ein und dieselbe Stelle fixiert, die längst vor seinen Augen verschwimmen mußte. Niemand hätte vermutet, daß er Journalist war. Der Klammergriff, mit dem er die Zeitung festhielt, hätte eher auf einen Priester schließen lassen, der den Glauben an die Bibel verloren hat.

Überaus langsam, als könnte ihm sonst schwindlig werden, schob sich Jack Weil durch die Drehtür. Abgesehen davon wirkte er recht fit, war frisch rasiert und ging mit federnden Schritten auf die Bar zu. Eine Einladung zum Hochseefischen oder jeder anderen sportlichen Herausforderung hätte er allerdings ausgeschlagen. »Anejo und Kaffee«, brummte er dem Barkeeper zu. Dann musterte er abschätzig das eigene Gesicht im Spiegel. Mit diesem Typen, der ihm da entgegenblickte, hätte er heute gewiß nicht gepokert.

Jetzt erst bemerkte er Ramos am anderen Ende der Bar. »Hallo, Kumpel!« rief er. Seine übliche gute Laune wirkte etwas gedämpft. »Gestern nacht bis du uns irgendwie abhanden gekommen.«

Der Gruß des Spielers stieß auf taube Ohren. Ramos stierte unbeirrt in seine Zeitung. Der Barmixer bediente Jack. Nachdem er den Anejo in den Kaffee gekippt und den ersten Schluck wie Medizin geschlürft hatte, nahm er einen neuen Anlauf: »Hey, Ramos«, sagte er; »kennst du den vom Zwitter und vom Globetrotter?« Gegenüber rührte sich nichts. »Also, sie rudern in einem Schlauchboot über den Pazifik...« Er schien den Faden zu verlieren und nippte wieder an seinem Kaffee. »Hörst du mir überhaupt zu?«

Statt einer Antwort schob Ramos die Zeitung über den kalten Marmor zu seinem Freund hinüber. Jack warf einen hastigen Blick auf die Schlagzeile. TERRORISTENBANDE VERHAFTET! schlug es ihm in Riesenbalken entgegen. Darunter prangte ein Foto von Arturo Duran mit geschlossenen Augen. Er saß äußerst tot aus. Trotz der unscharfen Aufnahme waren die zerrissenen Kleider und das dreckverschmierte Gesicht des Adeligen nicht zu übersehen. Einen leichten Tod hatte er demnach nicht gehabt.

»Die Leiche wurde heute morgen gefunden«, erklärte Ramos düster. »Angeblich hat ihn die SIM zu einem Verhör mitgenommen. Auf der Flucht erschossen, heißt es.« Er lachte kurz und trocken auf. Dergleichen hatte er schon zu oft gehört. Dann gab er sich noch einmal einen Ruck. Mit festerer Stimme fuhr er fort: »Das muß unmittelbar nach deinem Gespräch mit ihm geschehen sein, Jack. Hat er etwas angedeutet? Wirkte er irgendwie beunruhigt?«

Der Spieler starrte benommen auf die Zeitung. »Er hat nur gesagt, daß durch Folter nichts aus ihm herauszuholen sei«, meinte er tonlos.

»Ach? Dann haben sie ihn eben umgebracht! War das nicht barmherzig von ihnen? Diese Dreckschweine!«

Jack griff blind nach seiner Tasse und bekam sie nicht zu fassen. Es war ihm einerlei. Auf Ramos ging er nicht weiter ein, aber auch das spielte keine Rolle. Aus dem Büro hinter dem Tresen tauchte eine Gestalt auf, der für die Tagesschicht zuständige Geschäftsführer. Er war nicht ganz so aufdringlich wie der Eigentümer. Tagsüber mußte man der Kundschaft nicht so sehr in den Hintern kriechen. Im Floridita wußte man eben, wann man seine Stammgäste in Ruhe ließ.

»Señor Weil!« rief der Geschäftsführer und zog einen zerknitterten Zettel aus der Tasche. »Joe Volpi läßt Ihnen ausrichten, daß er die Party arrangieren konnte, und zwar in der Veradero Suite im Lido.«

»Schon gut«, brummte der Spieler zerstreut. Es war nicht klar, ob er die Nachricht überhaupt registriert hatte, und dabei wartete er doch seit einem halben Leben auf eine solche

Chance. Er warf einen Blick auf seinen Freund, und seine Augen blitzten auf. »Was ist mit seiner Frau, Ramos?«

Der Journalist zuckte resigniert mit den Schultern. »Ist verschwunden, steht da nur.«

Der Geschäftsführer starrte nervös auf die Wanduhr. Offensichtlich wollte er den großen Joe Volpi nicht verärgern. »Mr. Volpi hat gesagt, um punkt halb drei!« rief er eindringlich.

Jack Weil nickte und stand abrupt auf. Trotzdem schien er die Mitteilung immer noch nicht ganz erfaßt zu haben. Er stürmte durch die Drehtür auf die Straße hinaus.

In die abgelegene Zelle drang kaum Licht, das winzige, vergitterte Fenster ging nur auf einen Luftschacht. Bobby Duran wanderte rastlos auf und ab – drei Schritte hin, drei Schritte zurück. Wie unter Zwang strich sie sich in einem fort das Haar aus dem Gesicht, aber es fiel stets wieder nach vorne, wild, schmutzig, strähnig. Tiefe Ringe hatten sich unter ihre Augen gegraben, als hätte sie seit Monaten nicht mehr geschlafen. Ihr schickes Kleid war feucht und zerknittert und an den Knopflöchern zerrissen.

Sie blieb stehen und starrte die Wand neben dem Fenster an. Zitternd schlug sie die Arme vor der Brust übereinander. Namen, Daten und wirre Mitteilungen waren auf die Wand gekritzelt. Die Botschaften der Verdammten. Als hörte sie die Schreie, preßte Bobby die Hände gegen die Ohren.

Das einzige Geräusch war jedoch das Knarzen der Tür. Bobby wirbelte herum. Ein Wärter kam mit dem Essen herein, ein anderer baute sich drohend in der Tür auf. »Wo ist mein Mann?« zischte sie.

Wortlos stellte der Mann das Tablett auf den Schemel neben der Pritsche und ging. Der andere folgte ihm stumm. Hinter den zwei Wärtern fiel die Tür metallen ins Schloß. Der Knall traf sie wie ein Schuß ins Herz. Der Schlüssel wurde herumgedreht, und die Schritte der zwei verhallten

Havanna 1958: ein Paradies für Glücksspieler und Abenteurer.

Jack (Robert Redford, Mitte) hat ebenbürtige Partner für ein Pokerspiel gefunden.

im Gang. Bobby biß sich in den Handballen, um nicht laut loszuschreien.

Jack Weil saß beim Friseur im Stuhl und verfolgte im Spiegel, wie ihm der Meister die Haare am Hinterkopf stutzte. Über die Lehne beugte sich eine Maniküre und feilte an den Fingernägeln seiner linken Hand. Beides hatte er eigentlich nicht nötig, es war nur sein Perfektionismus, der ihn dazu trieb. Sein Äußeres mußte makellos sein. Er durfte sich beim Spiel seines Lebens nicht die geringste Blöße geben. Körperpflege war die zeitgemäße Ritterrüstung.

Vollkommen ausdruckslos blickte er in den Spiegel. Unvermittelt entzog er der Maniküre die Hand und schob das weiße Handtuch beiseite. »Es ist gut so«, erklärte er. Der Friseur trat einen Schritt zurück und verbeugte sich. »Darf ich bitte Ihr Telefon benutzen?«

»Aber natürlich, Señor.« Der Friseur deutete in eine Ecke. Der Spieler zählte ein paar Scheine für den Meister und die Maniküre ab und eilte zum Telefon. Aus der Hosentasche zog er das Streichholzbriefchen aus der Bodeguita. Er wählte die Nummer, die Arturo ihm aufgeschrieben hatte, ließ mehrmals klingeln und legte wieder auf.

Der Friseur stellte sich mit einem kleinen Besen hinter ihn. Jack ließ sich wortlos die letzten Haare abbürsten. Seine Augen waren auf einmal nicht mehr ausdruckslos, unsäglicher Schmerz lag darin. Er wußte nicht mehr, was er soeben noch gewollt hatte. Oder wußte er es, es kümmerte ihn aber nicht mehr?

Der Verhörraum war sehr schlicht eingerichtet: zwei Stühle, ein Tisch und in der Mitte ein Gulli für die unappetitlichen Begleiterscheinungen. Eine Frau kniete auf dem Boden. Ihr Kopf steckte in einem Eimer voll Wasser. Dafür, daß er nicht auftauchte, sorgte ein stämmig gebauter Korporal. Die Frau stemmte sich mit aller Macht dagegen, doch seine Hand klemmte sie fest wie ein Schraubstock.

»Und Sie wissen wirklich nichts über den Sender?« meldete sich eine ruhige Männerstimme am anderen Ende des Zimmers. Sie gehörte Colonel Menocal, dem Leiter der SIM. Er trug einen sportlich leichten Zivilanzug und stand weit genug vom Eimer postiert, so daß die Spritzer ihn nicht erreichen konnten. »Keine Ahnung von den Sendezeiten oder der Frequenz?«

Fast gelangweilt machte er eine Geste, und der Korporal ließ den Kopf der Frau los. Bobby schoß spuckend und um Luft ringend nach oben. Menocal lächelte huldvoll wie der Star einer Matinee. Er ließ noch nicht locker: »Und von den Verbindungsleuten in den Bergen wissen Sie auch nichts?«

Bobby hustete heftig. Dann wischte sie sich das Haar aus den Augen und blitzte ihn herausfordernd an.

»Sie waren mit Arturo Duran verheiratet und wollen wirklich nichts über die Aktivitäten der Bande in den Bergen gewußt haben? Oder die Identität wenigstens eines ihrer Mitglieder?«

Das blanke Entsetzen trat in Bobbys Augen, aber sie blieb stumm.

»Ja, er ist tot«, erklärte Menocal mit einem dürren Lächeln. »Jetzt ist doch wirklich alles egal.« Er bückte sich, um ihr direkt in die Augen zu sehen. »Wann ist der nächste Funkspruch geplant? Wir können warten, wissen Sie. Sie haben keine Chance mehr, noch jemanden zu retten.«

Bobby senkte den Blick und starrte auf den Eimer. Wie gerne wäre sie darin ertrunken! Aber sie schwieg beharrlich.

Der Aufzug brachte Jack Weil und Joe Volpi ins oberste Stockwerk des Lido. Gemeinsam liefen sie bis zum Ende des mit schwarzen und weißen Marmorplatten gefliesten Flurs. Die letzte Tür wurde von zwei Gorillas flankiert. Der eine las ein Revolverblatt, der andere ein Comic-Heft. Von einer Bibliothek waren sie gewiß nicht abgeworben worden.

»Der Oberbonze ist Roy Forbes«, raunte Volpi dem Spieler zu. »Kanadier. Zehn Minen. Schwimmt in Geld.«

»Und wer sind die zwei Schläger?« fragte Jack und deutete mit dem Kinn auf die Gorillas.

»Leibwächter. Einer von den Spielern ist ein bißchen... wie soll ich sagen... ein bißchen unbeliebt dieser Tage. Colonel Menocal.« Auf Jacks verwirrten Blick hin fügte er hinzu: »Chef der SIM.«

Jack Weil wurde bleich, wenn auch nur ganz kurz. Als er an Joe Volpis Seite in die Suite trat, war er schon wieder die Nonchalance in Person. Auf den edel ausgestatteten Raum achtete er nicht weiter, dabei waren die Polsterstühle mit Seide bezogen, die Spiegel echt antik und an den Wänden hingen überall wertvolle Gemälde. Vor der halbkreisförmigen Bar standen die Kellner so still, daß man sie fast nicht wahrnahm. Auf einem Sofa neben dem Kamin saßen zwei bildhübsche Animiermädchen und betrachteten aufmerksam ihre Fingernägel. Auf dem Kaffeetisch war ein exquisites kaltes Büfett arangiert, Kaviar und Austern.

Mehrere Männer warteten bereits. Jack wich geschickt ihren Blicken aus. Statt dessen musterte er als erstes den Spieltisch. Er war mit herrlichem grünem Filz bezogen. Daneben stand ein Beistelltisch auf Rädern, auf dem stapelweise Chips, mehrere Kartenspiele und Notizblocks lagen. Volpi stellte sich unverzüglich an den Beistelltisch, um den Chipsverkauf genau zu überwachen. Einer seiner besten Männer war dafür in die Suite beordert worden.

»Nun, Jack, wen kennen Sie denn überhaupt?« fragte Volpi lächelnd und ließ den Blick über die Runde der hochkarätigen Kartenspieler schweifen. »Willy ist Ihnen doch ein Begriff?«

Ein alternder Mann mit eingeschlagener Nase nickte ihm über den Tisch hinweg zu. »Wie geht's, *Amigo*?« fragte er gutgelaunt. Jack kannte ihn als Halbprofi, der auch mal halbseidene Spielchen arrangierte. Er verdiente ungefähr so viel Vertrauen wie eine Klapperschlange. Jack erwiderte das Nikken und hoffte, daß man ihm nicht ansah, wieviel Anstrengung ihn das kostete. »Hallo, Willy. Ich habe gehört, Sie sind vor Venezuela segeln gewesen.« Damit deutete er an, Willy habe in Zementschuhen schwimmen müssen.

Willy zwinkerte ihm zu, als wären sie alte Kumpel. Er verstand die Anspielung und entschied sich, sie als Kompliment aufzufassen. Wer sonst überstand so etwas schon, ohne naß zu werden?

Joe Volpi deutete auf den nächsten Herrn. »Und Baby Hernandez kennen Sie ja auch, Jack.«

Baby Hernandez, der König des Zuckerrohrs und des Rums, fletschte die Zähne zu einem eisigen Lächeln. Als nächsten stellte Joe Roy Forbes vor. Der hatte ein langes, faltiges Gesicht. Die Küste von Neufundland hätte nicht zerklüfteter sein können. Forbes, der weitaus reichste in der Runde, nahm die anderen kaum wahr. Er wollte hier nichts als Karten spielen. Mit einer grotesk dicken Brieftasche stellte er sich alsbald zum Umtausch gegen Chips an den Beistelltisch. Hinter ihm stand ein Mann mit pockennarbigem Gesicht. Jack erkannte Sonny, den Eigentümer eines anderen Kasinos.

Jacks Blick wanderte weiter durch den Raum auf der Suche nach Colonel Menocal. Niemand trug jedoch eine Uniform oder sah grausam genug aus. »Einkauf läuft, Jack«, mahnte ihn Volpi. Pflichtbewußt zog Jack ein Bündel Scheine aus der Tasche und reichte Volpi sechstausend Dollar.

»Wollen Sie denn nur die Füße ins Wasser stecken, Jack?« knurrte Baby Hernandez.

Ein weiterer Herr mit der Figur eines Bodybuilders löste sich vom Büfett und schlenderte, ein Sandwich kauend, herbei. »Was soll denn das, Volpi?« verlangte er zu wissen und zeigte mit dem Daumen auf Jack. »Den Arsch wollen Sie mitspielen lassen?«

»Verflucht noch mal, Sie laß ich ja auch mitspielen, Mike«, versetzte Volpi mit einem säuerlichen Lächeln. »Ärsche sind sich alle gleich.«

Ob der Bann damit gebrochen war, ließ sich nicht mehr feststellen, denn im nächsten Augenblick wanderten sämtliche Blicke zur Tür. Colonel Menocal trat ein. Zu Jacks Überraschung trug er nicht etwa eine Uniform, sondern einen Leinenanzug und sah auch gar nicht grausam aus. Im Gegenteil, man hätte ihn eher für einen harmlosen Sportsfreund halten können, der seine Zeit zwischen der Rennbahn und dem Kasino aufteilte. Dadurch wirkte er andererseits um so unheimlicher. Das unauffällige Gesicht, das nichtssagende Lächeln, das banale Geplauder paßten irgendwie nicht zu diesem Mann.

»Colonel Menocal«, erklärte Volpi. »Jack Weil kennen Sie nicht, glaube ich?«

Lächelnd streckte Menocal die Hand aus. »*Con mucho gusto*, Jack«, schnurrte er. Sie gaben sich die Hand. Ein Blick in die Augen des Colonels verriet Jack, wie zufrieden Menocal mit sich und der Welt war, wie glücklich ihn seine Arbeit machte. Terror und Folter unterstanden ihm, und doch strahlte er wie ein Erzbischof.

Menocal reichte Joe einen Umschlag mit Geld, sehr viel Geld. Während der Colonel sich Chips geben ließ, klopfte Jack einen Stoß Karten auf dem Tisch gerade. »Einsätze auf den Tisch!« verkündete er knapp. »Zwanzig Dollar Grundeinsatz. Wahl des Gebers.«

Die Zocker nahmen Platz. Jeder hatte sein eigenes kleines Königreich von Chips vor sich liegen. Forbes schob sein durchfurchtes Gesicht bis knapp vor das Jacks. »Spielen wir jetzt gegen Joe Volpis Geld oder das Ihre?« Er gab sich erst gar nicht die Mühe, seinen Verdacht zu kaschieren.

»Leider nur das meine«, erwiderte Jack mit einem steifen Lächeln. Dann rief er in die Runde: »Kanadische Regeln... Zu Ehren von Mr. Forbes. Sind Ihnen die Regeln klar, Mike?«

»Aber immer! Vierer-Flush oder Vierer-Straight schlägt Pärchen.

Jack nickte Menocal zu: »Ist Ihnen das recht?«

»Aber natürlich.«

Einer nach dem anderen legten sie ihren Einsatz in den Pot. Jack teilte die ersten Karten aus. Mike trommelte mit seinen Wurstfingern auf den Tisch und grinste Jack unentwegt an. »Ich habe übrigens Ihren Freund Dante de Cenzo in Miami getroffen«, erzählte er. »Hat er Ihnen schon gesagt, daß mir jetzt praktisch das ganze Haus hier gehört? Die Behörden haben die Besitzer zum Verkauf gezwungen. Man kann jetzt nicht mehr gleichzeitig Spielhöllen in Kuba und in Las Vegas besitzen. Darum haben sich Volpi und der gute Meyer an mich gewandt.« Er stach mit dem Daumen in seine tonnenförmige Brust.

»Geht's nicht noch lauter, Mike?« knurrte Volpi. »Die Wanzen funktionieren heute zwar nicht richtig, aber Sie wollen doch sicher nicht, daß man draußen jedes Wort versteht.«

»Mann, das ist doch ein offenes Geheimnis«, schnaubte Mike McClaney.

»Jetzt ja«, brummte Volpi. Seine Verachtung für den ungehobelten und wirklich nicht sehr diskreten Partner war unüberhörbar.

»Wenn man pokert«, fuhr Jack unwirsch dazwischen, »muß man zuallererst einzahlen. So ist nun mal die Regel.«

Als Mike seine Chips in den Pot warf, sah Jack auf und bemerkte, daß der Colonel ihn scharf beobachtete. In diesem Augenblick war in der Ferne Maschinengewehrfeuer zu hören.

Willy lachte trocken auf. »Klingt ja bald wie in Shanghai. Ich war '49 dort. Aufregend, sag' ich Ihnen. Wirklich aufregend. Aber ich bin zu lang geblieben. Die Kommunisten sind einmarschiert, und ich habe ein Vermögen verloren.« Er zuckte gelassen mit den Schultern. »Man muß reinkommen und wieder raus – das ist die ganze Kunst.«

Jack nickte Sonny zu. »Die Zehn bietet zuerst.«

»Wir sind hier nicht in Shanghai, mein Freund«, bemerkte Colonel Menocal sanft. »Hier wird es keine Veränderungen geben.«

Jack drehte sich abrupt zu ihm um. »Wie steht es um Mrs. Duran? Lebt sie noch?«

Joe Volpi atmete tief durch. Soviel Direktheit erschreckte

ihn zutiefst. Im Lido galt als Grundregel: Politik hat bei den Karten nichts zu suchen.

»Wer?« fragte Menocal vorsichtig und musterte Jack mit zusammengekniffenen Augen. Jack wiederholte den Namen nicht, hielt aber beharrlich dem Blick des Colonels stand.

»Hier wird gepokert, Jack«, schnauzte Joe Volpi.

»Wer bietet?« erkundigte sich Forbes.

Menocal lächelte. »Jack ist dran.«

Eine einzige nackte Birne sorgte für fahles Licht im Verhörzimmer. Bobby kniete vor dem Stuhl. Ihr Kopf hing nach unten. Ob sie bei Bewußtsein war, ließ sich nicht erkennen. Ihre Bluse und ihre Haare waren klatschnaß. Weiter hinten, neben dem Eimer, mit dem sie gefoltert worden war, stand eine rechteckige Kiste. Sie war soeben hereingekarrt worden.

Der junge diensthabende Korporal stellte sich neben Bobby und tippte ihr sanft auf die Schulter. Sie hob den Kopf. Ihr Blick war noch verhangen. Der Korporal nahm eine Zigarette aus seiner Packung und hielt sie ihr entgegen. Von ihr kam keinerlei Reaktion. Als der Korporal ihr die Zigarette leicht gegen die Lippen drückte, schüttelte sie endlich den Kopf.

Er beugte sich nach unten. »Wie alt sind Sie eigentlich, Señora?« fragte er mit liebenswürdiger, leiser Stimme.

»Dreiunddreißig«, kam es tonlos zurück.

»Ich bin bald achtzehn«, sagte er.

»Sehr jung für einen Faschisten.« Aus ihrem Mund tropfte Blut.

Der Korporal lächelte sie an. »Es wäre für meine Laufbahn sehr wichtig, wenn Sie *mir* die Information geben könnten, auf die der Colonel so scharf ist. Dann wäre ich vielleicht bald Sergeant.« Mit stolz geschwellter Brust richtete er sich wieder auf. »Kommen Sie mit, Señora.«

Sie folgte ihm mit den Blicken. Als er neben dem Eimer stehenblieb, zuckte sie unwillkürlich zusammen.

»Nein, nein, geschwommen wird heute nicht mehr«, versicherte er ihr. »Ich möchte Ihnen nur etwas zeigen.« Seine Stimme nahm einen befehlsmäßigen Ton an. »Stehen Sie bitte auf und kommen Sie hierher.«

Bobby erhob sich langsam. Noch hatte sie ihre aufrechte Haltung nicht verloren, noch pulsierten Stolz und Leidenschaft in ihren Adern. Mit nach vorne geneigtem Kopf näherte sie sich der rechteckigen Kiste. Plötzlich ließ der Korporal eine Taschenlampe in seiner Hand aufblitzen und richtete den Lichtkegel auf Monicas in der Kiste aufgebahrte Leiche.

»Kennen Sie dieses hübsche Mädchen denn nicht?« fragte der Korporal fast neckisch.

Tränen schossen Bobby in die Augen. Der Anblick der Toten vor ihr verschwamm hinter einem Schleier. Langsam drehte sie den Kopf hin und her. Sie konnte das Ganze nicht fassen und mußte mehrmals schlucken. Schließlich fand sie die Stimme wieder und fing in einem sonderbar weihevollen Ton zu sprechen an. Man hätte meinen können, sie halte eine Ansprache vor den trauernden Hinterbliebenen in der Kirche und preise noch einmal all die Tugenden der wunderschönen Frau vor ihr.

»Sie heißt Monica Eloy. Sie war siebzehn Jahre alt – nicht ganz so alt wie Sie. Sie studierte Physik, bis die Universität zugesperrt wurde. Sie war Stipendiatin.«

Der Korporal zitterte vor Aufregung. Irgendwie hatte er es geschafft, Arturo Durans Frau zu knacken. Sie war drauf und dran, ihm ihr unendlich wertvolles Wissen preiszugeben.

»Sie hat ihre Kleider immer selbst genäht«, fuhr Bobby Duran leise fort. »Sie war nämlich sehr geschickt und konnte so ihr Geld für andere Sachen sparen.« Es hatte den Anschein, als würde ihre Stimme gleich in Tränen ersticken. Sie mußte wieder tief schlucken. »Dieses Kleid da hat sie auch selbst genäht.« Resigniert deutete sie auf den zerfetzten Stoff über dem zierlichen Körper.

Abrupt wandte sie sich zu dem jungen Soldaten um, der ihr mit angehaltenem Atem gelauscht hatte, und warf das zerzauste Haar zurück. Herausfordernd blitzten ihre Augen auf. »Aber mehr hören Sie von mir nicht«, schloß sie mit tiefer Stimme. »Eher sterbe ich. Und Sie werden als Korporal sterben, Sie Dreckskerl!«

Sie machte auf dem Absatz kehrt und ging zu ihrem Hokker zurück. Eine Königin im Exil hätte nicht stolzer, nicht achtunggebietender auftreten können.

Es war lange nach Mitternacht, und in der Penthousesuite des Lido wurde noch immer gepokert. Gelbe Rauchschwaden hüllten die Spieler ein. Überall standen halbleer gegessene Teller herum. Die Kellner, die sie hätten aufräumen sollen, waren längst fortgeschickt worden. Roy Forbes hatte sich zu sehr in seiner Konzentration gestört gefühlt. Die Dirnen waren auch weg. Es ging einzig ums Pokern. Forbes nippte angespannt an einem Glas Milch. Der Haufen Chips vor ihm war beträchtlich geschrumpft.

Joe Volpi wachte mit Argusaugen über den Spieltisch. Baby Hernandez und Mike McClaney hatten gepaßt. Vor Jack lagen drei Herzen und ein Kreuz. Menocal hatte zwei Karos und ein As. Der pockennarbige Sonny hatte einen König und zwei niedrige Karos dazu. Auch wenn er offiziell noch mitbot, konnte er allenfalls auf ein Weihnachtswunder hoffen. Gewinnen konnten eigentlich nur noch Menocal und Jack. Sie lagen Kopf an Kopf.

Der Colonel musterte Jack. »Was soll ich nur davon halten, mein Freund«, meinte er. »Als Sie erhöht haben, dachte ich, Sie hätten zwei Siebener. Und jetzt wollen Sie mich glauben machen, Sie hätten ein viertes Herz.« Er verstummte wieder und dachte nach. Er war es gewöhnt, anderen mit allen Mitteln auf die Schliche zu kommen. »Aber dann hätten Sie nicht geschoben. Achthundert.«

Kaum hatte Menocal seinen Chips in den Pot geworfen, warf Sonny seine Karten weg. Die Spannung stieg ins Unerträgliche. Jack verkündete jedoch mit einem gelassen heiteren Lächeln. »Ihre achthundert – und dann gehe ich aufs Ganze.«

Zu diesen Worten schob er seine gesamten Chips – immerhin knapp elftausend Dollar – in den Pot. Erneut betrachtete Menocal Jack. Seine Kleidung schien sein Interesse geweckt zu haben. Offenbar war ihm der Geschmack des Spielers nicht teuer genug. Mit einem Nicken gab er Volpi zu verstehen, daß er mitging. Dann wandte er sich mit leiser Stimme an Jack. »Ich fürchte, Sie wollen sich mit einem Trick davonstehlen, mein Freund.«

Mit schwungvoller Eleganz deckte der Chef der Geheimpolizei seine letzte Karte auf, ein Pik-As. »Zwei Asse, mein lieber Mr. Weil!« rief er triumphierend.

Jack nickte. Dann zeigte er seine verdeckte Karte – ein Herz-As. »Unglücklicherweise schlagen vier Herzen ein Pärchen, mein werter Colonel«, flötete er in vollendeter Höflichkeit. Mit einer Geste des Bedauerns machte er sich daran, den gigantischen Haufen auf dem Tisch zu sich herüberzuziehen.

Tödliches Schweigen herrschte in der Runde. Menocals Gesicht verriet keinerlei Regung. Als Jack seine Chips vor sich aufstapelte, trat Joe Volpi mit einer zeremoniösen Verbeugung an Roy Forbes heran. »Es liegt an Ihnen, Mr. Forbes. Möchten Sie es für heute nacht gut sein lassen?«

»Ja!« schnappte der Industrielle zurück.

Sie erhoben sich jetzt alle gleichzeitig. Endlich war der Bann des letzten Spiels gebrochen, aber fast alle sahen sie aus, als plagte sie übelstes Sodbrennen. Der Colonel reichte Jack die Hand. »Es zahlt sich wirklich nicht aus, Sie zu unterschätzen, Mr. Weil.«

Jack grinste. »Mich stört das nicht.«

Eine kurze Pause entstand, in der der Colonel seine Hände betrachtete. Nicht weil er fürchtete, er hätte sie sich schmutzig gemacht, er schien sie vielmehr zu bewundern. Als er wieder den Mund aufmachte, richtete er das Wort an die eigenen Fingerspitzen. »Soviel ich weiß, wird Mrs. Duran von den zuständigen Behörden vernommen.«

»Die Behörden sind doch Sie«, entgegnete der Spieler.

Der Colonel verzog den Mund zu einem dürren, humorlosen Lächeln. »Ja«, erwiderte er voller falscher Bescheidenheit, die jedem Bischof bei der Berufung zum Kardinal zur Ehre gereicht hätte. Dann wandte er sich an die gesamte Gruppe: »Hasta luego, amigos.«

Als er, gefolgt von seinen Gorillas, auf den Gang trat, versuchte Mike McClaney ihn noch einmal aufzuhalten. »Darf ich Sie vielleicht zu einem Frühstück einladen, Colonel?« fragte er. Er wußte, was für ein Aufsehen er erregt hätte, wenn er sich in aller Öffentlichkeit mit einem so mächtigen Mann an einen Tisch gesetzt hätte.

»Schlaf ist wohl gesünder, gracias«, erwiderte der Colonel im Vorbeigehen. Im nächsten Augenblick war er mit seinen Leibwächtern verschwunden. Unter den Zurückgebliebenen machte sich so etwas wie Erleichterung breit.

Mike probierte es bei den anderen. »Und was halten Sie von einem Frühstück, Baby?« Irgendwie hatte er Angst davor, seine Waffeln und Würstchen allein essen zu müssen.

»Das geht leider nicht«, sagte Baby und ging zur Tür. Bevor er weiterredete, vergewisserte er sich, daß der Colonel mit seinen Gorillas auch wirklich mit dem Aufzug hinuntergefahren war. Mit einem müden Achselzucken wandte er sich noch einmal an die anderen. »Ich muß in den Osten fliegen«, erklärte er. Das bedeutete, daß er ein inoffizielles Treffen mit den Rebellen verabredet hatte.

Willy lachte kurz und trocken. »Soll das heißen, daß Sie sich mit der Revolution gutstellen wollen?«

»Den Scheiß haben die Rebellen mit mir schon probiert«, knurrte Forbes mit hohntriefender Stimme. Er war hier der Reichste und wollte das die anderen auch spüren lassen. »Aber denen habe ich was gehustet.«

»Meine Felder können die mir nichts dir nichts verbrennen«, erwiderte Baby und schnippte dazu mit den Fingern. »Aber mit Ihren Bergwerken geht das nicht so leicht.« Mit diesen Worten ließ er sie stehen. Willy und Mike folgten ihm.

So blieben Forbes, Joe Volpi und Jack am Spieltisch zurück. »Waren Sie auch zufrieden?« erkundigte sich Volpi schmierig wie ein Oberkellner.

»Bis aufs Verlieren, ja«, entgegnete der Industrielle trokken. »Die Sandwiches haben ganz gut geschmeckt.«

Volpi rieb sich die Hände. »Vielleicht könnten wir das nächste Mal die Einsätze etwas... interessanter gestalten«, schnurrte er.

Forbes nickte. »Natürlich. Vielleicht kommen wir mal wieder zusammen.« Der unverbindliche Ton machte das allerdings nicht sehr wahrscheinlich. »Na denn, auf Wiedersehen, Weil.«

Kaum hatte sich die Tür hinter Forbes geschlossen, wirbelte Joe Volpi zu Jack herum. »Was zum Teufel bilden Sie sich ein, verdammt noch mal?«

Jack ging darauf nicht ein. »Wo könnte er sie festhalten?« fragte er scharf.

Joe Volpi schluckte seinen Zorn hinunter, um es mit einer anderen Taktik zu probieren. Er legte Jack den Arm um die Schulter. »Lassen Sie's lieber bleiben, Jack«, riet er ihm ein bißchen von oben herab, aber nicht überheblich. »Überlegen Sie sich doch, weswegen Sie eigentlich gekommen sind. Dieser Forbes wird sich schon wieder blicken lassen. Und dann kriegen Sie auch Ihre Chance, auf die Sie Ihr ganzes Leben schon warten. Das Ding heute nacht war ja nur ein Probelauf. Ich habe Ihnen ja versprochen, daß ich mit Meyer reden werde. Verpatzen Sie es jetzt nur nicht, ja?«

Jack schüttelte den Arm ab. Sein Blick bohrte sich in Volpis Augen. »Wo?« setzte er nach. »Jetzt tun Sie doch nicht so. Sie wissen doch genau, wo die Leichen immer verscharrt werden.« Er verstummte für eine Sekunde. In sein Gesicht trat plötzlich eine stumme Bitte. »Helfen Sie mir, Joe. Ich muß sie finden.«

»Nein.« Volpi wich zurück.

»Hey, Joe, seien Sie doch nicht so brutal.« Jack war wieder ganz der charmante Verführer. »Habe ich Sie im Krieg denn nicht aus der Scheiße gezogen?«

Volpi bedachte ihn mit einem säuerlichen Lächeln. »Ich war in Las Vegas, Jack. Und zwar die ganze Zeit.«

»Na ja, aber ich hätte es getan«, meinte der Spieler fröhlich und klopfte ihm auf die Schulter. »Ich hätte Sie mit Ihrem zerschossenen Arsch zehn Meilen bis zum nächsten Feldlazarett geschleppt. Da sehen Sie mal, was für eine treue Seele ich bin.« Er schob den sich noch sträubenden Volpi langsam zum Telefon auf der Bar. »Außerdem bin ich für euch doch eine Goldmine, wenn wir erst das Spiel arrangiert haben. Oder sagen wir lieber eine Zinnmine.« Er nahm den Hörer ab und reichte ihn Joe. »Diesen einen klitzekleinen Gefallen können Sie mir doch tun...«

7

Bedrohlich türmte sich im ersten Morgendunst das Gefängnis mit seinen schwarzen Mauern über der Hafenmole auf. Es war eine der ältesten Festungen des Landes mit weit verzweigten, endlosen Gängen und hoffnungslosen, an die Inquisition des Mittelalters gemahnenden Verliesen. Außen brandete die Flut gegen das Mauerwerk seiner gedrungenen Türme, wie zum Beweis, daß Naturgewalten ihm nichts anhaben konnten. Jahrhunderte von Gewalt und Schmerz innerhalb seiner Mauern hatten das alte Gefängnis zur Legende gemacht. Es wurde gehaßt und gefürchtet, aber es war unbestreitbar real.

Vor den gewaltigen Eisentoren parkte zwischen den schwarzen Zivillimousinen der Geheimpolizei ein grünes Cadillackabriolett. Es wirkte hier so unpassend wie ein Kinderspielzeug. Dennoch durfte Jack Weil das Tor zur Hölle passieren und wurde über den mit grobem Kopfstein gepflasterten Hof vorbei an schwerbewaffneten Wärtern zum Dienstgebäude für die Aufseher geführt. Er trat vorsichtig auf, fast lief er auf Zehenspitzen, als fürchtete er, die Toten zu wecken. Wie aus der Ferne drangen durch die Mauer hindurch Fetzen eines Schlagers an seine Ohren. Sie konnten unterdrückte Schreie nicht übertönen, die trotzdem in gespenstischer Harmonie zur Melodie paßten.

Der Wärter brachte Jack in ein kleines, verlottertes Büro. Hinter einem unaufgeräumten Schreibtisch saß ein noch verlotterterer Sergeant in vor Dreck starrender Uniform, der schon von weitem nach Rum stank. Jack reichte ihm seine Besuchsgenehmigung, die Joe Volpi ihm besorgt hatte. Der Sergeant nahm sie zaghaft zwischen zwei Finger. Anscheinend hatte er Angst, sie sei noch schmutziger als er.

»Hhmm«, grunzte er angewidert. »Die Gefangene dürfen Sie von mir aus kurz sehen. Aber ich warne Sie, Señor. Es ist da unten sehr dunkel. Viel gibt es nicht zu sehen.« Er packte seinen Schlüsselbund und erhob sich mühsam.

»Ich will sie ja nicht sehen«, erwiderte der Spieler gelassen. Der Sergeant sah ihn erstaunt an. Erstmals regte sich bei ihm so etwas wie Interesse. »Ich will sie rausholen«, erklärte Jack.

Der Sergeant lachte heiser auf. »Nur gibt es da einen, der sie dabehalten will, *Chico*, und der ist wichtiger als Sie.«

»Er schläft«, entgegnete Jack und zog zwei Flugtickets aus der Jackettasche. »Und wenn er aufwacht, sitzen Sie mit Ihrer Frau vor einem Strandhotel in Miami und trinken Gin Fizz, Leutnant. Wer weiß schließlich schon, wer nächsten Monat das Sagen hier unten haben wird.«

Der Sergeant zögerte. Auf seiner Stirn sammelten sich dicke Schweißperlen. Da holte Jack ein Bündel Geldscheine aus der Hosentasche und zählte sie langsam vor seinen Augen ab. »Zweitausend amerikanische Dollar«, verkündete er schließlich. »Für die Unkosten.«

Die inoffizielle Beförderung zum Leutnant schien dem Sergeant behagt zu haben. Er spannte die Brust und wirkte gleich ein Stückchen größer. Hastig raffte er das Geld zusammen und stopfte es mit den Flugscheinen unter seine abgewetzte Uniform. Mit einem Lächeln ließ er die Schlüssel klirren.

»Sie warten draußen, Señor«, beschied er Jack.

Zusammengekauert saß Bobby auf ihrer Holzpritsche. Die Arme um die Knie geschlungen, schaukelte sie in einem fort auf und ab. Schließlich richtete sie die erschöpften Augen auf die Wand, streckte langsam die Hand aus und fing an, mit dem Fingernagel in eine freie Stelle zu kratzen. Was sie schreiben wollte, war nicht zu erkennen. Vielleicht sollte es nur ein X werden, um zu zeigen, daß sie hier gewesen war und gelitten hatte. Ein Schlüssel drehte sich im Schloß. Sie wandte den Kopf in die Richtung der Tür.

Der Sergeant blieb wortlos in der Tür stehen. Mit einem bloßen Ruck des Kopfes forderte er sie zum Mitkommen auf. Sie leistete ihm stumm Folge. Zum Kämpfen war sie zu müde. Ihr Geist war gebrochen. Mit schlaff herabhängenden Schultern trottete sie neben ihm durch ein Labyrinth von Gängen und Wendeltreppen. Sie war zu erschöpft, zu abgestumpft um noch zu bemerken, daß er ihr gar keine Handschellen angelegt hatte.

Es hätte sie auch nicht im geringsten überrascht, hätte er sie jetzt in den Hof geführt, wo das Hinrichtungskommando mit geladenen Gewehren auf sie wartete. Vielleicht wäre sie sogar eher erleichtert gewesen, es endlich hinter sich zu haben. Überhaupt nichts mehr verstand sie, als sie ins Büro geführt wurde und der Sergeant ihr mit über die Lippen gelegtem Finger Schweigen gebot. Sie hatte zuviel mitgemacht, um noch zu hoffen. Das Herz hatten sie ihr abgetötet.

Dann reichte er ihr plötzlich einen Umschlag, der auf dem Schreibtisch gelegen hatte. Sie griff mechanisch hinein und förderte ihre Armbanduhr und ihren Ehering zutage. Das mußte ein Traum sein. Sie sah vollkommen perplex drein. Mit fahrigen Bewegungen steckte sie sich den Ring an, band die Uhr um das Handgelenk. Welche Erinnerungen waren damit verbunden! Und das alles sollte für immer vorbei sein! Das tote Herz rührte sich wieder, aber es tat so entsetzlich weh wie eine klaffende Wunde.

Sie sah den Sergeant an. Noch immer wartete sie auf den

Haken an der ganzen Sache. Doch nichts dergleichen kam. Er hielt nun ihre elegante Handtasche mit dem goldenen Schnappverschluß in der Hand. Wie absurd dieser Luxusgegenstand sich an diesem düsteren Ort ausnahm! Er reichte ihr die Tasche, dann legte er erneut den Finger auf die Lippen und forderte sie stumm zum Mitkommen auf. Allmählich glaubte sie an ihre Freilassung. Sie schritten über eine endlose Treppenflucht. Ihre Schritte klangen hohl auf den nackten Steinen. Und dann war sie frei. Frei wie eine Schiffbrüchige auf hoher See.

Die Sonne war soeben aufgegangen, als der Spieler Bobby im Eisentor auftauchen sah. Sie kniff die Augen gegen die tiefstehenden rötlichen Strahlen zusammen und drückte die Handtasche fest an die Brust, als enthielte sie ihren ganzen Besitz. Unschlüssig blieb sie in der gepflasterten Auffahrt stehen. Schließlich trat er vor seinen Cadillac, um sie zu begrüßen. Sie sah ihn verständnislos an wie einen wildfremden Menschen.

»Möchten Sie, daß ich Sie heimbringe?« fragte er sanft. Keine Antwort. Sie war noch ganz benommen. »Bleiben können Sie dort nicht, aber vielleicht wollen Sie ein paar Sachen mitnehmen.«

Beim Schlucken hatte sie Schmerzen. Auch das Sprechen fiel ihr schwer, aber sie begriff, daß sie ihm eine Antwort schuldete. »Ich würde gerne ein bißchen gehen«, sagte sie schließlich. »Ja, eine Tasse Kaffee und ein Spaziergang würden mir jetzt gut tun.«

Er nickte und hielt ihr die Wagentür auf. Beim Einsteigen stöhnte sie auf vor Schmerz. Ihre Genick- und Schultermuskeln waren ganz steif. Sie fuhren durch das Hafengelände, bis sie eine Café-Bar fanden, die schon geöffnet hatte. Sie setzten sich an einen kleinen Tisch auf der Terrasse und sahen schweigend auf das Meer hinaus, das sich langsam blau färbte, je höher die Sonne stieg.

Der Kellner brachte ihnen zwei Schalen Milchkaffee, um

dann den Boden weiterzuschrubben. Dazu tauchte er einen Mop in einen Eimer voll Wasser. In panischer Angst starrte sie auf den Eimer. Wie normal er doch war! Verblüfft stellte sie fest, daß von ihm gar keine Gefahr ausging. Mit einem Schauder mußte sie an den anderen Eimer denken. Dann wieder schaute sie dem Kellner zu, wie er das Wasser über die Fliesen spritzte. Wie sich das Wasser in alle Richtungen verteilte! Wie die nassen Stellen glänzten! Das alles kam ihr so unerträglich schön vor, obwohl es doch selbstverständlich war.

»Haben Sie eine Zigarette?« fragte sie heiser.

Jack zog seine Pall Malls aus der Tasche und schüttelte ihr eine aus der Schachtel. Sie nahm sie unbeholfen zwischen die Finger und ließ sie sich von ihm anzünden. Dabei erkannte sie das Streichholzbriefchen aus der Bodequita. »Glauben Sie, Sie können etwas essen?« fragte er behutsam, um nur nichts Falsches zu sagen.

»O nein«, erwiderte sie heftig. Sie nahm einen tiefen Zug und sah dem Rauch beim Herausblasen nach. Er vermied jede Bemerkung über ihr Aussehen, die zerzausten, noch feuchten Haare, die herausgerissenen Knöpfe. Aber in der Morgensonne sah es auch nicht mehr so schlimm aus. Und je trockener es wurde, desto mehr bekam ihr Haar von seinem alten Glanz zurück.

»Er ist tot«, sagte sie leise. Ihr Blick war auf das weite Meer gerichtet, als ob sie nach einem Segel Ausschau hielte. »Sind die anderen auch alle tot?«

Er schüttelte den Kopf, weil er es nicht wußte. Zu ihrem Verlust sagte er nichts. Es hätte nur hohl geklungen. Sobald sie ausgetrunken hatte, stand sie auf und ging zur Kaimauer. Er zahlte und eilte ihr nach. Wie eine Schlafwandlerin, so bedachtsam setzte sie Fuß vor Fuß. Die Hand ließ sie dazu über die Steinbalustrade gleiten. Sie wirkte noch völlig verwirrt. Einen grauenhaften Alptraum hatte sie hinter sich, und jetzt beim Erwachen stellte sie zu ihrem großen Erstaunen fest, wie herrlich die Welt doch war. Zu ihren Füßen tanzten die

Wellen im goldenen Licht der Sonne, dort sprühte und quirlte das Leben.

Langsam ging er neben ihr her. Dann blieb sie stehen und lehnte sich gegen die Mauer. Zum erstenmal seit ihrer Entlassung aus dem Gefängnis gönnte sie sich einen Moment der Rast. Jack wartete neben ihr. Die Hände vergrub er tief in den Taschen. Gemeinsam schauten sie aufs Meer hinaus, suchten vielleicht ein imaginäres Segelschiff am Horizont. Schließlich brach sie das Schweigen. »Was sind Sie eigentlich? Ein Gangster?«

Er mußte lachen. »Warum? Sehe ich so aus?«

»Warum hat er mich gehen lassen?« Ihre Stimme war nicht viel mehr als ein Flüstern. Noch konnte sie es nicht fassen, daß sie wirklich frei war. Jack gab keine Antwort, doch sie hatte auch keine erwartet. Sie ging ein paar Schritte weiter, blieb wieder stehen, starrte auf das Wasser. »Man kann ja die Fische sehen!« rief sie unvermittelt. Es klang harmlos, Jack hörte aber die Verzweiflung heraus. Warum, so schien sie sich zu fragen, konnte sie sie ihrem Mann nun nicht mehr zeigen?

Er wartete, bis sie sich wieder zu ihm umdrehte. Als es dann geschah, sah er ihr fragend in die Augen. Sein Blick war fast so forsch wie bei ihrer ersten Begegnung. Lange sah er sie so an, und plötzlich fürchtete er, er verlange zuviel von ihr. Womöglich brach sie zusammen. Und was dann? Würde er sie bemitleiden? Würde es ganz anders kommen?

Sie wandte als erste die Augen ab. »Woher kommen Sie?« fragte sie, als das Schweigen unerträglich wurde.

»Ich weiß nicht. Philadelphia.« Es war wahrscheinlich gelogen. Und wenn schon, es war ihm in diesem Moment so unwichtig, daß es ihm wirklich nicht gleich einfiel.

»Ich hatte dort mal gute Freunde.«

»Wetten, daß ich sie nicht kenne?«

Jetzt hatte sie wieder den Mut, ihm in die Augen zu schauen. Sie lächelten beide. Der Wind blies ihr das Haar ins Gesicht. Sie strich es nach hinten und hielt es fest. Der Ozean hinter ihr brandete mit frischer Energie gegen die Mauer. Die Gischt spritzte hoch über die Balustrade. Ehe sie naß werden konnte, hatte er sie fortgezogen.

»Wir sollten langsam weg von hier«, mahnte Jack. Seine Hand lag noch immer auf ihrer Hüfte.

»Ich würde gerne laufen.« Sanft, ja fast bedauernd entzog sie sich seinem Griff.

»Es ist aber ein weiter Weg.«

»Das macht mir nichts.« Sie drückte ihm kurz die Hand. »Auf Wiedersehen.«

Er ließ sie gehen. Noch immer tastete sie sich behutsam voran. Er schlenderte über die Straße zu seinem Wagen, stieg ein und beobachtete sie weiter im Spiegel. Bald mußte sie aus seinem Blickfeld verschwinden. Das ›Auf Wiedersehen‹ geisterte ihm unaufhörlich im Kopf herum. Hatte es vielleicht deshalb so endgültig geklungen, weil sie ein Ziel hatte, das für ihn unerreichbar blieb?

Aber er war doch ein Spieler.

Er drehte den Schlüssel herum, der Motor sprang an. Mit einem Ruck warf er das Lenkrad nach links, beschrieb einen Bogen und fuhr im Schrittempo die Kaimauer entlang. Bald hatte er sie erreicht und fuhr noch langsamer neben ihr her. Mit einem rätselhaften Lächeln wandte sie sich um. Sie kam ihm wie hypnotisiert vor.

»Steigen Sie ein«, befahl er, doch ihr Lächeln blieb starr, als hätte sie ihn nicht gehört. Er stieß die Beifahrertür auf. »Kommen Sie. Steigen Sie ein.«

Endlich war er zu ihr durchgedrungen. Sie wurde plötzlich aschfahl und blieb stehen. Dann fing sie an zu schwanken und fiel geradezu in den Wagen. Ihr Kopf sackte nach hinten über die Lehne. Als er sich über sie beugte, um die Beifahrertür zuzuschlagen, ließ sich eine Körperberührung nicht vermeiden. Er versuchte, die Erregung zu unterdrücken, die er dabei empfand. Von nun an konzentrierte er sich nur noch auf die Fahrt. Den Blick richtete er stur geradeaus nach vorne. Ihm war klar, daß er sie jetzt in Ruhe lassen mußte, sie stand immer noch unter Schock. Und er hatte nur einen Wunsch: für sie zu sorgen.

Auf dem Berg oben, in den palmenumsäumten Alleen des Gartenviertels kamen ihm, nach allem, was er im Gefängnis gesehen und gehört hatte, die Blumenpracht und das Vogelgezwitscher unwirklich vor. Hier oben kannte man anscheinend nur Frieden und Sicherheit. Als er vor dem Tor anhielt, hob Bobby endlich den Kopf. Ihre Blicke wanderten erstaunt über die mit Muscheln gepflasterten Wege, die sich durch den Garten schlängelten, und verharrten auf der herrlichen Gartenlaube, die wie die Verkörperung der Hoffnung auf einer kleinen Anhöhe thronte.

Jack lief um den Wagen herum und hielt ihr die Tür auf. Sie ließ sich beim Aussteigen helfen und an seiner Hand durch das Tor führen. Mit zitternden Händen fummelte sie in der Handtasche nach dem Schlüssel; sanft entzog er ihn ihr. Hinter der nächsten Biegung stellten sie fest, daß ein Schlüssel gar nicht mehr nötig war, natürlich waren sämtliche Türen und Fenster eingeschlagen worden. Die SIM-Leute hatten gründliche Arbeit geleistet. Sie drückte sich enger an ihn, als sie durch den sperrangelweit offen stehenden Eingang traten.

Bewußt stellte er sich dann vor sie. Ein Blick genügte. Er wollte sie am Weitergehen hindern, aber sie hatte es schon gesehen. Im Wohnzimmer sah es aus wie auf einem Schlachtfeld. Der ganze Boden war übersät mit Büchern und Dokumenten, die Möbelstücke waren umgestürzt und die Polster und Kissen aufgeschlitzt worden. Die Bücher waren unter den vielen Federn kaum noch zu sehen. An der Wand gegenüber hing ihr und Arturos Hochzeitsporträt. Jemand hatte es mit wütenden Messerstichen zerfetzt.

Sie prallte entsetzt zurück. Er schob sie sofort aus dem Zimmer, damit ihr der weitere Anblick der zerstörten Erinnerungsstücke an ihre Vergangenheit erspart blieb. Wollte er sie nur vor diesem Entsetzen bewahren, oder vor weiteren Gefahren? Er wußte es nicht. Er wußte nur, daß es ihre einzige Chance war. Ohne ihn würde sie am Straßenrand verenden. Sie ließ sich wie ein verängstigtes Kind zurückführen und in den Wagen bugsieren; er fuhr wieder in die Innenstadt.

Mit dem Chaos und dem Lärm des Viertels, in dem er wohnte, war er wenigstens vertraut. Er parkte den Wagen vor seinem Mietshaus und half ihr wieder heraus. Die Gassenjungen hielten sich diesmal fern. Ein Instinkt warnte sie wohl davor, heute um den Yankee herumzutanzen, der ihnen normalerweise großzügig Münzen zuwarf. Auch La Polaca blieb rauchend und hustend hinter ihrem Fenster stehen. Jacks Begleiterin war ja aufregend schön, und nichts hätte sie lieber getan, als hinauszulaufen und ihnen rein zufällig im Treppenhaus zu begegnen. Aber sie sah, daß beide die ganze Nacht kein Auge zugetan hatten und ließ sie ungehindert nach oben gehen. Von ganzem Herzen wünschte sie ihnen einen erquickenden Schlaf.

Als erstes führte Jack Bobby in die Küche. Wieder ganz der lässige Gastgeber, beugte er sich über den alten Kühlschrank und förderte Eier, Butter und Brot zutage. »Ist Ihnen ein gebratenes Eiersandwich recht?« wandte er sich an sie.

»Ich habe keinen Hunger.«

»Der kommt schon noch. Setzen Sie sich nur auf den Stuhl da.« Er deutete auf einen mit Leder bezogenen Stuhl.

Gehorsam ließ sie sich am Tisch nieder. Eine Weile sah sie ihm zu, wie er sich am Herd zu schaffen machte, die Butter in die Pfanne gab und dann das Kaffeewasser aufsetzte. Unvermittelt schüttelte sie den Kopf. »Welcher Tag ist heute?«

»Freitag.«

Ihre Stirn umwölkte sich. »Es muß unbedingt jemand nach Santa Clara ...«

Er schenkte ein Glas Orangensaft ein und reichte es ihr. Mit übereilten Fragen hätte er sie nur überfordert. »Ach so? Was ist denn in Santa Clara?«

Sie führte das Glas mit beiden Händen zum Mund und trank es in mehreren bedächtigen Schlucken leer. Mit der

Antwort ließ sie sich Zeit. Als es so weit war, war ihr Blick in die Ferne gerichtet. Wieder schien sie dort ein imaginäres Schiff zu suchen. »Arturos Familie hat eine Finca, einen Landsitz... Unmittelbar vor Santa Clara... Die Rebellen benutzen ihn als Stützpunkt. Sie wissen nicht, daß...«

Ihre Stimme verlor sich. Ihren Mann für tot zu erklären, das war zuviel für sie. Jack ging wieder zum Herd und schlug die Eier in die Pfanne, die sofort in der heißen Butter zu brutzeln anfingen. »Na schön, und woher kommen Sie, Bobby?« fragte er mit neuem Elan. »Wo sind Sie aufgewachsen?«

Ihr Blick wanderte vom Fenster zu ihn, folgte ihm beim Rösten der Brotscheiben. »Schweden«, sagte sie.

»Ich wollte schon sagen, sicher irgendwo in Skandinavien. Sie haben so etwas... Dunkles in der Stimme. Lebt Ihre Familie dort?« Sie nickte. »Und haben Sie noch Kontakt?«

»Nein. Nur zu Weihnachten.«

»Jetzt haben wir ja Weihnachten«, meinte Jack und legte die Spiegeleier auf den Toast.

»Nicht dieses Weihnachten.«

»Na ja, ganz sollte man den Kontakt nicht abreißen lassen«, mahnte er und deckte die Sandwiches mit einer zweiten Schreibe Brot zu. Dann holte er aus dem Schrank Tassen und Teller. »Sie sind also aus Schweden hierhergekommen«, stellte er fest. »Wegen des schönen Wetters?«

»Nein, ich hatte ursprünglich nie an Kuba gedacht. Ich bin nach Kalifornien gegangen, Hollywood.«

Er war gerade beim Kaffeeeinschenken. Anerkennend pfiff er durch die Zähne. »Na, da sind Sie ja ganz schön rumgekommen. Was haben Sie denn dort gemacht?«

»Ich habe als Kind mal die Garbo gesehen«, sagte sie, begleitet von einem leisen Auflachen – oder war es ein Seufzer?

»Die Garbo?« Stirnrunzelnd stellte er Teller und Tasse vor ihr ab. »Ach ja, richtig. Sie war auch Schwedin.«

Bobby nickte. Um ihre Mundwinkel spielte der Anflug eines ironischen Lächelns. »Genau. Und sie scheint Robert Taylor gut gekannt zu haben.«

»Die Garbo und er haben sich garantiert prächtig verstanden«, meinte er grinsend.

»Jedenfalls sah er aufregend aus. Ich wollte ihn unbedingt kennenlernen. Darum bin ich nach Kalifornien gegangen, um Schauspielerin zu werden... Wie tausend andere auch.«

»Und? Haben Sie sich mit Robert Taylor verstanden?«

»Ich bin ihm nie über den Weg gelaufen«, gab sie zu. Das Sandwich hatte sie noch nicht angerührt, aber sie nippte am Kaffee. »Statt dessen habe ich einen Schriftsteller geheiratet. Aber dann kam er auf die Schwarze Liste, und wir mußten die Vereinigten Staaten verlassen. Wie gewonnen, so zerronnen.« Dazu zuckte sie mit den Schultern.

»Er war Kommunist, was?« Mit einem erneuten Schulterzucken gab sie ihm zu verstehen, daß er es nicht richtig getroffen hatte. »Na ja, ich habe anständige Kommunisten erlebt und weniger anständige. Er war bestimmt einer von der anständigen Sorte.«

»Er hat Western geschrieben.«

»Ach ja? Ich mag Western. Ich weiß nicht, was sie mit unserem Leben zu tun haben, aber ich mag sie.«

Sie biß endlich von ihrem Sandwich ab. »Mexico war ihm zuwider«, erzählte sie, nachdenklich kauend. »Er hat zu trinken angefangen. Und dann war es aus mit uns.« Auf einmal sprang sie auf. »Ich hätte unbedingt frische Kleider mitnehmen müssen...«

»Machen Sie sich keine Sorgen«, beruhigte er sie. »Dafür ist später auch noch Zeit.« Sie setzte sich wieder. Seufzend nahm sie das Messer in die Hand und schnitt ihr Sandwich in der Mitte entzwei. »Und wie ist es für Sie in Mexico gelaufen?« wollte er wissen. »Haben Sie dort Rollen bekommen?«

Sie lächelte bei der Erinnerung, nahm das Sandwich in die Hand und biß herzhaft hinein. Jack zwinkerte ihr zu. »Mhmm«, stöhnte sie und deutete auf ihren Mund. Dann spülte sie den Bissen mit einem Schluck Kaffee hinunter. »O ja«, meinte sie sarkastisch. »Ich war eine große Schauspielerin in Mexico.« Sie ließ ein glockenhelles Lachen hören. Unwillkürlich hielt Jack den Atem an.

Mit vorgestrecktem Kinn und zusammengekniffenen Augen mimte sie eine tragische Heldin. »Ich stellte immer ›la Gringa‹ dar. Meine Lieblingsrolle war die Tochter eines übergeschnappten Wissenschaftlers, der mir ein Gorillahirn eingepflanzt hatte.«

Sie brachen beide in Lachen aus. Sie schluckte den nächsten Bissen hinunter, dann fuhr sie fort. »Mein Verlobter weiß von alledem natürlich nichts. Eines Abends kommt er ins Labor und ruft: ›*Querida! Que pasa? Te comportes de un modo bastane raro!*‹ Und wissen Sie, was ich mache?«

Sie setzte sich kerzengerade hin und fing an brüllend in die Luft zu boxen. Jack bog sich vor Lachen, als sie auch noch wild die Augen verdrehte und wie ein Affe schnatterte. Da war es auch mit ihrem Ernst vorbei, und sie prustete ebenfalls los. Plötzlich standen ihr Tränen in den Augen. Sie lachte und weinte gleichzeitig. Und dann weinte sie nur noch.

Jack saß verlegen da. Er wußte nicht so recht, wie er ihr helfen konnte. Ein richtiger Weinkrampf war es nicht. Zum Schluchzen war sie viel zu erschöpft. Aber die Tränen strömten ihr Gesicht hinunter. Dazu schnappte sie immer wieder nach Luft, als wären ihre Folterer zurückgekommen. Er stellte sich neben sie und streichelte ihr das Haar. Langsam beruhigte sie sich. Als ihr Atem wieder regelmäßig ging, zog er die Hand zurück.

»Ich habe sehr viele nette Leute in Mexico kennengelernt«, fuhr sie fort. »Unter anderem Arturo. Und so bin ich nach Kuba gekommen.« Sie schüttelte versonnen den Kopf. Ihr Leben hatte so viele Wendungen genommen, daß sie es fast selbst nicht mehr erkannte. »In den letzten sieben Jahren habe ich insgesamt vielleicht zwei Wochen in Amerika verbracht. Was hat sich in dieser Zeit dort getan?« Wehmut und auch Sehnsucht schwangen in dieser Frage mit.

»Nun ja«, meinte Jack und holte seine Kaffeetasse vom Herd. »Baseball – die Dodgers sind nach L. A. gezogen und die Giants nach San Francisco. Das wäre so ungefähr schon alles. Und vor dem Haus der RCA (Radio-Corporation-America) kann man sich jetzt selbst auf dem Bildschirm sehen.«

Sie biß schon wieder gierig in ihr Sandwich. Es machte ihn fast verlegen, sie so zwanglos, so lebenshungrig zu sehen.

»Möchten Sie in die Staaten zurück, Bobby?« fragte er sie mit belegter Stimme. »Ich kann Ihnen jederzeit ein Ticket besorgen, wohin Sie auch wollen. Hier sind Sie nämlich nicht mehr in Sicherheit.«

»Sicherheit?« wiederholte sie zweifelnd. Welche Bedeutung konnte dieses Wort jetzt noch für sie haben? Mit einer weißen Serviette wischte sie sich Mund und Hände ab. »Jack Weil«, sagte sie dann und betonte genüßlich beide Worte, so daß der Name fürchterlich banal klang. »Sagen Sie, Jack Weil, warum tun Sie das alles?«

»Aus alter Freundschaft«, antwortete er lächelnd. »Vergessen Sie nicht, daß wir mal einer kleinen Schmugglerbande angehört haben. Außerdem habe ich noch nie einen Filmstar persönlich gekannt... vor allem keinen mit einem Affenhirn.« Er konnte den spaßhaften Ton nicht mehr durchhalten und wurde unsicher. Dann wollte er ihr etwas sagen, das er sich selbst noch nicht richtig eingestanden hatte. »Ich weiß auch nicht... Ich mag Sie. Sie... Sie sind so...«

Sie hörte ihm noch zu, gab aber keine Antwort. Im nächsten Augenblick hatte sie die Müdigkeit übermannt. Die Lider fielen ihr zu, und ihre Arme sanken schlaff herunter.

»Ich glaube, Sie sollten mal eine Runde schlafen«, schlug er vor.

»Aber erst möchte ich mich duschen«, seufzte sie.

»Aber natürlich. Ich hole Ihnen einen Bademantel.«

Er verschwand im Schlafzimmer, um wenig später mit einem grünen Seidenmäntelchen, wie es Boxer gern benutzen, zurückzukommen. Sie hatte sich die ganze Zeit nicht gerührt; legte den Mantel auf ihren Schoß und fuhr mit der Hand über das Gewebe.

»Wir hatten es fast schon geschafft«, meinte sie niedergeschlagen. »Wir waren so nahe dran.«

Mehr denn je wollte er sie berühren. Daß er es nicht tat, bereitete ihm plötzlich körperliche Schmerzen. »Das... das tut mir leid«, sagte er verlegen. »Er war ein wirklich feiner Kerl.«

»Ja, ein feiner Kerl.« Er dachte, sie würde von neuem anfangen zu weinen. Was sie empfand, wog freilich ungleich schwerer als Tränen. »Sie haben gar keine Vorstellung, wie anständig er war.« Ihr dämmerte, daß sie Jack mit dieser Bemerkung vielleicht verletzt hatte, stand auf und lächelte ihn freundlich an. »Nachdem wir uns von Ihnen in der Bodequita getrennt hatten, sind Arturo und ich noch ein bißchen spazierengegangen. Er hat mir gesagt, daß er gerne mal mit Ihnen pokern würde.«

Sie ging an ihm vorbei ins Wohnzimmer. Zurück blieb ein Hauch ihres Lilienparfüms. Er hörte sie im verdunkelten Wohnzimmer herumtapsen, und gleich darauf fiel die Badezimmertür ins Schloß. Verwirrt starrte er auf ihren leeren Teller, dann auf die Handtasche. Einen Augenblick sah es so aus, als würde er seinen Gefühlen freien Lauf lassen. Aber wußte er überhaupt, was genau in ihm vorging? Wohl eher unbewußt winkelte er wieder den linken Arm an und strich sich über den Unterarm. Als er das Wasser im Bad rauschen hörte, war seinem Gesicht keine Regung mehr abzulesen. In seinen Kreisen nannte man das ein Pokerface.

Er ging ins Wohnzimmer und schaltete dort alle Lampen an. Dann setzte er sich an den großen Tisch und fing an, Black Jack gegen sich selbst zu spielen. Die Karten sah er allerdings kaum. Er hörte, wie das Wasser abgedreht wurde. Wenig später kam sie, in das grüne Seidenmäntelchen gehüllt, aus dem Badezimmer. Das Haar trocknete sie sich im Gehen ab, dazu summte sie leise eine Melodie. Er spielte weiter gegen sich selbst und verlor.

»Kann ich mir etwas zum Anziehen borgen?« fragte sie.

»Keine zehn Pferde bringen mich noch einmal in dieses Kleid da.« Er erhob sich, aber sie winkte ab. »Nein, nein. Ich finde schon etwas.«

Sie wickelte sich das Handtuch wie einen Turban um den Kopf und verschwand im Schlafzimmer. Er ging über zum Pokern, dazu hatte er stets zwei treue Phantome als Gegner. Aus seinem Schrank kam ein Rascheln. Irgendwie erregte ihn der Gedanke, daß sie jetzt seine ganzen Kleider berührte. In der Ferne war das Knattern von Maschinengewehren zu hören. Der Magen krampfte sich ihm zusammen. Von der Welt draußen hatte er für den Augenblick die Nase voll.

Bobby tauchte wieder in der Tür auf. Sie trug eine weiße Bundfaltenhose und ein rotes Hemd. In den viel zu großen Sachen wirkte sie sehr sexy, drehte sich schwungvoll um und spielte Modell für ihn. »Nun?« fragte sie lachend. »Könnte ich als Jack Weil durchgehen?«

»Ihr könntet Zwillinge sein.«

»Ich würde jetzt gerne auf der Couch schlafen«, sagte sie. Zunächst ging sie jedoch zum Fenster und zog die Jalousie hoch. Im Gegensatz zu ihm hatte sie es nicht nötig, die Welt auszusperren. Nach einem kurzen Blick auf die Straße legte sie sich aufs Sofa. Die Sonnenstrahlen fielen auf ihr Haar, so daß es schneller trocknen würde. Sie kuschelte sich tiefer ins Kissen und lächelte ihn an. »Sie müssen nicht hierbleiben.«

»Danke, aber ich wohne hier.« Sie lächelten einander an. »Kann ich sonst noch etwas für Sie tun, Mr. Weil?« wollte er wissen.

»Haben Sie vielleicht eine Decke? Von mir aus dürfen Sie auch gern eine Platte auflegen.« Sie schüttelte verträumt den Kopf. Die Augen fielen ihr schon wieder zu.

Jack ging zur Musiktruhe hinüber und nahm die oberste Platte vom Stapel: ›Kay Starr at the Copa‹. Seine Glückssträhne hielt noch immer. Er legte die Platte auf den Plattenteller, und wenige Sekunden später schwebten Big-Band-Klänge durch das Zimmer. Dazu gurrte ein Sänger *Always Remember*.

Er sah auf sie hinab. Sie lag zusammengerollt auf dem Sofa. Das Gesicht von den Sonnenstrahlen abgewandt, schlief sie bereits fest. Wenn sie die Musik überhaupt hörte, dann als Teil ihres Traums. Seine Verwirrtheit schien sich in Luft aufzulösen, als er sie so friedlich und geborgen schlummern sah. Schlagartig wurde ihm bewußt, wie erschöpft er selbst war.

Die Musik schläferte ihn zusätzlich ein. Er ging ins Schlafzimmer und ließ sich wie er war aufs Bett fallen. Wozu sollte er auch die Schuhe ausziehen? Er hatte ohnehin vor, aufzustehen und den Plattenspieler auszuschalten, wenn das Stück vorbei war. Er wollte nur kurz die Augen zumachen. Außerdem konnte er sich heute nichts Schöneres vorstellen, als über ihren Träumen zu wachen.

Schließlich war er der Wachtposten hier.

8

Das Schrillen des Telefons weckte ihn. Über ihm drehte sich bedächtig der Ventilator. Das Zeitgefühl war ihm völlig abhanden gekommen. Als es zum zweiten Mal klingelte, war er auf den Beinen und rannte ins Wohnzimmer. Nicht wegen des Anrufers – ihretwegen.

Sie war weg. Schon beim Eintreten spürte er ihre Abwesenheit. Die Kleider, die sie von ihm geborgt hatte, lagen säuberlich zusammengelegt auf dem Sofa. Ganz oben lag ein Zettel. Sein Herz pochte heftig. Das Telefon klingelte inzwischen zum fünften Mal. Er riß den Zettel an sich. Ihre Handschrift kannte er noch nicht, schoß es ihm durch den Kopf. Aber was kannte er überhaupt von ihr?

Sie sind ein feiner Kerl, Jack Weil. Auf Wiedersehen. Bobby.

Beim achten Schrillen nahm er den Hörer ab, damit es endlich aufhörte. Er sagte gar nicht erst Hallo. Joe Volpi meldete sich mit vor Aufregung zitternder Stimme. »Jack? Glückwunsch, mein Junge! Meyer ist interessiert.«

»Was?« fragte der Spieler zerstreut. Er wollte Zeit gewinnen, um den Zettel zu lesen, wieder und wieder.

»Forbes kommt wieder und bringt ein paar schwerreiche Jungs aus Montreal mit!«

»Ja? Okay...«

»Stimmt etwas nicht, Jack?«

»Nein, nein«, meinte der Spieler heiser. »Alles in bester Ordnung.« Die Wörter auf dem Zettel verschwammen vor seinen Augen. Sie kamen ihm plötzlich vor wie wirres Gemurmel, ein Lachen und Seufzen zur selben Zeit. *Auf Wiedersehen.*

»Kommen Sie doch zu Meyers Weihnachtsparty heute abend. Er will mal Ihr Gesicht sehen. Wenn er bei so einem Riesendeal sein Geld auf Sie setzt, sollten Sie unbedingt einen guten Eindruck auf ihn machen. Kommen Sie am besten gegen acht. Wir sind in der Königssuite. Und eine kleine Weihnachtsüberraschung haben wir auch für Sie...«

Jack nickte nur und legte mitten in Volpis Satz hinein auf. Er ließ sich nicht gern Verhaltensanweisungen geben. Die Aussicht auf ein Treffen mit dem König der Kasinos schien ihn überhaupt nicht mehr zu berühren. Im Moment wollte er nur eines: auf Bobbys Nachricht starren. Kaum hatte er sich aber gesetzt, erbebte die Wohnungstür unter wütenden Schlägen. La Polaca klopfte nie so. Er ließ den Zettel in der Tasche verschwinden und ging in die Diele.

Als er die Tür aufmachte, fühlte er sich an eine Parodie auf Staatsbesuche erinnert. Die zwei Leibwächter aus dem Lido, Ungetüme in befleckten weißen Anzügen, traten wie eine Ehrengarde auseinander. In ihrer Mitte wurde Colonel Menocal sichtbar. Hochmütig stolzierte er an Jack vorbei in die Wohnung. Seine Position verschaffte ihm Macht über andere, und dementsprechend besitzergreifend sah er sich in der Wohnung um.

»Wo ist sie?« herrschte er Jack an.

Der Spieler lehnte sich mit in den Taschen vergrabenen Händen gegen den Türstock. »Wer?« erkundigte er sich.

Der Blick des Colonels bohrte sich in ihn. »Was für ein Spiel treiben Sie da, Jack? Sind Sie auf die Schnelle unter die Politiker gegangen?«

»Klar doch. Wußten Sie nicht, daß ich für den Kongreß hier kandidiere?«

Menocal wandte sich verächtlich ab und ließ erneut die Blicke über das Wohnzimmer schweifen. Das eigene Abbild in einem ovalen Spiegel neben der Badezimmertür stach ihm ins Auge. Er stolzierte hinüber, riß den Spiegel vom Nagel und schleuderte ihn wütend auf den Boden. Es krachte wie bei einer Explosion, und plötzlich stand der Colonel in einem Meer von tausend Splittern.

Unheimliches Schweigen lastete über dem Raum. Menocal durchbrach es schließlich mit einem grimmigen Flüstern. »Sie haben zweitausend Dollar für ihre Gesellschaft gezahlt, mein Freund. Das ist ein hoher Preis für eine Hure.«

Der Colonel schien Jack in keinster Weise aus der Fassung zu bringen. Er schlenderte gelassen zur Hausbar und holte eine Flasche Whisky und zwei Gläser heraus. Damit ging er zum Tisch und schenkte sich ein. »Colonel«, sagte er und hob das Glas zu einem förmlichen Toast. »Ich muß Ihnen gestehen, ich habe da einen Riesenfehler gemacht.« Er kippte das Glas in einem Zug hinunter. Nachdem er sich die Lippen abgeleckt hatte, fuhr er fort. »Die Dame hat zuviel Gepäck, wenn Sie mich fragen. Zu viele Privatangelegenheiten, Sie verstehen schon. Wahrscheinlich geht sie in die Staaten zurück.«

Er bot Menocal die Flasche an. Ein Gläschen zwischen zwei Pokerfreunden. Der Colonel lehnte eisig ab. »Natürlich lügen Sie, Jack«, schnarrte er. »Aber das gehört schließlich zu Ihrem Beruf. Ich bin nur gekommen, um Sie daran zu erinnern, was für ein herrliches Leben Sie bei uns in Havanna führen. Sie spielen hier Karten, Sie essen gut, Sie steigen mit schönen Frauen ins Bett, sooft Sie Lust haben. Darum frage ich mich eben, warum Sie sich mit solchen Fanatikern einlassen. Die wollen das doch alles abschaffen.«

Ungerührt trat er aus dem Scherbenhaufen, obwohl das nach alten Aberglauben sieben Jahre Pech bringen sollte. Doch Colonel Menocal war es zeitlebens gewöhnt, selbst für sein Glück zu sorgen. »Lassen Sie die Finger von ihnen, Jack.« Es war mehr eine verhüllte Drohung als ein Rat. »Und wenn Sie von Mrs. Duran hören, möchte ich als erster davon erfahren. Haben Sie mich verstanden?«

Schweigend schenkte Jack sich nach. Der Colonel stolzierte, gefolgt von seinen Leibwächtern, hinaus. Der zweite, derjenige, der in seiner Freizeit Comic-Hefte las und wohl etwas unterbelichtet war, wandte sich noch einmal in einem herablassenden Ton an Jack: »Trinken Sie lieber nicht so früh am Tag, Señor. Ihre Leber schläft um die Zeit noch.«

Jack prostete dem Gorilla zu und kippte das Glas hinunter. Die Tür fiel hinter ihnen ins Schloß, und er hörte sie die Treppe hinunterpoltern. Er malte sich das entsetzte Gesicht der Polaca aus, die bestimmt alles hinter ihrem Vorhang beobachtete. Ihn dagegen schien Menocals Besuch kein bißchen zu stören, obwohl er soeben vom gefürchtetsten Mann von ganz Kuba eine Warnung erhalten hatte. Er schenkte sich zum dritten Mal Whisky ein und setzte sich hin. Endlich hatte er Zeit für ein genaueres Studium von Bobbys Nachricht. Er beugte sich über den Zettel, als wäre er eine handgezeichnete Karte und könnte ihn zu ihr führen.

In der Stadt herrschte der gewohnte weihnachtliche Trubel, aber diesmal kostete die dauernde Fröhlichkeit enorme Anstrengungen. Auf dem Dach des Präsidentenpalasts waren längs der Balustrade alle paar Meter fröhlich mit bunten Girlanden geschmückte Maschinengewehre postiert. Aus den Lautsprechern dröhnte unaufhörlich in alle Himmelsrichtungen *Stille Nacht*. Trotzdem war man jederzeit auf durchdringendes Sirenengeheul gefaßt.

Auf dem Vorplatz ragte ein riesiger, weiß besprühter Weihnachtsbaum einem Leuchtturm gleich in den Himmel. Rings herum, wo man eigentlich die Geschenke erwartet hätte, waren Sandsäcke aufeinander gestapelt. Ein ganzes Bataillon von Batistas Armee hätte dahinter bei einem Gefecht mit Aufständischen Platz gefunden. Für zusätzliche Sicherheit sorgte ein Kordon von Militärjeeps und Flakgeschützen, finanziert mit Geldern aus dem Marshallplan. Um den Palast schließlich verlief ein schmiedeeiserner, zusätzlich mit Stacheldraht verstärkter Zaun. Hinter den Haupttoren, die mit Weihnachtsbäumen geschmückt waren, befand sich eine kleine Koppel mit zwei von Flöhen gepiesackten Rentieren. Aber nicht nur deswegen blickten sie so jämmerlich drein.

Es war die Frage, was als erstes kommen würde, Weihnachten oder das Ende der Welt.

In der Stadt wurde diese Nacht bis zum Umfallen gefeiert, anders konnte keiner der Anspannung und Ungewißheit entgehen. Sämtliche Hotels und Kasinos waren taghell erleuchtet. Nur der beste Champagner wurde aus den Kellern herangeschafft. Wozu ihn auch aufheben? Man protzte lieber mit Limousinen, Nerzen und Diamanten. Überall herrschte Einigkeit: Wenn es schon dem Ende zuging, so wollte man wenigstens diese laue Nacht in vollen Zügen genießen.

Die größte, die prächtigste von allen Partys, für die jeder sich zerrissen hätte, nur um hineinzukommen, wurde in der Königssuite des festlich geschmückten Lido gegeben. Das Lied des Tages war *Jingle Bells* im Rumbarhythmus, gespielt von Orchestermusikern in weißen Fräcken. Es paßte vorzüglich zur Palme aus Pappmaché, die sich in der Mitte des Raums drehte wie eine gigantische Primaballerina. Sie war mit Kunstschnee bestäubt und über und über mit silbern leuchtendem Lametta behängt. Längs der gesamten Wand bogen sich die Tische unter der Last der exquisitesten Delikatessen. Für eine Königskrönung hätte man kein prächtigeres Büfett arrangieren können.

Meyer Lanskys Gäste machten viel Lärm und Aufhebens um sich. Ihre Fröhlichkeit wirkte freilich aufgesetzt. Gierig fielen sie über das Büfett her, anstatt mit Bedacht auszuwäh-

Joe Volpi (Alan Arkin) arrangiert als Manager eines Spielcasinos für Jack einige Pokerrunden.

Bobby (Lena Olin) hat ihren Mann verloren und begibt sich nun in Jacks Obhut.

Bobby (Lena Olin) und Jack (Robert Redford) entkommen einem Anschlag.

Joe Volpi (Alan Arkin) arrangiert als Manager eines Spielcasinos für Jack einige Pokerrunden.

Bobby (Lena Olin) hat ihren Mann verloren und begibt sich nun in Jacks Obhut.

Bobby (Lena Olin) und Jack (Robert Redford) entkommen einem Anschlag.

len. Auch die Gläser wurden viel zu schnell geleert, obwohl für Nachschub gesorgt war. Die etwas exklusiveren Partyhäppchen – Marihuana aus Kingston, Kokain direkt aus La Paz – wurden woanders genossen, in den Toiletten und in stillen Winkeln auf dem Balkon.

Es war schon eine gemischte Gesellschaft. Wild durcheinander tummelte sich die High Society und die Schickeria. Die eleganten Damen zeigten sich in trägerlosen Kleidern, denn nur so kam ihre makellose, von der karibischen Sonne gebräunte Haut voll zur Geltung. Gut betuchte ältere Herren in für ihr Alter viel zu modischen Jacketts produzierten sich bis zur Erschöpfung vor billigen Modepuppen. An den entsetzten Blicken und versteinerten Gesichtern konnte man die Mitglieder der vornehmeren Schichten erkennen. Sie sahen aus, als wären sie bei der eigenen Beerdigung zugegen.

Hier und da waren Entertainer aus den teuren Konkurrenzclubs zu bewundern. Unaufhörlich schüttelten sie Hände, redeten wie ein Wasserfall, berauschten sich an ihrem Glanz. Und natürlich waren auch die Spieler und Glücksritter zahlreich vertreten. Die meisten von ihnen hätten sogar im Nikolausgewand heruntergekommen ausgesehen.

Die Konversation war so leer wie die Köpfe der meisten Gäste. Namen schwirrten wie Pingpongbälle durch die Luft. Man wurde heftig und gelobte lautstark, seine Botschaft einzuschalten, wenn nicht bald jemand in diesem Land für Ordnung sorgte. Atemlos kam man zu dem Schluß, daß Eddie über beide Ohren in Liz verliebt sein mußte. Das übliche Geschwätz. Nur – diesmal schwang unmittelbar unter der Oberfläche ein hysterischer Unterton mit.

In diesem Meer von mehr oder weniger vornehmen Erscheinungen und nackten Schultern ließ Jack Weil sich treiben. Bislang war er auf kein ihm bekanntes Gesicht gestoßen, aber das war ihm nur recht. Mit einem Auge hielt er nach Joe Volpi Ausschau. Vor allem aber suchte er Bobby. Daß das völlig sinnlos war, wußte er selbst. Das hier war der letzte

Ort, an dem sie sich blicken lassen würde, doch wo er auch war, er suchte jetzt immer nur sie.

Plötzlich sah er sich einer langhaarigen Blondine in einem hautengen Aqua-Kleid gegenüber, in dem sie aussah wie eine Nixe. »Sie sind bestimmt Jack«, hauchte sie und lehnte sich so eng an ihn, daß er ihre Brüste durch sein weißes Jakkett spürte.

»Ja, schon«, erwiderte er vorsichtig.

Sie strahlte ihn an. »Hi. Ich bin Audrey.«

»Schön für Sie«, meinte der Spieler. Im Hinterkopf hörte er wieder Joe Volpi schnarren: *Eine kleine Weihnachtsüberraschung für Sie.*

Aufgeregt packte sie ihn am Oberarm. Lang konnte es nicht mehr dauern, bis sie ihn ansprang. »Können Sie mir nicht Meyer Lansky zeigen? Ich möchte ihn für mein Leben gern kennenlernen.«

»Normalerweise verlieren die Leute ihr Leben erst, *nachdem* sie ihn kennengelernt haben«, versetzte Jack. Ihr fragender Blick verriet ihm sogleich, daß Ironie nicht ihre Stärke war. Für ihren Horizont waren einfachere Antworten angemessen. »Ich kann ihn im Augenblick nicht sehen«, fügte er hinzu. Um nicht erdrückt zu werden, legte er die Hände um ihre Hüften und schob sie ein paar Zentimeter zurück.

»Würden Sie mich ihm denn vorstellen?« lispelte sie und schwenkte die Hüften zwischen seinen Händen. Sie hatte wohl nie etwas anderes gelernt.

»Klar«, versprach er ihr lächelnd. Irgendwie rührte ihn ihr Glaube an männliche Hilfsbereitschaft. »Sie dürfen ihm nur nicht die Zunge ins Ohr stecken... Audrey, ja? Das mag er angeblich nicht.«

Audrey antwortete mit einem ernsten Nicken. Er fragte sich, ob sie schon zwanzig war und wie sie mit dreißig aussehen würde, wenn es sie dann überhaupt noch gab. Schon wieder trat ein nachdenklicher Ausdruck in seine Augen. Viel zu ernst für eine Party. Grinsend schob sich Mike McClaney in einem blauen Smoking heran. In der einen

Hand hatte er ein Champagnerglas, in der anderen einen randvoll beladenen Teller. Wie immer erwartete man, er würde im nächsten Augenblick mit dem Schwanz wedeln, so stolz war er darauf, sich in diesem Paradies aufhalten zu dürfen.

»Haben Sie Joe gesehen?« fragte der Spieler kurz angebunden, ohne sich um die üblichen Formalitäten zu kümmern.

»Er ist irgendwo!« rief Mike und drängte sich zwischen Jack und Audrey. Beim Anblick des Mädchens sprangen ihm die Augen schier aus dem Kopf. »Ja, hallo!«

Eine Frau lenkte Jack plötzlich ab. Lachend warf sie ein paar Meter neben ihm ihre kupferbraune Haarpracht zurück. Aber nein – das war nicht Bobby. »Ach ja, richtig... Mike«, murmelte er zerstreut. »Und das ist... äh...«

»Audrey LaShelle«, ergänzte das Mädchen freudig.

»Audrey ist vom ganzen Ambiente hier fasziniert und würde für ihr Leben gern Meyer kennenlernen. Sie können ihr doch sicher weiterhelfen, Mike.« Er strahlte die zwei selig wie ein Kuppler nach gelungener Eheanbahnung an.

»Es ist mir eine große Ehre, Mike«, hauchte das Mädchen, noch atemloser vor Aufregung als zuvor.

Mike bekam lüsterne Glupschaugen. Vor Entzücken ließ er fast den Teller fallen. »Die Ehre ist ganz auf meiner Seite«, dröhnte er.

Der Spieler hatte schon das Weite gesucht. Volpis kleines Geschenk hatte er auf elegante Weise an den Mann gebracht. Mit gerecktem Kopf machte er sich wieder auf die Suche nach dem Geschäftsführer. Trotz seiner schmierigen Art war Joe Volpi für Jack das einzige, was in Havanna so etwas wie einem Freund nahe kam. Für Zuneigung war da freilich nicht viel Platz, was schon ihr frostiges Verhalten hinlänglich bewies. Golf würden sie wohl nie gemeinsam spielen. Und wenn einer den Absprung schaffte, dem anderen würde er es nicht auf die Nase binden.

Jack kämpfte sich bis zur Bar durch, wo er sich einen Anejo bestellte. Jemand tippte ihm auf die Schulter. Er brauchte sich nicht umzudrehen, Baby Hernandez war schon von weitem an der Duftwolke seines Eau de Cologne zu erkennen.

»Jack!« rief der Zuckerkrösus überschwenglich. »Sie werden das verstehen! Mich plagt die Qual der Wahl. Es sind gleich drei!«

Jetzt erst fiel Jack neben Baby eine trotz blauem Blazer und karierter Krawatte schmuddelige Gestalt auf: Marion Chigwell. Dieser Nervtöter kam ihm heute noch aufdringlicher vor als sonst. Und schon nickte er ihm glückstrahlend zu.

»Ich habe mir ein kleines Weihnachtsgeschenk gemacht, müssen Sie wissen«, erklärte Baby Hernandez und zählte sie an den Fingern ab. »Eine Chinesin, eine Negrita und noch eine, ich glaube, sie ist Dänin. Eine hübscher als die andere. Aber soll ich Ihnen was sagen? Ich fühle mich überlastet!« Ein Lachkrampf schüttelte ihn. Er war sturzbetrunken.

Jack ging nicht darauf ein. Er wandte sich an Chigwell. »Sagten Sie nicht neulich, als ich Sie mit Ramos zusammen getroffen habe, wir seien auf derselben Fähre gekommen?«

»O ja, richtig, das stimmt!« rief Chigwell aufgeregt. Er konnte es kaum fassen, daß der Spieler ihn endlich zur Kenntnis nahm.

»Da war doch eine elegante Dame in einer weißen Seidenbluse...«

Chigwell nickte eifrig, wobei seine Schultern mit Schuppen bestäubt wurden. »Roberta Duran! Sie haben mit ihr getanzt. Ich bin gut mit ihr befreundet.« Endlich hatte er eine Gelegenheit, sich zu brüsten. Dann fiel ihm ein, daß er vielleicht ein bißchen Betroffenheit an den Tag legen müsse. Er schnalzte bedauernd mit der Zunge. »Schrecklich... das mit ihrem Mann«, meinte er kopfschüttelnd.

Jack hätte diese Witzfigur am liebsten am Kragen gepackt und mit dem Kopf voran gegen die Theke geschmettert. Aber er zwang sich zu einem freundlichen Lächeln. »Haben

Sie sie in der letzten Zeit gesehen?« fragte er so beiläufig es ging.

Chigwell zuckte mit den Schultern. »›Verschwunden‹, sagt man.« Das Wort war in Havanna Gemeinplatz und stand in der Regel für ermordet.

»Man hat sie freigelassen«, half Jack nach.

»Oh, das freut mich aber.« Er zuckte wieder mit den Schultern. »Na ja, in Havanna hat man jemanden schnell aus den Augen verloren. Vor allem zur Zeit.«

Er wußte also nichts. Jack schluckte seinen Zorn hinunter und wandte sich wieder Baby Hernandez zu, der an den Oliven in seinem Martini suckelte. »Wo ist Joe?«

Baby verdrehte die Augen. »Er ist rausgegangen und hört sich die neuesten Hiobsbotschaften an«, erklärte er gleichmütig.

Jack ließ die zwei einfach stehen. Keine Sekunde länger wollte er mit diesem dekadenten Gesindel vergeuden. Vorbei an nackten Schultern schlängelte er sich aus dem Saal und trat in einen geräumigen Flur. Kupferstiche von Picasso zierten die Wände. Wie lange würden sie noch dort hängen? Oder würden sie bald aus ihren Rahmen genommen und im Koffer eines Flüchtlings verschwinden? Er stieß eine Tür auf und erblickte einen Stoß von Nerzmänteln auf einem Bett. Sie gehörten den Frauen mit den nackten Schultern. Obenauf lag ein Glamourmädchen, an dem sich ein korpulenter Herr zu schaffen machte. Sie sah auf und winkte dem Spieler lächelnd zu. Hastig schloß er die Tür wieder.

Hinter der nächsten Tür schließlich fand er Volpi. Mit gespreizten Beinen und leicht vornüber gebeugt stand er in der Mitte des Zimmers. Beim Nähertreten erkannte Jack, daß er sich über ein Radio beugte. Zwei Kellner, jeder mit einem Tablett in der Hand, standen wie vom Donner gerührt da und lauschten ebenfalls.

»Radio Rebelde!« meldete sich eine Radiostimme. »Wir senden aus dem freien Teil von Kuba!« Es folgte ein

Schwall Worte in zungenbrecherischem Tempo, den Jack nicht mehr verstehen konnte.

Joe Volpi drehte sich zu ihm um. So, wie er dreinblickte, hatte ihn weder Jack noch sonst einer je gesehen. Er stemmte sich gar nicht mehr gegen die Niederlage. Das letzte Spiel war gelaufen, und die Bank hatte keine Chips mehr.

»Was sagt er?« wollte Jack in das Rattern der Stimme hinein wissen.

Schon war Volpis Gesicht wieder eine Maske von Selbstzufriedenheit und Gleichmut. Verächtlich starrte er kurz auf das Radio, dann fuhr er zu den Kellnern herum. »He, was sind denn das für Sitten, ihr Trottel? Draußen bedient ja keiner mehr!«

Die zwei zwinkerten ihrem Chef nur zu. Urplötzlich sahen sie ihn mit anderen Augen. Aufreizend langsam gingen sie mit ihren Tabletts zur Tür.

»Die Rebellen haben die Insel in zwei Hälften geteilt«, knurrte Volpi. »In den Straßen von Santa Clara wird noch gekämpft.«

Jacks Augen blitzten auf. Da war doch etwas – nur hatte er es halb vergessen. »Sante Clara?« wiederholte er nachdenklich.

»Ja, und unsere Hälfte ist die kleinere. Sie stehen hundertfünfzig Meilen vor Havanna.«

Plötzlich knallte die Tür hinter ihnen ins Schloß. Sie fuhren erschrocken herum. Vor ihnen stand Meyer Lansky, der König des Nachtlebens. Ohne sich aufwendig kleiden zu müssen, sah er recht gut und gepflegt aus. Er war ein Energiebündel und schien immer unter Hochdruck zu stehen. Im Moment war er am Überkochen.

»Hallo, Meyer!« rief Volpi. »Das hier ist Jack...«

Lansky würdigte Jack nicht eines Blicks. »Was ist jetzt mit ihrer Scheißoffensive, Joe? Sagen Sie bloß, wir haben das Geld dafür umsonst ausgegeben! Was für einen Blödsinn haben Sie mir da wieder erzählt? Von wegen Verstärkung! Wo zum Teufel bleibt sie?«

Joe Volpi setzte sein süßestes Lächeln auf. »Soviel ich weiß, ist ein Zug mit Waffen und Soldaten unterwegs. Die Truppen müßten genügend ...«

»Wo sind wir denn hier?« donnerte der König und fuchtelte in der Luft herum, als suche er sein Zepter. »Vielleicht in Rußland oder in China? Wenn das schief geht...«

Joe wand sich. »Meyer, sie versuchen ja...«

»Halten Sie den Mund und hören Sie mir gut zu, Joe!« schrie Lansky und stach bei jedem Wort mit dem Finger in Joes Brust. »Ich sage Ihnen jetzt, was Sie tun werden: Morgen gehen Sie zu Batistas Leuten und erklären ihnen, daß ich sauer bin. Kapiert?« Volpi nickte schicksalergeben. »Und dann sagen Sie den Schlappschwänzen, sie sollen sich auf die Hinterbeine stellen und der Drecksbande einheizen, weil sie sonst im Arsch sind.«

Lansky hielt es nicht mehr an seinem Platz. Er begann, vor Volpi auf und ab zu marschieren. »Und dann sagen Sie ihnen noch was«, zischte er. »Daß es auf dieser gottverlassenen Insel so was wie sanitäre Anlagen gibt, haben sie nur uns zu verdanken. Hätten wir nicht '98 das Spanierpack zum Teufel gejagt, würde Batista immer noch in sein Plumpsklo hinter dem Palast scheißen gehen. Ohne uns wüßte er gar nicht, was ein richtiges Klo ist!«

Wie ein fanatischer Politiker im Wahlkampf spielte er sich auf, der Klohistoriker. Selbstgerecht und zu hundertfünfzig Prozent ein amerikanischer Patriot. Keine Frage für ihn, auf wessen Seite Gott stand. Und wenn Meyer Lansky nicht selbst den dicken Knüppel schwang, so deswegen, weil er über Legionen von Knüppelschwingern verfügte, die auf sein Geheiß hin losschlugen. Das säuerliche Lächeln seines Untergebenen wurde zunehmend gequälter.

»Der Hurensohn hat doch überhaupt nur eine Armee, weil wir ihm eine geschenkt haben!« tobte Meyer Lansky weiter. »Sagen Sie ihm, daß er sie gefälligst einzusetzen hat, wenn er nicht will, daß wir unser Geschäft woanders aufmachen. Haben Sie kapiert, Joe? Havanna ist *unsere* Erfindung, Menschenskinder. Und wir können es jederzeit mitnehmen. Das reiben Sie ihm unter die Nase!«

Lansky war dunkelrot angelaufen, seine Stimme vom Brüllen ganz heiser. Er machte auf dem Absatz kehrt und stürmte aus dem Zimmer. Die Tür fiel mit einem Knall hinter ihm zu. Jack Weil hatte er nicht eines Blicks gewürdigt. Der Spieler starrte verlegen zu Boden. Eine solche Demütigung hätte er seinem ärgsten Feind nicht gegönnt. Beide schwiegen. Nur das Knattern aus dem Radio und der Partylärm, der gedämpft durch die Mauern drang, durchbrachen wie zur Erinnerung an eine vergangene Epoche die Stille.

Volpi räusperte sich diskret. »Hätten Sie Lust auf einen Spaziergang, Jack?«

Der Spieler nickte. »Unbedingt. Die Party ist ja zum Kotzen, wenn Sie mich fragen.« Sie sahen einander in die Augen, und plötzlich mußten beide grinsen. Worte waren keine mehr nötig.

Gemeinsam schlenderten sie über den Prado, wo das bunte Treiben immer ausgelassener, immer wilder wurde. Musik lag überall in der Luft, nonstop dröhnte sie aus den Tanzsälen und Restaurants. Aber auch die Stimme des Rebellensenders bot aus Tausenden von Radios einen überall gegenwärtigen Kontrast zu den Weihnachtsliedern und Rumbas. Die ganze Szenerie war eher wie ein Traum. Diese alte Welt stand am Rande des Abgrunds. Jeder spürte das und wollte alles noch ein allerletztes Mal auskosten, den letzten Tanz, den letzten Rausch, das letzte Gelächter. Man konnte gar nicht stehenbleiben. Oder man gehörte nicht mehr dazu.

Schweigend liefen sie an den Feiernden vorbei. »Das wär's dann wohl – was sagen Sie, Joe?«, meinte Jack schließlich.

»Was?« Volpi schreckte hoch. »Aber nein!« versicherte er Jack dann hastig. »Das Spiel läuft trotzdem. Er setzt auf Sie, darauf können Sie mein Wort haben. Menschenskinder, dieser Meyer kriegt immer wieder mal so einen Koller, aber das Geschäft geht weiter.«

Sie kamen an einem Straßencafé vorbei. Es war brechend voll. Zu den Klängen einer Frauenband kippten die Feiernden einen Drink oder Kaffee nach dem anderen in sich hinein. Jetzt erst recht! schien sich jeder zu sagen. Der allgemeine Trotz wurde deutlicher spürbar, als ein Konvoi von Militärlastern vorbeidonnerte. Jubelnd prostete die Menge den Soldaten zu, die zusammengekauert auf den Ladeflächen saßen und ihre Karabiner fest umklammerten. Wer es nicht besser wußte, hätte das Ganze für eine Parade gehalten.

An der nächsten Straßenecke hielt von ihrem Fensterbrett aus eine alte Frau winzige Kaffeetassen zum Verkauf feil. Jack mußte an La Polaca denken und all die anderen, die in Lockenwicklern und eingehüllt in ihre Hausjacken die Wirren der Geschichte überstanden hatten. »Meyer setzt also auf Batista *und* auf die Rebellen«, meinte Jack nachdenklich. »Er hat sein Geld wohl auf beiden Seiten angelegt, was?«

Joe Volpi gab keine Antwort, aber Jack hatte schon verstanden. Lächelnd sah der Geschäftsführer des Kasinos hinauf zu den Wäscheleinen vor jedem Fenster. Wie Banner bauschte sich die Wäsche in der Abendbrise. »Ich liebe diese Stadt, Jack!« rief er voller Inbrunst. »Sie gilt mit Fug und Recht als das Paris der Karibik, als die Perle der Antillen.« Er atmete tief durch, als wolle er das alles noch einmal in sich einsaugen. »Es ist eine echte Stadt!« verkündete er dann und breitete die Arme weit aus.

Sie kamen zu einem Platz, in dessen Mitte ein steinerner, an den Rändern mit Moos grün überwachsener Wassertrog stand. Ein chinesischer Zuhälter trat ihnen aus dem Schatten entgegen. An der Hand führte er ein vollkommen weißes Mädchen, eine Albino wohl. Die zwei Männer gingen auf das wortlose Angebot nicht ein, sondern nickten nur höflich. Im nächsten Block sahen sie lauter aufreizend geschminkte Mädchen; vor fast jedem Fenster saß eine und bürstete sich das Haar oder blies ihnen aufreizend Zigarettenqualm entgegen. Zwei beugten sich sogar über das Fensterbrett und schmatzten wie beim Kuß mit den Lippen. Sie hätten sie berühren können, doch die zwei Männer liefen, ganz mit ihren eigenen Gedanken beschäftigt, weiter.

»Es gibt noch andere Städte, glauben Sie's mir«, warf der Spieler bedächtig ein.

Seufzend schüttelte Volpi den Kopf. »Ich bin achtunddreißig hierher gekommen.«

»New York ist gut«, fuhr Jack unbeirrt fort. »Frisco ist nicht von schlechten Eltern. New Orleans auch nicht.« Es war nicht ganz klar, ob er Joe oder sich selbst davon überzeugen wollte. »Wann wissen Sie mehr über das Spiel?« wechselte er abrupt das Thema.

Volpi antwortete nicht sofort. Von der Straße mit den Huren kamen sie in eine breitere Allee. Vor einem spanischen Club stand wieder eine Limousine hinter der anderen. Das Gebäude mit seinen schmiedeeisernen Balkonen und prächtigen Glastüren war typisch für den Kolonialstil. Hinter den Fenstern standen mit Cocktailgläsern in der Hand weißhaarige Nachfahren der Granden. Das letzte Hurra der alten Herrscher.

»Forbes kommt heute Nacht zurück«, sagte Volpi schließlich, als sie unter einer Bogenlampe anhielten, um die Aristokraten im Club zu beäugen. Sein Tonfall änderte sich. »Sie lassen mich nicht mehr in die Staaten einreisen, Jack. Mir ... mir ist die Staatsbürgerschaft aberkannt worden.« Er zeigte ein trockenes, verkrampftes Lächeln, als hätte er soeben bemerkt, daß seine Hose offen stand.

»Aber was wollen Sie tun, wenn sie die Stadt stürmen?« wollte Jack wissen.

Volpi setzte sich wieder in Bewegung. »Meyer hat etwas von Santo Domingo gesagt«, höhnte er. »Waren Sie schon mal dort, Jack? Es ist am Arsch der Welt, sage ich Ihnen. Hinter dem Mond. Vielleicht gehe ich nach Costa Rica. Eine Freundin von mir hat sich dort zur Ruhe gesetzt, eine Witwe.« Er grinste Jack verschwörerisch an. »Man muß immer ein As im Ärmel haben, mein Bester. Den Geburtstag dieser Dame habe ich noch nie vergessen, weil ich immer damit rechnen mußte, daß das in Havanna eines Tages über den Jordan geht. Sie hatte hier ein Katzenheim – sehr vornehm.«

Die Allee mündete auf den Domplatz. Festtagsbeleuchtung tauchte die Kathedrale in weißes Licht. Davor rauschte ein Brunnen, aus drei Steinengeln schoß das Wasser in die Höhe und senkte sich in allen Regenbogenfarben schillernd wieder zur Erde. Stumm betrachteten sie das Schauspiel. Ein ähnlicher Strudel stand ja auch ihnen bevor, und sie wollten sich nicht von ihm davonreißen lassen. Der Eindruck trog sicherlich, aber die Kathedrale kam ihnen gefeit vor gegen die Wirren jeder Revolution.

»Und wann gehen Sie, Joe?« fragte der Spieler nach einer guten Minute.

»Als letzter«, lautete kurz und bündig die Antwort.

Als hätten sie es stillschweigend vereinbart, ging dann plötzlich jeder grußlos seines Wegs. Einander zum Abschied Glück zu wünschen, war in ihren Kreisen nicht üblich, einem Spieler brachten solche Wünsche nur Pech. So schlenderte Jack mit in den Taschen vergrabenen Händen rund um den Platz. Noch einmal kreuzten sich ihre Wege vor der Kathedrale. Volpi tat so, als hätte er ihn nicht bemerkt.

Zwei Frauen in formlosen schwarzen Kleidern traten aus dem Seitenportal. Großmütter wahrscheinlich, denen die Sorge den Schlaf raubte und die dafür gebetet hatten, daß die jungen Männer das Auf und Ab der Politik unbeschadet überlebten. Joe Volpi ließ sie mit einer tiefen Verbeugung vorbeigehen. Dann erst trat er in die Kirche. In seinem Gesicht leuchtete etwas vom Ministranten auf, der einst mit feierlicher Miene die Kerzen für die Messe angezündet hatte.

Schreiber's Spezialitätenimbiß war *der* Zufluchtsort der Flüchtlinge aus aller Herren Länder. Das Lokal lag im Herzen des Kolonialviertels, hätte aber direkt aus der Lower Eastside von New York exportiert sein können. Die Schilder über dem Tresen waren spanisch, englisch und jiddisch beschriftet.

Auch das Personal redete in allen Sprachen durcheinander. In diesem Schmelztiegel fühlte jeder Fremde sich sofort heimisch.

Jack Weil holte sich am Tresen für sein Vier-Uhr-Frühstück einen Kaffee und ein belegtes Brötchen und steuerte damit auf eine freie Nische zu. Sein Gesicht hellte sich plötzlich auf. »Hallo, Professor!« rief er freudestrahlend.

Ein kleiner, gedrungener Herr mit weißen Haaren und buschigem weißem Schnauzer sah von seiner Hühnerbrühe auf. Mit seinem dreiteiligen Anzug sah er aus wie ein Juwelier und kniff auch genauso die Augen zusammen. Mit einem Mal grinste er bis zu den Ohren. »Mein Sohn«, begrüßte er den Spieler überschwenglich. »La Polaca hat mir schon gesagt, daß du wieder im Lande bist. Du siehst blendend aus.«

Mit einer Geste forderte er ihn auf, sich zu setzen. Der Spieler nahm vergnügt Platz. »Ich habe gehört, Sie verbringen jetzt Ihre Zeit im ›Nacional‹«, zog er ihn auf.

Der Professor, der schon wieder seine Suppe schlürfte, nickte. »Zwillingsschwestern aus St. Louis, und stinkreich«, seufzte er. »Aber ich sage dir eines – es ist eine Heidenarbeit, sie um ihr Kleingeld zu erleichtern. Ich komme mir vor wie beim Bergbau. Man muß eine verflucht tiefe Mine graben, weil das Gold so verborgen liegt. Und weil jetzt die Hölle los ist...« – der Professor machte eine abschätzige Handbewegung in Richtung Straße – »... können sie sich jeden Augenblick davonmachen. *C'est la vie,* mein Freund.«

»Haben Sie von den Kämpfen in Santa Clara gehört?«

Der Professor nickte. Mit einem erneuten Seufzer zog er ein weißes Taschentuch hervor und wischte sich den Schnurrbart ab. »Die Geschichte ereilt uns, mein Junge«, ächzte er. »Das Rad dreht sich unbarmherzig – aber du bleibst doch hoffentlich bis zum bitteren Ende? Was jetzt passiert, wirkt sich immer vorteilhaft auf unsere Art von Geschäft aus«, schloß er augenzwinkernd.

»Nein, ich gehe. Ein Spiel nur noch, dann ist Schluß.« Jack war über seine Entschlossenheit selbst überrascht. Er mußte unwillkürlich grinsen. »Wollen Sie mit mir kommen, Professor? Mit der Fähre direkt nach Las Vegas?«

»Unsinn«, blaffte der Professor und verzog angewidert die Miene. »Geld und blonde Miezen! Warum diese Eile, mein Junge?«

»Einmal wenigstens bin ich der Zeit voraus. Mir war klar, daß das Spiel hier bald gelaufen ist.« Lachend biß Jack in das Sandwich und spülte mit Kaffee nach. »Sonst bin ich immer zu lange in Havanna geblieben. Jedesmal dachte ich, hier sei alles möglich, der beste Fick, das größte Spiel meines Lebens.« Er hielt für einen Augenblick inne und starrte versonnen vor sich hin. »Aber jetzt habe ich es fast satt... Ich bin so nahe dran...«

Der Professor starrte seit einiger Zeit auf zwei mit Diamanten behängte Frauen mittleren Alters in Nerzstolen. Insgeheim schätzte er schon den Preis jedes Steins ab und überlegte, ob ihre Besitzerinnen eine leichte Beute wären. Mit zu winzigen Schlitzen zusammengekniffenen Augen wandte er sich schließlich an Jack. »Havanna ist ein Geisteszustand, mein Junge«, verkündete er.

»Ich weiß nicht«, erwiderte der Spieler und hielt die Hände vor sich, als wäre ein Fächer Karten darin. »Ich habe eine Frau getroffen. Wir kennen uns seit zweiundsiebzig Stunden, und ich... ich weiß auch nicht...« Er starrte auf seine Hände. Hatte er vergessen, wie man mit einem Blatt reizte?

Der Professor lächelte, hocherfreut, in einer Herzensangelegenheit um Rat gebeten zu werden. »Hör auf einen alten Mann. Laß nicht locker. Es geht nichts über eine Frau. Sie lieben nun mal die Männer – sogar die letzten Arschlöcher.« Er wirkte auf einen Schlag um zehn Jahre jünger. Zufrieden lehnte er sich in seinen Stuhl zurück und streckte die Arme lachend über den Kopf. Die Rolle als Philosoph behagte ihm sichtlich. »Stell dir das schlimmste Arschloch aller Zeiten vor, Jack... den größten Vollidioten... und trotzdem gibt es immer irgendwo eine Frau, die auf ihn spinnt. Die

Frauen sind vollkommen, sage ich dir. Der Rest...«, er zuckte abschätzig mit den Schultern. »Der Rest ist Scheißdreck.«

Jack schüttelte den Kopf. »Das geht nicht«, stöhnte er müde. Er versuchte nicht mehr, den Schmerz in seiner Stimme zu verbergen. »Sie ist auf und davon. Ich glaube, ich weiß, wohin. Sie ist dort, wo gekämpft wird. Der Teufel soll mich holen, wenn ich den Grund kenne. Ach Gott, es ist Zeit, daß ich hier verschwinde.«

Der Professor musterte ihn ungläubig. »Und wann brichst du auf, mein Sohn?« fragte er.

Jack stand abrupt auf. »Morgen«, sagte er mit hohler Stimme. »Und was haben Sie vor?«

Die Augen des Professors weiteten sich. Sie wirkten sehr sanft, wenn er sie ausnahmsweise mal nicht zusammenkniff. »Wenn das Leben eines Menschen einen Tag dauert«, sagte er und legte die Hand leicht auf Jacks Arm, »dann ist es Viertel vor elf für mich. In der Nacht. Ich habe eigentlich nichts mehr vor.« Seine Stimme klang unendlich erleichtert. »Aber bei dir ist das anders«, fuhr er fort und drückte Jack fest die Hand. »Für dich ist noch nicht einmal der Abend angebrochen.«

Lange starrten sie einander an. Um sie herum ging das hektische Treiben seinen gewohnten Gang, aber für sie schien die Zeit aufgehoben zu sein. Schließlich klopfte der Spieler dem alten Mann auf die Schulter und wandte sich schweigend um. «Paß gut auf deinen Arsch auf, Kleiner!« schrie der Professor ihm mit gewohnt heiserer und lebhafter Stimme nach. Niemand in Schreiber's Spezialitätenrestaurant hätte geglaubt, daß der Professor soeben noch solch sanfte Worte gefunden hatte.

Draußen stellte Jack überrascht fest, daß das erste Grau sich im Osten bemerkbar machte. Wie viele Morgendämmerungen hatte er nicht nach langen Pokernächten erlebt? Diese hier schien jedoch allein ihm zu gehören. Fast direkt vor seinen Augen ging das Grau in Rosa über. Er streckte sich. Irgendwie wirkte er ausgeruht, obwohl er die ganze Nacht kein Auge zugetan hatte. Er wandte sich um und ging mit energischen Schritten nach Westen, wo seine Wohnung lag. Nach zwei Straßenzügen rannte er praktisch.

9

Mit heruntergeklapptem Verdeck donnerte der grüne Cadillac durch die Slums von Havanna. Hinter den verrußten Baracken zu seiner Rechten erkannte Jack noch die Hafenkräne und Docks, aber die Handelsumschlagpiers und die Stadt selbst lagen bereits hinter ihm. Die Slums waren Havannas Müllhalde. So weit das Auge reichte, übersäten Abfälle die Gegend. Auf der Straße selbst folgte ein Schlagloch auf das andere. Um das Tempo zu halten, mußte der Spieler in einem fort Zickzack fahren. Kinder standen an beiden Straßenseiten und winkten ihm jubelnd zu.

Nach zwanzig Minuten raste er über offenes Land. Das Chaos der Stadt lag hinter ihm. Hier endlich fand er das idyllische Kuba vor, wie man es aus Prospekten kannte, nämlich Zuckerrohr und Dschungel. Die Gegend war spärlich besiedelt: hier und da ein Dorf und eine Straße, auf der Schweine und Hühner sich tummelten. Alles sah sehr dürftig und provisorisch aus. Ortsschilder mit exotischen Namen flogen vorbei: Matanzas, Javellanos, Colon, Cascajal. Sie sahen aus, als wolle der Dschungel sie jeden Augenblick wieder verschlingen.

Jack drehte am Autoradio, bis er den richtigen Sender gefunden hatte. Johnny Mathis schmachtete sein ›Your chances are awfully good‹. Auf der anderen Fahrspur kam ihm ein endloser Strom von verrosteten Autos und klapprigen Lastwagen entgegen, beladen mit Flüchtlingen und den wenigen Habseligkeiten, die sie noch hatten zusammenraffen können. Solche Karawanen, dachte er, gab es auf der ganzen

Welt. Jeder Krieg, jede Revolution brachte sie hervor. Wer keinen Wagen hatte, lief am Straßenrand neben einem Ochsenkarren her. Sie waren auf der Flucht vor den Kämpfen in Santa Clara, aber das war schon alles, was sie wußten. Wohin sie flohen, davon hatten sie nicht den Schimmer einer Ahnung.

Eine halbe Stunde später kroch der Wagen durch ein Zuckerrohrdorf. Der Geruch von raffiniertem Zucker hing wie Schwefel in der Luft. Niemand schien heute zu arbeiten. Sämtliche Arbeiter drängten sich in den Straßen und tranken dunkelbraunen Rum aus der Flasche. Es war ein makabres Fest. Mit Weihnachten hatte das nichts mehr zu tun.

Endlich hatte Jack sich bis zum Dorfende durchgeschlagen. Hier sah er sich einem Sergeanten gegenüber, der mit seinem Karabiner Wache vor einer improvisierten Straßensperre aus zwei Sägeböcken hielt.

Jack mußte anhalten und sich sagen lassen, daß eine Weiterfahrt unmöglich sei. »Aber ich habe eine Freundin dort!« rief der Spieler. »*Amigo... Americano!* Ich muß sie da rausholen! *Comprende*?«

Der Sergeant kam sich ungeheuer wichtig vor. Stolz plusterte er sich vor Jack auf und bedeutete ihm höflich, daß er ihn verstehen würde, aber die Straße sei nun mal nicht sicher. Der Amerikaner müsse begreifen, daß er an jeder Biegung auf Rebellen stoßen könne. Schlimmer noch, er könne auf eine Mine fahren. Er deutete in die Ferne, wo Rauch über der Straße aufstieg. Das sei der letzte Außenposten, an dem noch Recht und Ordnung herrschten.

Jack verstand ungefähr jedes dritte Wort. Ungeduldig zog er ein Bündel Scheine aus der Tasche und zählte vor den Augen des Soldaten ein paar hundert Dollar ab. Der Mann prallte in verletztem Stolz zurück. Nur Jack Weils unverschämtem Glück war es zuzuschreiben, daß er an den einzigen Soldaten aus Batistas Armee geraten war, der nicht durch und durch korrupt war. Aber inzwischen war der Sergeant des Spielchens müde und winkte Jack an der Absperrung vorbei. Der Spieler verschwand in einer Staubwolke. *»Loco!«* brüllte ihm der Sergeant nach und tippte sich wild an die Stirn. *»Completamente loco!«*

Die Straße war in einem solch miserablen Zustand, daß Jack bisweilen fast auf Schrittgeschwindigkeit heruntergehen mußte. Mehrere Male stöhnte er auf, wenn das Auto auf einem Gesteinsbrocken aufsetzte und dankte Gott im Himmel für die stabilen Achsen von General Motors.

Der Strom der Flüchtenden nahm nicht ab. Die meisten stierten ängstlich zu Boden, nur wenige schenkten dem Cadillac einen kurzen Blick. Ihre Augen aber verrieten Jack, daß sie genauso dachten wie der Wachtposten: *loco*.

Schließlich ging die Straße vollends in einen Feldweg über. Die zerbeulten Flüchtlingsautos wurden immer weniger. Von einer Anhöhe aus konnte Jack meilenweit nichts als üppige Vegetation erkennen. Havanna war bis dahin alles gewesen, was er von der Karibik gesehen hatte. Und hier hatte er ein unberührtes Paradies vor sich, so ursprünglich und wild, wie es Columbus damals in Hispaniola vorgefunden haben mußte. Je weiter er fuhr, desto unwirklicher kam ihm alles vor. Oder forderte die durchwachte Nacht doch noch ihren Tribut?

Nach einer Weile wußte er weder, wie weit er gefahren war, noch wann er den letzten Wegweiser nach Santa Clara gesehen hatte. Eine Karte besaß er nicht. Er hatte nur den brennenden Wunsch nach einem Wiedersehen mit ihr. Das war sein Antrieb, seine Orientierung. Im Westen versank die Sonne bereits hinter einem schmierigen Schleier. Er spürte das ungeduldige Pochen seines Herzens. Er mußte nahe dran sein, dessen war er sich ganz sicher.

Auf der nächsten Anhöhe hielt er an. Es roch nach bitteren Mandeln. Er wußte nicht einmal mehr, wo der Dschungel aufhörte und wo das Zuckerrohr anfing. Das Land lag wie ein weites grünes Meer vor ihm. Als er sich über das Lenkrad beugte und trotz der brennenden Schmerzen in den Augen um sich sah, hörte er in der Ferne plötzlich Gewehre knattern.

In diesem Moment explodierte die Windschutzscheibe. Glassplitter prasselten auf die Sitze. Sofort trat er das Gaspedal durch. Hinter einem Wall am Straßenrand brachte er den Wagen wieder zum Stehen, krabbelte heraus und warf sich zu Boden. Totenstille. Das Gewehrfeuer hatte alles Vogelgezwitscher verstummen lassen. Vorsichtig rappelte er sich auf und spähte in gebückter Haltung durch das mannshohe Gras.

Wohin er auch schaute, nichts war zu sehen, nicht einmal eine Rauchfahne. Der Spieler richtete sich zu seiner vollen Größe auf und klopfte den roten Staub von den Kleidern. Auf dem Weg zum Wagen blieb er jäh stehen. Ein Fahrzeugkonvoi rollte auf ihn zu, gespenstisch schob er eine gewaltige Staubwolke vor sich her. Jack überlegte fieberhaft, ob er das Weite suchen oder sich verstecken sollte. Am Ende blieb er wie angewurzelt stehen. Sein Instinkt sagte ihm, daß es Regierungstruppen waren, und er wollte nicht auf der Flucht erschossen werden. Schüsse in den Rücken waren eine Spezialität der Leute von Batista.

Es waren drei schlamm- und staubverschmierte Jeeps und ein Laster. Jack brauchte nur das versteinerte Gesicht des Offiziers im vordersten Jeep zu sehen, und schon wußte er, daß sie sich auf dem Rückzug befanden. Der Offizier scheuchte ihn mit einer Handbewegung zur Seite. Der Spieler trat hastig zurück und ließ sie vorbei. Die Soldaten auf der Ladefläche des Lasters starrten aus glasigen Augen ins Leere, als hätten sie sich schon längst ergeben.

Langsam zuckelten sie auf der heruntergekommenen Straße in Richtung Havanna weiter. Jack stieg wieder in seinen Wagen. So gut es ging, fegte er die Scherben von seinem Sitz. Auf der Weiterfahrt bergabwärts fiel ihm eine unbewachsene Stelle auf, die sich beim Näherkommen als Ruine entpuppte. Ein ehemaliges Regierungsgebäude wahrscheinlich, ein Polizeiquartier oder ein Postamt. Aber jetzt waren fast nur noch Schutt und Asche übriggeblieben.

Etwas weiter unten standen ein paar Bauernhütten, auch

sie vom Artilleriefeuer verwüstet. Eine brannte noch. Schwarze Rauchschwaden stiegen zu den Urwaldbäumen auf. Der Rauch reizte dem Spieler die Augen, dennoch erregte etwas jenseits des brennenden Hauses seine Aufmerksamkeit. Er fuhr weiter durch den stechenden Qualm. Um nicht zu ersticken, preßte er sich die Hand vor Mund und Nase.

Dann wußte er, was es war – der weiße Geländewagen. Jemand hatte ihn aufgebockt. Er raste darauf zu und sprang aus seinem Wagen. Jetzt ließ sich erkennen, daß er gründlich ausgeschlachtet worden war; selbst die Sitze waren herausgerissen. Was hatte das alles zu bedeuten? Einem Instinkt folgend, rannte er auf die brennende Hütte zu. Vielleicht fand er dort die Antwort. Plötzlich krampfte sich sein Herz zusammen. Vor dem Haus lagen zwei Leichen wie zerbrochene Puppen auf dem Boden.

Er stürzte auf sie zu. Sein Herz pochte zum Zerspringen. Es waren ein Mann und eine Frau in der Tracht der Feldarbeiter. Selbst im Tod schienen sie noch nacheinander zu greifen. Der Spieler haßte sich für seine Erleichterung, aber im Augenblick ging es ihm ausschließlich um Bobby. Wenn wenigstens sie lebte! Für die Opfer der Revolution konnte er nichts mehr tun. Er wandte sich ab, stolperte davon und bemühte sich, nichts zu empfinden.

Langsam fuhr er weiter. Der Rauch und die Bäume hatten inzwischen die untergehende Sonne vollends verhüllt. Nach einer halben Meile kam er zur nächsten winzigen Hüttensiedlung. Sie war vom Beschuß verschont geblieben. Zwei Kinder tollten an einer Wegegabelung, als gäbe es keinen Krieg. Im Näherkommen bemerkte Jack, daß sie mit den Radkappen des weißen Geländewagens spielten.

Nicht anders als in den Vororten von Havanna machte der Wagen auf die Knirpse einen ungeheuren Eindruck. Jack hielt an und lächelte freundlich. »*Donde esta*, uhh... Frau«, fing er an zu radebrechen. Dabei deutete er erst auf die Straße, dann auf die Radkappen. »Auto. *Señora Duran.*

Donde? Versteht ihr? *Finca?*« Aus Wut über sich selbst hämmerte er auf das Lenkrad. »Ach Scheiße«, murmelte er entnervt.

Doch als er wieder aufsah, war einer von den Jungen neben den Cadillac getreten und deutete auf den Wald. Er sprang auf die Kühlerhaube, als wäre sie ein Pferd, und winkte ihn weiter.

Vorsichtig steuerte Jack den Wagen aus dem Dorf hinaus. Plötzlich fing der Junge heftig zu gestikulieren an. Jack erblickte einen fast gänzlich überwucherten Feldweg, der die Straße kreuzte. Er riß das Lenkrad herum, und eine wilde, holperige Fahrt begann. Jahrelang hatte kaum jemand den schmalen Weg betreten, und so hatte der Regen ihn auswaschen können. Das Unterholz war so dicht nachgewachsen und die Zweige hingen so tief herab, daß der Spieler in einen grünen Ozean einzutauchen meinte. Es war ihm unvorstellbar, wie er den Wagen jemals wieder herausmanövrieren sollte, aber er fuhr trotz der um seinen Kopf peitschenden Zweige weiter.

»Arriba! Arriba!« schrie der Junge und gestikulierte aufgeregt.

»Das heißt wohl, daß es hier nicht weitergeht?« brüllte der Spieler zur Antwort. Er mußte unwillkürlich lachen. Sein bisheriges Leben schien in unerreichbare Ferne gerückt. Ihm war, als hätte er sich einen Schritt über den Rand der Welt hinausgewagt.

Und dann hoben sich die grünen Zweige wie Schleier vor seinen Augen. Der Cadillac schlingerte über ein offenes Feld. Triumphierend deutete der Junge nach vorne. *»La Finca Duran!«* krähte er.

Endlich am Ziel! Es war wie ein Traum im Traum. Sanft wogte vor seinen Augen das Gras im Wind. Auf der anderen Seite des verwahrlosten Feldes erblickte er ein weißes Holzhaus mit einem breiten Vordach. Es stand auf einem Hügel, der Ausblick auf die Wälder ringsum gewährte. Trotz der brachliegenden Äcker und eines halb verfallenen Schuppens mit durchhängendem Dach behauptete sich das Haus nach wie vor gegen die Zeit. Ein Juwel aus dem achtzehnten Jahrhundert, als Havanna noch ein schäbiger kleiner Hafen gewesen war.

Der Junge kletterte von der Kühlerhaube herunter und salutierte. »Bye bye, Yankee!«

»Hey, wohin gehst du?« rief Jack ihm nach, aber der Junge war bereits im dichten Laubwerk verschwunden.

Jack stieg aus und ging zu Fuß weiter. Ein langer, gewundener Weg führte zum Haus. Er war vor langer Zeit mit Muscheln gepflastert worden, so daß er im Dämmerlicht matt leuchtete.

Immer wieder knatterten Gewehre und explodierten Granaten in nicht allzu großer Ferne. Bislang hatte sein Motor den Lärm übertönt. Erinnerungen an einen länger zurückliegenden Krieg befielen ihn.

Als er den Hügel erklommen und sich dem Haus bis auf zwanzig Meter genähert hatte, ging langsam die Tür auf. Bobby trat auf die Veranda. Selbst aus der Entfernung konnte man erkennen, daß sie seit ihrem Aufbruch weder gegessen noch geschlafen hatte. Wann hatte sie seine Wohnung nur verlassen? Gestern? Oder vor einem Monat? Es war, als hätte die Zeit jegliche Bedeutung verloren. Vor allem für sie.

»Wie sind Sie durchgekommen?« fragte sie.

»Ich habe kein Spanisch gesprochen«, erwiderte er lächelnd.

Langsam stieg sie die Stufen herunter und kam auf ihn zu. Drei Meter vor ihm blieb sie stehen. Sie starrten einander in die Augen. »Sind Sie allein hier?« wollte er wissen.

Sie nickte und zuckte gleichzeitig mit den Schultern, als wäre damit alles erklärt. Am liebsten hätte er sie berührt, irgendwie zweifelte er noch an ihrer Echtheit und brauchte einen Beweis, doch er fragte nur: »Was haben Sie vor?«

Statt einer Antwort wandte sie sich um und ging voran zum Haus. Mit keiner Geste forderte sie ihn zum Mitkommen auf, aber er wußte, daß sie ihn jetzt nicht mehr fortschikken konnte. Sie trug eine schlichte ärmellose Bluse mit lila Batikmuster, wie sie die einheimischen Frauen sonntags anzogen. Als er nach ihr auf die Stufen trat, schüttelte sie ihr prächtiges kupferfarbenes Haar. Es war wieder weich und roch nach Parfüm. Den Gefängnisgeruch hatte sie herausgewaschen.

Unter ihren Schritten knarrten die Dielen. Die Zeiten, in denen man sie gewachst hatte, waren längst vorbei. Vor ihnen schaukelte eine Hängematte träge in der Brise. Sie öffnete die Tür und ließ ihm den Vortritt, innen war es jedoch so dunkel, daß er stehenbleiben und warten mußte, bis sie mit einer Lampe kam. Er konnte gerade noch die dunklen Holzbalken über sich und die alten Familienfotos an der Wand sehen, oder vielmehr nur die schweren Rahmen und die schwarzen Silhouetten junger Frauen auf brüchigem Sepiapapier.

Am anderen Ende des Raums zündete sie eine Öllampe an. Im ersten Augenblick warf sie einen gespenstisch trüben Schein, dann drehte Bobby die Flamme höher, und der Raum wurde in goldenes Licht getaucht. Handgewobene Teppiche tauchten jetzt auf und ein mit stummen Andenken übersäter Tisch. Sie stellte die Lampe auf einen Sims und wandte sich ihm zu. Die Hände hielt sie hinter dem Rücken verschränkt, als fürchtete sie, etwas zu berühren.

»Das war der Sitz von Arturos Familie«, erklärte sie, aber das wußte er ja schon. Er wartete. Allein ihre Gegenwart machte ihn glücklich. »Die Rebellen haben hier einen Sender versteckt.« Wieder herrschte Schweigen. Sie starrte zu Boden. Er wußte, daß das nichts mit Mißtrauen zu tun hatte. Eingeweihte waren in Gefahr.

Sie streckte die Hand aus. Er begriff und zog die Pall-Mall-Packung aus der Tasche. Die Spannung zwischen ihnen ließ etwas nach. Erleichtert murmelte sie eine Entschuldigung, nahm sich eine Zigarette und hielt sie an die Ölflamme.

Als die ersten Rauchringe zur Decke aufstiegen, sprach sie zögernd weiter: »Sie werden heute abend Kontakt zu Havanna herstellen wollen.« Wie die Motte um das Licht, so kreisten ihre Worte um die Wahrheit. »Jeden Augenblick können sie anfangen. Sie wissen ja nicht, daß alle...« Erschöpft legte sie die Hand über die Augen. Was für einen Sinn hatte es denn, das alles noch einmal zu berichten. »Und nur Colonel Menocal wird sie hören«, fuhr sie bitter fort. »Denn er hat den Empfänger gefunden.«

»Ist es denn nicht möglich, daß Soldaten hierherkommen?«

»Weil sie nicht wissen, daß Menocals Leute sie abhören, werden sie zuviel verraten. Die Namen anderer Widerstandskämpfer. Jemand muß sie warnen.« Wieder warf sie das Haar zurück und schien nur auf die Frage zu warten, ob ein anderer als sie dazu in der Lage sei. Sie war gekommen. Punktum.

»Menocal ist hinter Ihnen her, Bobby. Gestern hat er Sie nur um Haaresbreite verpaßt.« Er sagte es ruhig und gelassen. Auf keinen Fall wollte er sie bevormunden. Er fürchtete, sonst davongeschickt zu werden.

»Hier bin ich sicher«, entgegnete sie ungeduldig.

»Niemand ist hier noch sicher! Verstehen Sie denn nicht, daß es in diesem Krieg keine feste Front gibt? Nirgendwo in ganz Kuba sind Sie mehr sicher!« Der Spieler mußte sich zwingen, sie nicht an den Schultern zu packen. Erregt lief er vor dem Kamin hin und her. »Mein Gott, er läßt alle Flughäfen überwachen. Hören Sie zu, ein Bekannter von mir hat Boote. Er kann...«

»Boote?« rief sie verblüfft. »Wovon reden Sie denn?«

Er senkte seine Stimme zu einem drängenden Flüstern. »Sie müssen Kuba unbedingt verlassen. So schnell wie möglich.«

Ein kurzes, bitteres Auflachen war die Antwort. »Seien Sie kein Narr. Ich kann hier nicht raus.«

»Glauben Sie wirklich, eine arbeitslose Schauspielerin hätte hier was zu melden?«

»Ja«, kam es trotzig zurück.

»Also wirklich! Was hat das denn mit Ihnen zu tun? Sie schlüpfen in dieses Land wie in eine Verkleidung. Und Ihr Drehbuch ist in Spanisch abgefaßt.« Wortlos ließ sie sich gefallen, daß er mit kaum verhohlener Verachtung ihre Gründe in Frage stellte. »Sie sind nicht arm, Sie sind nicht hungrig«, hielt er ihr vor, »und Sie sind ganz gewiß keine Kubanerin!«

»Ich muß keine Kubanerin sein, um zu wissen, wie ungerecht es hier zugeht.«

»Das stimmt. Aber was taten Sie denn bisher?« Er brüllte es fast.

»So will ich eben nicht weiterleben«, erwiderte sie achselzuckend. Je erregter er wurde, desto kühler wirkte sie. Nicht, daß die Leidenschaft in ihr erlosch. Sie glich eher einem Diamanten, der mit unscheinbarer blauer Flamme, doch ungeheurer Hitzeentwicklung verglüht.

»Durch Ihre Heirat sind Sie da reingeraten. Aber durch eine Heirat wird man nicht zur Revolutionärin.«

Sie lachte verächtlich auf. »Wer sagt das? Jack Weil? Das jetzt hat mit Arturo rein gar nichts mehr zu tun.«

»Sind Sie sicher?« Er durchbohrte sie förmlich mit seinen Blicken. »Mein Gott, Bobby. Wenn Sie einen Krieg brauchen, damit Ihr Leben einen Sinn hat, tun Sie mir leid.«

Die blaue Flamme schoß in die Höhe. »Erzählen Sie mir nichts über den Sinn meines Lebens! Ich kenne Sie doch kaum!«

Das ließ ihn verstummen. Jäh blieb er stehen und starrte in die flackernde Ölflamme. Er war doch nicht gekommen, um mit ihr zu streiten. »Ich weiß es ja«, sagte er kläglich.

Ihr Ton wurde sofort sanfter, ihr tat es ja ebenso weh wie ihm. »Sie können das nicht verstehen«, meinte sie. »Sie sind ein Kartenspieler.«

»Na und? Beim Spielen komme ich mir aufrichtiger vor, als wenn ich die Berge hier als die meinen ausgeben würde.«

Traurig schüttelte sie den Kopf. Sie nahm die Auseinandersetzung jetzt nicht mehr persönlich, vielmehr fühlte sie sich dadurch in ihrer Haltung bestärkt. »Deswegen spielen

Sie aber nicht Karten«, erwiderte sie leise. Seit ihrer Begegnung auf dem Schiff schien sie auf diesen Augenblick gewartet zu haben, und mit Bedacht formulierte sie jetzt ihr Anliegen, um auch jedes Mißverständnis auszuschließen. »Sie spielen doch nur Karten, damit wenigstens etwas für einen Augenblick Sinn hat – auch wenn es nur ein Blatt ist.«

Er widersprach nicht. Sie war noch nicht ganz fertig, zögerte aber, da sie ihn nicht verletzen wollte. Andererseits hatte sie nichts zu verlieren. »Und außerdem gehören diese Berge auch Ihnen. Eines Tages werden Sie es verstehen.«

Obwohl sie kaum einen Meter voneinander entfernt standen, musterten sie sich gegenseitig schweigend wie aus großer Entfernung, so als stünden sie auf zwei verschiedenen Decks eines Schiffs. Er kam sich wie ein dummer Junge vor. Warum erfaßte er erst jetzt, mit welcher Leidenschaft sie für die Revolution kämpfte? Vor allem wurde ihm klar, daß sie ihn schon besser kannte als er sie. Er hatte sich verrannt wie einer, der, ohne es zu merken, nur mit dem halben Stoß gespielt hatte, ohne die Damen und Könige.

Im flackernden Licht lächelten sie einander an, schlossen Waffenstillstand. Es tat gut, nichts verschwiegen zu haben, wohin auch immer diese Offenheit geführt haben mochte. Endlich fühlte er sich bereit, sie zu berühren. Flüchtig nur, mehr wie ein Freund als ein Liebhaber, streifte er ihren Arm. Sie zog ihn nicht zurück. Waren sie jetzt Verbündete? Oder schon mehr? Bis sie es wirklich wußten, mußten sie einander noch länger anlächeln, mußte dieses Schweigen noch länger anhalten, während sich draußen die tropische Nacht über den Dschungel senkte.

Plötzlich erbebte die Tür unter heftigen Schlägen. Sie fuhren herum, und da sprang sie auch schon auf. Eine Handvoll Soldaten stürzte mit schußbereiten Gewehren in den Raum. Instinktiv stellte Jack sich schützend vor Bobby. Die Ausrüstung der Eindringlinge war ein kunterbuntes Durcheinander, also waren es Rebellen und keine Batistianos. Die Gewehre waren freilich echt.

Der Anführer zählte noch keine zwanzig Jahre. Mißmutig behielt er Bobby und Jack im Auge, während seine Leute das Haus durchkämmten. Er trug einen verschlissenen Overall. An einer Schnur hatte er einen Cowboyhut über dem schulterlangen Haar hängen. Wenn schon sonst nichts, so hatte er das protzige Gehabe vieler junger Revolutionäre gelernt. Als seine Leute nach erfolgloser Hausdurchsuchung zurückkamen, trat er näher an Bobby und Jack heran. Erst jetzt sah er ihre Gesichter im Schein der Lampe – und schnappte auf einmal nach Luft. »Señora Duran...!« stammelte er verdattert. Mit einer Verbeugung versuchte er seine gute Kinderstube zu beweisen und streckte ihr die Hand entgegen. Bobby kam hinter dem Spieler hervor. »Es tut mir leid«, entschuldigte er sich auf spanisch. »Wir haben englische Stimmen gehört und gedacht...«

»Es ist etwas geschehen!« fiel sie ihm aufgeregt ins Wort. »Die SIM hat den Empfänger. Sie haben ihn gefunden, ehe wir ihn wegschaffen konnten.«

Ihr Spanisch war so schnell, daß Jack nicht mehr als den Sinn mitbekam. Aber die mißtrauischen Seitenblicke des Anführers waren unmißverständlich. Alle Amerikaner waren erst einmal schuldig, solange sie nicht das Gegenteil beweisen konnten. Die meiste Unterstützung für Batistas Schreckensherrschaft kam schließlich aus Amerika. »*Amigo*«, hörte er Bobby beschwichtigend sagen. »Er ist ein Freund«, bekräftigte sie. Dann redete sie wieder schneller. So viel mußte in so knapper Zeit berichtet werden. »Sie haben alle erwischt – Ricardo, Tomas, Monica, Bufano.« Jack begriff, daß der junge Anführer mit allen Genannten befreundet gewesen war, denn er zuckte bei jedem Namen zusammen. »Die Gruppe ist erledigt, Carlos... Arturo...« Der junge Soldat starrte sie wortlos an. »Ihr könnt nicht senden«, schloß sie. »Es ist aus.«

In diesem Moment kam ein weiterer junger Rebell von der Veranda herein, marschierte zackig auf seinen Vorgesetzten zu und salutierte. Das Soldatenleben behagte ihm sichtlich.

»Der Sender ist funktionsbereit, Capitano. Es kann losgehen.«

Der Capitano schien ihn jedoch nicht zu hören. Sein Blick ruhte immer noch auf Bobby. Noch einmal verbeugte er sich, tief und vollendet wie ein Grande. »Es tut mir sehr leid, Señora«, sagte er traurig. Kurz lehnte er sich mit zu Boden gesenktem Blick an den Kaminsims und überlegte schnell. Im nächsten Augenblick riß er den Kopf hoch.

»Vielleicht haben wir eines Tages Zeit zum Trauern«, erklärte er. »Aber jetzt... jetzt müssen wir unbedingt funken.« Und da Bobby ihn verwirrt anstarrte, fügte er voll bitterer Ironie hinzu: »Wenn Colonel Menocal uns in Havanna abhört, sollten wir ihm einen kleinen Bären aufbinden.«

Von jugendlicher Unbeholfenheit war nichts mehr zu spüren, plötzlich wirkte er älter, reifer. Er machte auf dem Absatz kehrt und stürmte aus dem Haus. Seine Leute folgten ihm auf dem Fuß. Bobby und Jack waren wieder allein. Der Spieler spürte die Kluft zwischen sich und den anderen. Die Sprachbarriere hatte damit nichts zu tun. Er nickte ihr stumm, fast entschuldigend zu und gab ihr so sein Einverständnis zu allem, was sie tun mußte. Er wollte nicht den Eindruck erwecken, als brauche er ihre Hilfe.

Wie um seine Geste von vorhin zu erwidern, drückte sie ihm kurz den Arm. Dann wandte sie sich wortlos um und eilte hinaus. Jack blieb vor dem Kamin stehen. Ihm war klar, daß er nie zu ihnen gehören konnte. Er zog die Pall-Mall-Pakkung aus der Tasche. Sie war leer. Er hatte Bobby seine letzte Zigarette geschenkt. Dabei rauchte sie normalerweise gar nicht.

Mit fahrigen Bewegungen lief er zum Fenster und zog den fein gesponnenen Leinenvorhang zur Seite. Ein Scheibchen des Weihnachtsmonds lugte über dem dicht bewaldeten Berg hervor. Ein Anbau aus Holz und Teerpappe auf dem überwucherten Vorhof markierte die ehemalige Kochstelle. Daneben befand sich ein Brunnen. Unter dem Teerdach zogen die Rebellen gerade die Plane von ihrem Funkgerät. Das gleiche Gerät hatte Arturo im Academia-Tanzsaal benutzt. Monica, ihre gefallene Kameradin, hatte beide gebaut.

Sie arbeiteten im schwachen Licht zweier Laternen, Jack stand jedoch nahe genug, um alles verfolgen zu können. Der Anführer hielt ein Mikrofon in der einen Hand, in der anderen hatte er eine Uhr. Es mußte auf die Sekunde genau klappen. Bobby war direkt neben ihm, die anderen standen in einem Halbkreis um die beiden herum und sahen gebannt zu. Dann war der rechte Augenblick gekommen. Der Anführer bellte zwei Befehle in das Mikrofon.

Alle starrten in einer Mischung aus Bangen und Hoffen auf das Empfangsgerät. Jack spürte, daß sie alle den Atem anhielten. Dann gab das Gerät ein Rascheln und Knattern von sich – dem ein aufgeregter Wortschwall folgte. Erneut beugte sich der Anführer über das Mikrofon und ratterte eine Liste von Namen herunter. Danach zählte er eine Reihe von Adressen in Havanna auf – zumindest hörte es sich nach Straßennamen an. Unmittelbar darauf schaltete er den Sender aus.

Die Rebellen blieben zunächst regungslos stehen. In stiller Freude kosteten sie ihren Triumph aus. Schließlich umarmte der Anführer Bobby. Es war nicht mehr als eine freundschaftliche Geste, doch sofort regte sich Eifersucht in Jack. Die Rebellen machten sich eilig daran, das Funkgerät wieder unter der Plane zu verstecken.

Die Euphorie stand ihnen deutlich ins Gesicht geschrieben. Jack wandte sich vom Fenster ab. Irgendwie kam er sich wie ein Fremdkörper vor, so verlassen und allein wie bei den Spielen in der Penthousesuite im Lido.

Ausgerechnet jetzt hatte er keine Zigarette. Dabei brauchte er so dringend etwas zum Rauchen. Das Licht fiel auf den Telefonapparat auf einem Tischchen neben dem Kamin. Automatisch nahm er den Hörer ab. Um jeden Preis mußte er plötzlich wissen, ob die Leitung noch funktionierte. Das Piepen munterte ihn auf. Er war ja gar nicht von der Welt abgeschnitten, auch wenn es hier wie hinter dem Mond aussah.

Zugleich schien ihn das Freizeichen jedoch zu verhöhnen. Wen hätte er wohl anrufen sollen? Es gab ja niemanden, der auf eine Nachricht von ihm wartete. Er ließ den Höhrer wieder auf die Gabel fallen.

Auf einmal spürte er ihre unmittelbare Nähe. War es ein Hauch ihres zarten Parfüms? Das Öl in der Lampe war so weit heruntergebrannt, daß der goldene Schein das Dunkel kaum noch zu durchdringen vermochte. Der Spieler drehte sich nicht um. Seine Stimme war kaum mehr als ein Flüstern. »Und? Wie ist es gelaufen?«

»Ganz gut«, erwiderte sie erstaunlich beiläufig. Anscheinend hatte sie nicht das Bedürfnis, mit ihm darüber zu diskutieren. Hauptsache, sie hatten es geschafft. »Möchten Sie etwas Kaltes trinken?« fragte sie. So benahmen sich tausend andere Fincaherrinnen auch, wenn sie sich aus einer Art Pflichtgefühl um das Wohlbefinden ihrer Gäste sorgten.

Sie huschte durch das Halbdunkel zu einem Sideboard neben dem Fenster. Dort standen auf einem Tablett ein Porzellankrug und zwei hauchzarte Gläser. Eine Plünderung durch Regierungstruppen hätten diese herrlichen Stücke niemals überlebt, also konnte man sie genausogut jetzt benutzen. Das schienen wenigstens ihre Bewegungen anzudeuten. Sie schenkte gelassen ein und brachte ihm ein Glas.

Stumm prosteten sie einander zu und tranken.

»Hören Sie zu, Bobby!« rief er unvermittelt. »Von sehr vielen Dingen habe ich keine Ahnung, denn in der Schule bin ich nicht besonders weit gekommen. Was ich weiß, das sagt mir mein Bauch. Und deswegen halte ich mich raus, wenn ich mich mit etwas nicht auskenne. Meistens jedenfalls.«

Sie ließ sich auf der Sofalehne nieder, hörte ihm aber aufmerksam und geduldig zu. Die Worte gingen ihm schwer von den Lippen. Nicht, daß er nicht auf ihr Verständnis zählte, im Gegenteil – er schien sich sogar darauf zu verlassen, daß sie ihn besser verstand als er sich selbst. Was er ihr sagte, hatte er nie zuvor einem Menschen eingestanden, nicht einmal sich selbst. Vor allem nicht sich selbst.

»All das hier...«, fuhr er mit einer vagen Geste auf das Haus und den Vorhof fort, »... ist... wie wenn man sein Leben in der Zeitung liest. Wie wenn man das alles nur liest, was man angeblich gemacht hat.« Er unterbrach sich mit einem ungeduldigen Räuspern, denn er kam sich unendlich hochtrabend vor. Bobby wartete. »Ich meine, die Zeitungen machen immer viel zuviel Aufhebens. Und meistens ist gar nichts los. Nur immer das... Leben.«

Die Lampe brannte inzwischen so schwach, daß sie einander nur noch als Silhouetten wahrnahmen. In der Dunkelheit freilich fiel es ihm leichter, über so etwas Abstraktes wie das Leben zu sprechen. Dafür, daß sein ganzes Dasein sich zwischen greifbaren Gegenständen abgespielt hatte – Kartenstößen und Chips – wagte er sich in seinen Gedanken verblüffend weit hinaus. Wie auf einen Weg, der aus einem dunklen Wald herausführt.

»Stellen Sie sich einen Spaziergänger vor. Vielleicht sieht er eine Wolke an einem Berg vorüberziehen. Oder von mir aus auch Schafe, wenn es in diesem Land welche gibt. Und das ist schon alles. Man kann... keine Ideen leben.« Wieder rang er um die richtigen Worte, suchte nach der richtigen Gestalt für das, was aus ihm heraus mußte. »Die meisten Lebewesen haben gar keine *Ideen*.

Das *Eigentliche* geschieht noch vor den Ideen. Vor dem Sprechen. Noch bevor etwas sichtbar wird.« Wieder zögerte er. Schon jetzt war er weiter gegangen, als er vielleicht beabsichtigt hatte. »Davor... und vielleicht auch danach«, fügte er schließlich hinzu. »Im stillen.«

Sie wartete mit der Antwort, gönnte ihm die Pause nach der für seine Verhältnisse langen Rede. Als sie dann auf ihn einging, kam es ihr nicht auf eine Widerlegung seiner Philosophie an. Sie wollte ausgehen von dem Punkt, an den er sich mit seinen Worten so mühsam herangetastet hatte.

»Es ist gar keine Idee, sondern eher ein Gefühl. Wie wenn man Teil eines Ganzen ist, das sich über die gesamte Welt und von der Vergangenheit in die Zukunft erstreckt. Etwas, das viel mehr ist als man selbst.« Sie sprach ernst und voller Wärme. Die eigenen Worte bereiteten ihr sichtlich Freude. Vielleicht hatte sie sie einmal von ihrem Mann gehört, man spürte jedoch, daß sie aus ihrem tiefsten Inneren kamen. »Es ist wie ein Lied«, sagte sie zärtlich. »Alle singen es gemeinsam, die Lebenden und die Toten.«

Er beugte sich gespannt nach vorne. »Ich singe wohl nicht mit, oder?«

Keine Antwort. Er selbst mußte die Wahrheit herausfinden, ohne daß sie sie ihm in den Mund legte. Nach diesem Gespräch fühlte er sich so nackt wie noch nie zuvor. Sie spürte, daß er seine Blöße am liebsten vergessen hätte, doch das gelang ihm nicht.

»Irgend etwas geschieht«, meinte der Spieler unsicher, als hätte soeben jemand mitten im Spiel die Regeln geändert. »Ich habe Sie doch rausgeholt – aber wann? Vor achtundvierzig Stunden? Vor zweiundsiebzig?«

Er schüttelte verstört den Kopf. Die Ereignisse waren ihm längst über den Kopf gewachsen. Aus dem Strudel von Erinnerungen pickte er sich ein Detail heraus und drehte und wendete es hin und her: »Ich habe Ihnen ein Sandwich gemacht. Dann bin ich losgefahren ... ich weiß gar nicht, wohin überhaupt ...«

Seine Stimme verlor sich. Er löste sich vom Kamin. Worte reichten nicht mehr aus. Er trat nahe an sie heran. So nahe, daß er das Flackern ihrer Augen sehen konnte. »Du willst die Welt ändern?« fragte er plötzlich mit rauher Stimme. »Ändere die meine.«

Totenstille. Dann nahm er ihr das Glas aus der Hand und stellte es neben das Telefon. Im verlöschenden Licht schüttelte sie noch einmal ihr Haar zurück. Im nächsten Augenblick umfaßte er ihre Schultern. Er zog sie hoch, schlang die Arme um sie und vergrub sein Gesicht an ihrem Hals. Unendlich sanft drückte er sie an sich, sog ihren Duft voller Hingabe ein. Schließlich fanden seine Lippen die ihren, und jetzt offenbarte sich ihrer beider brennendes Verlangen.

Mit keinem Zeitmaß ließ es sich ermessen, nur im Feuer, im glühenden Drang ihrer Lippen. Zu lange hatten sie von Worten gelebt. Sie seufzten und stöhnten vor Leidenschaft, entfesselt von diesem einen Kuß. Beide spürten, daß ihnen das alles jederzeit entrissen werden konnte, noch bevor sie nackt dalagen. Als sie sich schließlich von ihm löste, gab sie eine Art Wimmern von sich. Sie keuchten – und drohten schon wieder unterzugehen. In einsamem Entsetzen klammerte sie sich an ihn und hauchte ihre Frage: »Und was geschieht mit meiner Welt?«

Statt einer Antwort küßte er sie. Nicht mehr so drängend und verzweifelt, aber dafür inniger, da sie nun schon Vertraute waren. Zum ersten Mal sahen sie wirklich so aus, wie sie sich zu Anfang gefühlt hatten – zwei Fremde, die sich auf einem Schiff getroffen hatten und nicht mehr wußten, wohin die Reise ging. Er spürte, schmeckte sogar die Tränen auf ihren Wangen. Sein Drang, sie zu beschützen, war untrennbar verbunden mit seiner Sehnsucht, wie ein Fluß, der sich bei Flut aufstaut und dann in das Meer mündet.

»Wenn ich mit dir gehe« – sie schluchzte es fast heraus und klammerte sich wie aus Angst vor dem Untergang mit aller Kraft an ihn – »was wird dann aus meiner Welt?«

Die Frage blieb ohne Antwort. Und selbst wenn er eine gewußt hätte, der Spieler wäre stumm geblieben, denn jetzt verschloß sie ihm den Mund mit ihren Küssen. Auch er klammerte sich an sie und hing wie ein Ertrinkender an ihren Lippen. So standen sie eng umschlungen da und schenkten einander die Luft zum Atmen. Sie gehörten jetzt zueinander. Nur zusammen konnten sie es durchstehen. Am Ende der Nacht würde die Welt eine andere sein. Dann konnten sie sehen, was vom Feuer und von der Flut verschont geblieben war.

10

Nebelschwaden krochen im grauen Licht, das die Morgendämmerung ankündigte, über die noch schlafende Wiese. Darüber schwebte gespenstisch das weiße Holzhaus. In den Bergen hallte ein entferntes Grollen wider. Ein Gewitter vielleicht, aber keine Wolke trübte den Horizont. Der Morgen versprach mit rotem und goldenem Gepränge heraufzuziehen. Schwach glitzerte noch die Venus im Westen, als der Junge am Cadillac vorbei zum Haus rannte.

Es war derselbe Junge, der sich auf die Kühlerhaube geschwungen und den Spieler hierher gelotst hatte. Beim Haus angekommen, kletterte er nicht etwa auf die Veranda, sondern huschte um das Gebäude herum zum Küchenhof. Das Funkgerät unter der Persenning mochte ihn interessieren, er verschwendete jedoch keinen Blick darauf. Statt dessen lief er zur Rückwand des Hauses, wo zwei mit schwerem Samt verhängte Glastüren ins Schlafzimmer führten.

Eine stand einen Spaltbreit offen. Der Junge stellte sich vor den Spalt, spähte aber nicht hindurch. »Psst«, zischelte er. »Señora Duran!«

Von innen kam ein Rascheln, dann ein Murmeln. Der Junge wartete höflich. Einen Moment später erschien Bobby in der Tür. Mit einer Hand hielt sie sich den Morgenrock zu. Sie sah ihn fragend an. Aus dem Mund des Jungen sprudelten plötzlich die Worte hervor. Er merkte nicht, daß er vor Aufregung immer lauter wurde. »Señora, sie kommen . . . Die Batistianos! Sie machen eine Gegenoffensive! Sie müssen ganz schnell weg von hier!«

Trotz seines ungestümen Eifers wirkte er im Vergleich zu gestern reifer und auch härter. Er war bereit, selbst eine Waffe in die Hand zu nehmen. Und vielleicht wurde er schon bald gebraucht. Dabei war er kaum älter als zehn. »Sie dürfen nicht warten!« befahl er der Herrin der Finca. »Die Straße nach Santo Domingo ist offen. Aber in spätestens einer Stunde haben die Batistianos sie blockiert!«

Bevor sie den Mund aufmachen konnte, war er durch den Morgendunst schon wieder davongespurtet.

Bobby fuhr herum, um für Jack alles zu übersetzen, doch der war bereits aus dem Bett gesprungen und zog sich hastig an. Zu Erklärungen bestand kein Anlaß, der Aufruf zur Flucht war in jeder Sprache verständlich. Bobby entledigte sich mit einer Bewegung des Morgenrocks. Eine Sekunde stand sie splitternackt da. Der Spieler hielt beim Zuknöpfen seines Hemdes kurz inne. Ihr Körper war so vollkommen, so herrlich weich und weiß! Die Erinnerung an die vergangene Nacht war bereits einem drängenden Sehnen nach einer weiteren und wieder einer weiteren gewichen.

Als sie hastig in ihre Bluse schlüpfte, war das Gewehrfeuer näher gekommen. Für fernes Donnern konnte man es jetzt nicht mehr halten. Es klang eindeutig nach Krieg. Sie flohen aus dem Schlafzimmer, wo das zerwühlte Bett noch von ihrer glühenden Leidenschaft zeugte. Jack rannte voraus, um den Wagen schon einmal zu wenden. Sie stopfte noch schnell ein paar Kleinigkeiten in die Handtasche, Erinnerungen, die für niemanden außer ihr einen Wert hatten. Dann trat sie mit erhobenem Haupt aus dem Haus. Nicht ein einziges Mal drehte sie sich um.

Schweigend fuhren sie den überwucherten Waldweg zur Hauptstraße hinunter. Unheimlich wirkte sie in ihrer Verlassenheit. Nur Granatexplosionen zu ihrer Rechten durchbrachen die Stille. Bobby starrte geradeaus vor sich hin. Auch wenn er einen fragenden Seitenblick auf sie warf, rührte sie sich nicht. Der Grund für ihrer beider Schweigen hatte nichts mit der überstürzten Flucht zu tun. Auch an der Gefahr, daß Regierungssoldaten hinter jeder Biegung auf sie lauern konnten, lag es nicht. Nein, es hatte ausschließlich mit ihnen zu tun.

»Es wird schon alles gut, Bobby«, sagte er schließlich und streichelte ihr das Knie.

Sie sah ihn kurz an. Ihre Augen blitzten im Zwielicht auf. »Ja«, sagte sie nur und sah schon wieder weg. Aus ihrer Antwort ging nicht hervor, ob sie weiteren Zuspruch wollte. Aber was war an diesem Morgen schon sicher? Beide stellten sich diese bange Frage. Zuallererst mußten sie noch ein Minenfeld durchqueren, ehe sie überhaupt an die Freiheit denken konnten. Und Bobbys Sache war es nicht, so zu tun, als wäre nichts, selbst wenn es aus Liebe geschah. Nicht nach all dem, was sie durchgemacht hatte.

Nach einer Weile überholten sie die ersten Eselkarren. Verzweifelt trieben die Bauern ihre Tiere an. Dann kamen Gruppen von zu Fuß Flüchtenden. Erschöpft kämpften sie sich voran, sie wußten nur nicht, wohin. Auf der Kuppe eines Berges mußten Bobby und Jack sich am Wrack eines Armeelasters vorbeischlängeln. Das ausgebrannte Fahrzeug schien schlimme Erinnerungen in ihr zu wecken. »Warst du im Krieg?« fragte sie ihn liebevoll.

Zu ihrer Überraschung lachte er auf. »Ja, ich organisierte das größte Kartenspiel im südlichen Pazifik. War überall gefragt. Hatte *die* Zeit meines Lebens.«

Sie lächelte ihn bewundernd an. »Du warst bestimmt ein guter Soldat.«

»Die guten Soldaten sind alle tot.«

Wieder schaute sie weg. Traurig nahm sie noch einmal das grüne Meer des Dschungels in sich auf. Würde sie es je wiedersehen? Zu viele Länder hatte sie schon für immer verloren. Sie spürte, wie seine Hand die ihre umschloß. Langsam wandte sie den Kopf und starrte auf die zwei ineinander verschränkten Hände. War das das Gegengewicht zur Bürde ihrer Erinnerungen?

Urplötzlich tauchte eine B-26 hinter der nächsten Kuppe auf und schoß wie ein Raubvogel auf sie zu. Schon hagelte es Kugeln. Vor ihnen, hinter ihnen spritzten Sandfontänen auf. Jack riß das Lenkrad herum, jagte in das nächste Zuckerrohrfeld und brachte den schlingernden Wagen zum Stehen, als der Bomber über sie hinwegraste.

Er krabbelte hinaus und zog sie einfach mit. Halb stolperten, halb fielen sie einen Abhang hinunter. Der Bomber war schon nicht mehr zu sehen. Zum Umkehren hatten die Soldaten keine Lust, aber als er sich mit Bobby unter das schützende Geäst eines gefällten Baums warf und sie unter sich begrub, donnerten zwei weitere B-26 über den Kamm. Wahllos nahmen sie die Straße unter Beschuß. Die Detonation einer Bombe ließ den Boden erbeben.

»Das bin gar nicht ich!« krächzte der Spieler trotzig. »Nein! Das ist ein ganz anderer! Ich lass' mich doch bei einer Flasche Cola am Schwimming Pool von der Sonne braten und lese einen Schmöker!« Als immer mehr Bomben den Boden durchpflügten, schüttelte er die Faust gegen den Himmel. »Ich lese nur die Geschichte von so einem Typen, der seine Frau durch den Krieg kutschiert!«

»Was bombardieren sie denn?« fragte Bobby verdattert. »Hier ist doch rein gar nichts.«

Die Bombardierung von nichts ging noch eine Minute weiter, dann hörte sie genauso plötzlich auf, wie sie angefangen hatte. Es folgte atemlose Stille. Kein Vogel, nicht einmal Insektengebrumm war zu hören. Noch ließ er sie nicht los. Seit sie aus dem Bett gerissen worden waren, hatte er sie nicht mehr so nah bei sich gespürt.

»Du hast nicht zufällig eine Zigarette dabei?« fragte er zärtlich. Mit einem bedauernden Lächeln schüttelte sie den Kopf. »Vergiß bitte nicht«, meinte er grinsend, »daß ich dir über zweihundert Meilen mit einer einzigen Zigarette nachgefahren bin und sie dann dir gegeben habe. Sag selbst: Ist das nicht Liebe?«

Schweiß- und schmutzverschmiert wie sie waren, mußten sie beide lachen. Der Bann war gebrochen. Dann kletterten sie wieder zum Wagen hinauf, froh, daß sie sich wieder bewegen durften. Als sie sich wieder in den Wagen klemmten und davonfuhren, sahen sie beide aus wie vom ständigen Leben unter freiem Himmel gestählte Partisanen. Ihre Hände fanden sich wie von selbst, und der Druck war gerade richtig, nicht zu fest und nicht zu locker. Das Gefühl, gemeinsam um Haaresbreite dem Tod entronnen zu sein, schweißte sie zusammen.

Sie fuhren in kein weiteres feindliches Sperrfeuer. Immer mehr zu Fuß flüchtende Bauern ließen sie hinter sich. Das Fortkommen wurde ihnen insofern erleichtert, als kein anderer Wagen unterwegs war. Nur einmal hielten sie in einem verlassenen Dorf vor einer rostigen Telefonzelle an. Jack sprang für einen kurzen Anruf aus dem Wagen und bellte seine Anweisungen in die Muschel. In diesem Augenblick erinnerte er Bobby an den jungen Rebellenanführer, der sich gestern am Sendegerät betätigt hatte.

Am frühen Nachmittag erreichten sie den Stadtrand von Havanna. Jack verließ nun die Hauptstraße, um durch ein Barackenviertel den kürzesten Weg zum Meer zu nehmen. Ungehindert erreichten sie den Hafen. An der Kaimauer parkte Jack den Cadillac hinter einem zerbeulten Chevrolet-Kombi, den eigentlich nur noch Draht und Klebebänder zusammenhielten. Man hätte meinen können, er sei von Granatenwerfern unter Beschuß genommen worden. Wortlos stiegen Jack und Bobby aus und liefen zum Kombi hinüber. Hinter dem Lenkrad saß, zur gleichen Zeit hustend, keuchend und rauchend, La Polaca. Bobby stieg auf der Beifahrerseite ein und ließ sich widerspruchslos ein Kopftuch geben. Während sie es um ihr Haar band, wandte sich die Vermieterin zu Jack um. Ihre Augen funkelten wie die eines Bussards. Den Kampf ums Überleben war sie gewohnt, und so etwas wie eine Niederlage gab es für sie nicht.

»Bringen Sie sie durch den Hintereingang ins Haus«, schärfte ihr der Spieler ein. »Nehmen sie sie zuerst zu sich in die Wohnung und passen Sie auf sie auf, bis ich komme. Wenn ich gegen die Heizungsrohre klopfe, ist alles in Ordnung.«

Die Vermieterin nickte und warf den Motor an. Aus dem Auspuff kam ein Donnern wie aus einem Windkanal. Als Jack beiseite treten wollte, flüsterte Bobby der alten Frau etwas zu. Mit einem Lachen zog La Polaca eine Zigarettenschachtel aus der Tasche und reichte sie Jack durch das Fenster. Er ergriff sie grinsend, und schon war der Kombi in einer schwarzen Rußwolke verschwunden. Zwei Bäuerinnen auf der Fahrt in die Stadt, hätte man meinen können.

Gnadenlos brannte die Nachmittagssonne auf die ohnehin schon glühende Innenstadt nieder. Anders als sonst rührte sich keine Menschenseele in den Straßen. Keine spielenden Gassenkinder, keine Straßenhändler, keine Radios, aus denen es wild durcheinanderplärrte. Die Dekorationsfetzen in den weihnachtlich herausgeputzten Schaufenstern wirkten wie Relikte aus einer anderen Epoche, dem untergegangenen Pompei vielleicht. Der Cadillac parkte wieder an seinem angestammten Platz vor dem barocken Wohnhaus, aber Wagen und Gebäude sahen beide gleichermaßen verlassen aus.

Jack Weil stand hinter dem Fenster und ließ die Jalousien herunter. In seinem Rücken ging die Wohnungstür auf. Nicht einmal der liebe Gott konnte La Polaca den dicken Schlüsselbund wegnehmen. Sie schubste Bobby herein und machte eilig die Tür wieder zu.

Er wandte sich um. »Heute ist Sonntag. Vor morgen früh kann ich Willy nicht erreichen. Das ist mein Kumpel mit dem Boot. Ein bißchen müssen wir uns noch gedulden.« Geduldig klang seine Stimme aber ganz und gar nicht, eher zerstreut und angespannt.

Sie nickte nur gleichgültig. Nichts konnte sie mehr überraschen. »So ruhig habe ich es noch nie gehabt.« Sie flüsterte fast. Jedes Geräusch, so schien es, würde sich in der Totenstille über die ganze Stadt ausbreiten.

»Die Leute hier wissen nicht, was in den Bergen los ist. Sie warten nur alle.«

Das Telefon schrillte. Regungslos starrten sie beide auf den Tisch. Es schrillte wieder. »Gehst du nicht ran?« wollte sie wissen.

Er lief um den Tisch herum, nicht um den Hörer abzunehmen, sondern um sie in seine Arme zu schließen und den Kopf in ihrem herrlich duftenden Haar zu vergraben. Das Telefon meldete sich noch ein drittes Mal, dann war Stille. Als er ihr den Hals küßte, nahm sie seinen Kopf zwischen die Hände. »Der Anrufer muß ja genau wissen, wie klein deine Wohnung ist«, meinte sie mit einem leisen Lachen.

Murmelnd beteuerte er ihr, daß es kein Mädchen gewesen sein könne. Dann hob er sie einfach hoch und trug sie ins Schlafzimmer. Seit Tagesanbruch hatten sie immer wieder dem Tod ins Auge schauen müssen. Die Angst, daß sie sich vielleicht nie mehr lieben durften, war ihr ständiger Begleiter gewesen. Jetzt erlebten sie dafür einen Freudentaumel. Mit fahrigen Bewegungen rissen sie einander die Kleider vom Leib, während sie sich gierig küßten.

Wie spät war es eigentlich? Gab es die Zeit für sie überhaupt noch? Oder waren sie in diesem Augenblick – da sie nackt nebeneinander lagen, ihre Hände nicht ruhten und nichts unberührt ließen – Herren der Zeit? Er drang fast ohne Vorspiel in sie ein. Beide wollten sie es so. Endlos wollten sie beide ineinander verschlungen dahingleiten, wie ein Schiff auf der Fahrt durch die ewigen Wellen.

Der Abend brach herein. Worte waren noch immer nicht nötig. Auch aus der Stadt drang kein Geräusch zu den Liebenden herauf. Nur einmal, als es fast schon dunkel war, sahen sie einander verschreckt in die Augen. Sie hatten vergessen, wer und wo sie waren. Und dann fühlte er ihren Mund, las ihre Lippen wie ein Blinder die Blindenschrift und sagte ehrfürchtig: »Du.«

Erst in der Nacht kamen sie wieder zu sich, fanden sie langsam in die Welt zurück. Sie stand auf und ging ins Badezimmer, um sich die Wanne mit heißem Wasser vollaufen zu lassen. Er folgte ihr nach einer Weile. Sie kniete, umhüllt von Dampfschwaden, im Wasser. Er setzte sich an den Rand und fing an, ihr den Rücken einzuseifen. In rhythmischen kreisförmigen Bewegungen verteilte er den Schaum auf ihrer alabasterweißen Haut. Zum Schluß berührte er ihre üppigen und doch zarten Brustknospen und rieb auch sie vorsichtig ein, salbte sie wie die einer Göttin.

Sie zeichnete mit den Fingern die kräftigen Sehnen an seinen Armen nach. Ein harter Knoten an seinem rechten Innenarm ließ sie verharren. »Was ist denn das?« fragte sie mit beiläufigem Interesse.

»Ich weiß nicht. Ach, nichts. Eine Narbe.«

Sie sah ihn hellwach an. Sein ausweichender Tonfall hatte ihre Neugierde geweckt. »Das stimmt doch nicht. Sag's mir.«

»Warum?«

»Weil du es mir verschweigen willst.«

Ein Lächeln spielte um seine Mundwinkel. Er beugte sich nach vorne und küßte sie leicht auf die Lippen, dann flüsterte er ihr in die Ohren: »Es ist ein Diamant.«

Er tat, als bemerkte er ihren verblüfften Gesichtsausdruck nicht. Als wäre nichts weiter geschehen, tauchte er eine Kaffeekanne ins Wasser und goß sie ihr über den Rücken, um die Seife wegzuwaschen. Es war nicht leicht, sie aus der Fassung zu bringen, aber daß es ihm gelungen war, bereitete ihm ein diebisches Vergnügen.

»Was?« rief sie ungläubig.

»Doch... Ich habe ihn verschluckt.«

Sie hielt sein Handgelenk fest, damit er nicht wieder Wasser über sie goß. »Bitte, sag mir weshalb«, bat sie halb verführerisch, halb quengelnd.

Seine Antwort kam zögernd. »Ich war noch fast ein Kind, da habe ich so einen alten Spieler kennengelernt. Er war durch und durch Profi, hat auch mit Tricks gearbeitet. Und er erzählte mir mal, wie er sich einen Diamanten in den Arm hat nähen lassen. Von einem Arzt. Na ja, als ich später mal nach Yokohama kam, habe ich diesen Diamanten gekauft und ihn mir von einem japanischen Arzt unter die Haut nähen lassen. Der Gedanke war der... egal, was sie mit einem anstellen oder wie tief man fällt... man hat immer noch diese letzte Chance. Man hat immer noch den Diamanten.«

Er verstummte. Vielleicht aus Verlegenheit, vielleicht, weil sie zu viele Erinnerungen aufgerührt hatte. Sie hatte die ganze Zeit die Stelle mit den Fingerspitzen gestreichelt, jetzt neigte sie den Kopf und fuhr mit den Lippen darüber. »Und denkst du immer noch so?« fragte sie sanft.

»Hey, ich war damals erst zwanzig!« rief er in dem Bemühen, den plötzlichen Ernst zu überspielen. Fast gegen seinen Willen gestand er es dann doch: »Ich denke wohl immer noch so.«

Sie glitt langsam nach unten. Friedlich plätscherte das Wasser um ihren Körper. Dann wechselte sie das Thema. »Was ist mit dem Boot?«

»Unserem Boot?« Sie nickte träge. »Du mußt nur soviel wissen, daß du damit überall hinkommst, wohin du willst. Wohin möchtest du denn fahren? Nach Kalifornien?« Er stützte sich mit dem Ellbogen auf der anderen Seite ab, beugte sich nach unten und fuhr mit der Zunge über die eine aus dem Wasser herausschauende Brustwarze. Sie stöhnte leise auf und streichelte mit einer Hand sein Haar.

»Kommst du mit mir, Jack Weil?«

»Klar. Ich war schon eine Ewigkeit nicht mehr dort.« Er grinste plötzlich über das ganze Gesicht. »Sonst noch was gefällig?«

Träge sah sie zu ihm auf. »Wohin ich auch will?«

Er nickte eifrig. »Die ganze Welt steht dir offen, Bobby.«

Statt einer Antwort streckte sie die Arme aus dem Wasser. Eine Sirene lockte ihn, und er sank in ihre Umarmung. Sein Mund suchte den ihren, und wieder tranken sie voneinander. Und wieder verschlug es sie irgendwohin ans Ende der Welt.

Sie hatten ihre einsame Insel gefunden.

Es war schon bald Mittag. Er beugte sich lächelnd vor zum Spiegel. Daß er so glücklich sein könnte – er hätte es nie für möglich gehalten. Er spritzte sich etwas heißes Wasser ins Gesicht, dann tupfte er es genüßlich ab. Das Handtuch roch nach ihr. Tief sog er den Duft ein. Schließlich nahm er sein weißes Hemd von der Türklinke, wo es gehangen hatte, und zog sich fertig an. Bevor er ging, blinzelte er noch einmal dem Mann im Spiegel zu.

Als er aufgestanden war, hatte sie noch geschlafen. Er erwartete, sie noch immer friedlich schlummernd im Bett zu finden, aber sie stand mit dem Rücken zu ihm am Fenster, in seinen Bademantel gehüllt. »Hallo!« rief er ihr fröhlich zu.

Sie wandte sich nicht um. Ihm fiel auf, daß sie sich förmlich an den Bademantel klammerte. Er spürte, daß etwas nicht stimmte. »Wir haben den halben Tag verschlafen«, meinte er so beiläufig wie möglich, weil er nicht wahrhaben wollte, daß sich zwischen ihnen etwas verändern konnte. »Ich muß los. Geh nicht ans Telefon. Wenn ich es bin, lasse ich einmal klingeln, lege auf und rufe gleich wieder an.«

Aus Angst, sie würde erschrocken zur Seite springen, berührte er sie lieber nicht, sondern drehte sich um und ging. Er hatte die Türklinke schon in der Hand, da drehte sie sich doch noch um. »Es geht nicht...«, flüsterte sie verzweifelt. »Es geht einfach nicht.«

Er blieb stehen und wartete. Ihr in die Augen zu sehen, wagte er nicht. »Ich weiß nicht...«, stammelte sie und preßte die Hände gegen die Schläfen. »Ich komme mir vor, als... hätte ich Rauschgift genommen oder ganz tief geschlafen.« Sie brach in ein nervöses, gequältes Lachen aus. »Aber das ist unmöglich. Ich habe doch stundenlang hellwach dagelegen und zur Decke gestarrt. Vielleicht habe ich ja nur geträumt. Man muß wohl nicht schlafen, um zu träumen.«

»Jetzt bist du auf alle Fälle wach«, sagte er vorsichtig. Einzig seine gespreizten Finger verrieten, unter welcher Anspannung er stand.

Sie ließ sich auf das Bett fallen. »Ich bin Partisanin«, fuhr sie trotzig fort. »Neutral war ich noch nie, auch dann nicht, als mein Land es war. Ja, ja, ich habe die Nazis in ihren Uniformen gesehen, wenn ich mit meinen Freundinnen in den Sommergarten tanzen gegangen bin. Wir haben sie wie Touristen behandelt. Und warum? Damit sie uns nicht das antaten, was sie mit dem Rest von Europa gemacht haben. Es war ein Kuhhandel. Gut für uns. Gut für die Nazis. Schlecht für die Seele.« Ihr Ton war zum Schluß immer härter, immer verächtlicher geworden. Jetzt biß sie die Lippen angewidert aufeinander.

»Was hast du vor, Bobby?« Keinerlei Regung war ihm anzumerken, kein verletzter, kein drohender Unterton.

»Zwei Dinge gleichzeitig.« Sie holte tief Luft. »Du hast gesagt, daß die meiste Zeit nichts geschieht. Die Tage gehen vorüber, und die Leute leben vor sich hin. Na gut, ich glaube, daß ich dann eben für den kleinen Rest dieser Zeit hier lebe. Wo das Leben eine Bedeutung hat. Wo es schwierig ist.« Sie stand wieder auf, zielstrebig diesmal, und warf das Haar mit einem Ruck zurück. »Neutralität ist nichts als eine Ausrede fürs Nichtstun oder für Gefühllosigkeit.«

»Und wie war das dann in Santa Clara, Bobby?« Wieder fragte er es in einem so seltsam unbeteiligten Ton, als sei er nur da, um die Fakten niederzuschreiben. Aber seine Hände waren noch immer gespreizt.

Sie stellte sich zu ihm in die Türöffnung und nahm ihn bei beiden Händen. Fest sah sie ihm in die Augen. »Du hast mich beeindruckt«, sagte sie zärtlich. »Du bist den ganzen weiten Weg gekommen... trotz der Kämpfe. An die Gefahr hast du gar nicht gedacht. Das hat mich zutiefst beeindruckt. Wie tief, das wirst du nie erfahren.« Sie sah weg. Tränen schossen ihr plötzlich in die Augen. Sie schluckte mühsam, dann hob sie den Blick wieder, um mit schier unerträglich sanfter Stimme fortzufahren: »Aber... wer bist du, Jack Weil? Ein Mann, den ich auf der Fähre kennengelernt habe. Du hast mir geholfen, als ich am liebsten gestorben wäre... aber was haben wir gemeinsam? Was können wir schon gemeinsam haben? Was kann daraus schon werden?«

Die Andeutung eines melancholischen Lächelns flog über seine Lippen. »Ein Leben voller Freude vielleicht?« fragte er ruhig. Achselzuckend zwinkerte er ihr zu wie vorhin seinem eigenen Spiegelbild. »Freude ist dir doch ein Begriff?« Seine Stimme klang zärtlich und ein wenig belustigt, wurde aber sofort wieder ernst. »Hör mir gut zu: Ich lasse keinen im Stich. Manchmal bluffe ich vielleicht, aber betrogen habe ich noch nie.« In seinem Gesicht arbeitete es. Er war nahe daran, sein tiefstes Inneres zu offenbaren.

An der Hand führte er sie ins Wohnzimmer zurück. Mit einem abschätzigen Blick musterte er seine Habseligkeiten. »Wir könnten ein gutes Leben führen, solange ich gewinne«, erklärte er verschmitzt. »Und die übrige Zeit wäre es zumindest nicht schlecht. Und für dich wäre es doch eine nette Abwechslung. Mal nichts so Ernstes. Politik ist eine Art Hoffnung, hast du gesagt...«

»Das hat Arturo gesagt«, warf sie sanft ein.

»Ja, richtig«, meinte er verlegen. »Aber ich kenne keinen Spieler, der nicht von der Hoffnung leben würde. Das muß er auch, weil er immer auf die richtige Karte für ein Straight wartet. Und wenn er mitgeht und selbst erhöht, dann ist immer Hoffnung mit im Spiel.« Mit einem Lächeln sah er sie an. Kindliche Unschuld lag darin, wie sie sie noch nie an ihm bemerkt hatte. »Und das tue ich jetzt auch«, schloß er. »Ich erhöhe.«

Er sah sofort weg. Sein Blick war ihm zu unverhüllt, aber er wollte sich nicht verstellen. Zögernd sprach er weiter. Die Worte kamen ihm schwer über die Lippen. »Vielleicht lerne ich auch... so zu denken... wie du. Ich kann es versuchen.« Er drückte ihr jetzt die Hand so fest, daß es ihr weh tun mußte, aber sie verzog keine Miene. »Jeden Tag ein bißchen, Bobby.« Er war sich nicht mehr zu schade, sie anzuflehen. »Wir könnten es ganz langsam miteinander probieren, Bobby. Du mußt nicht ja sagen. Sag bitte nur nicht nein.«

Er sah ihr forschend ins Gesicht. Wieder hielt er ihr den Zeigefinger vor den Mund, wie er es schon in der Nacht getan hatte, nur wirkte es jetzt schüchtern. Auch einen Kuß wagte er nicht. Damit hätte er nur auf eine Antwort gedrängt, die zu geben sie vielleicht noch nicht bereit war. Endlich ließ er ihre Hand los und ging zur Tür. Er hatte die Klinke schon in der Hand, als er sich noch einmal umdrehte. Ihm fehlte der Mut, sie ohne ein Zeichen zu verlassen.

Sie faltete die Hände. »Wohin ich auch will?« fragte sie lächelnd.

Er glaubte, vor Freude losweinen zu müssen. »Du... du bist... Scheiße, ich weiß nicht... wie mein rechter Arm. Ich verstehe noch nicht...« Er konnte es noch gar nicht fassen. »Wohin du auch willst«, wiederholte er schließlich feierlich. »Wir sind der Weg. Du brauchst nur das Ziel zu nennen.«

Mit diesen Worten eilte er hinaus und machte hastig die Tür hinter sich zu. Sie hörte ihn die Treppe hinunterpoltern, stellte sich ans Fenster und sah ihm durch einen Spalt in der Jalousie zu, wie er in den Cadillac sprang und davonbrauste. Dann gähnte sie laut und anhaltend und schaltete das Radio ein. Nach einigem Herumwählen tönte Joe Staffords schmachtende Stimme durch den Raum: *You Belong To Me* – du gehörst zu mir.

Sie ging an den runden Tisch in der Mitte des Zimmers, auf dem ihre Handtasche stand. Joe Stafford gurrte gerade *See the pyramids on the Nile*. Sie zog den Kamm aus der Tasche und fing an, im Rhythmus des Liedes ihr Haar erst mit den Fingern zu entflechten und dann glattzustreichen. *See the old marketplace in Old Algiers, send me photographs and souvenirs.*

Gemächlich suchte sie einen anderen Sender. Erst drehte sie bis zum Anschlag in die eine, dann in die andere Richtung. Schließlich hatte sie die richtige Frequenz gefunden – den Rebellensender. Eine trotzige Stimme rasselte eine Liste mit Forderungen herunter. Bobby setzte sich. Aufmerksam lauschte sie der Durchsage und kämmte sich weiter das Haar.

Etwas in der Keramikschüssel auf dem Tisch stach ihr ins Auge: der Papierschirm aus dem Lido. Sie nahm ihn in die Hand, öffnete ihn und wirbelte ihn zwischen zwei Fingern herum. Dann legte sie ihn wieder in die Schale zurück, um ihn zu betrachten, während sie weiter ihr Haar kämmte und der Stimme der Revolution lauschte.

Im Hafen war der Teufel los. Vor sämtlichen Schaltern drängten sich die Leute, bildeten sich immer längere Schlangen, denn jeder wollte nichts wie weg. Panikstimmung herrschte noch nicht, aber die Spannung war mit Händen zu greifen. Am Ende des Piers parkte der grüne Cadillac. Ströme von Familien teilten sich vor ihm und schlossen sich hinter ihm wieder zusammen. Die Bauern waren zu Fuß auf der Straße geflohen, der Mittelstand versuchte mit Kind und Kegel sein Glück per Schiff.

Aus einem Blechdachgebäude trat Jack Weil zusammen mit dem grauhaarigen Willy. Kopfschüttelnd bestaunten sie den Ansturm auf die Fischerkutter und Jachten. Und mit jeder Minute schwoll der Strom der Ausreisewilligen noch an. Über ihnen kreisten die Möwen, stießen immer wieder hungrig herab, um sogleich ihren Protest laut herauszukreischen, weil es heute nichts zu ergattern gab.

Als Jack in seinen Wagen stieg, hielt ein cremefarbener Rolls-Royce direkt vor ihm an. Die Hintertüren sprangen auf, und ein Paar mittleren Alters in Segelkleidung stieg aus. Sie drängten sich sogleich durch eine Gruppe, die im Gänsemarsch auf einen Kutter zu trippelte. Ihnen folgte mühsam der mit Gepäck schwer beladene Chauffeur. Am Kopf der Schlange brach ein Streit aus. Man knuffte, schob und schlug sich. Das Geschrei der Leute unterschied sich in nichts von dem der Möwen.

Jack wendete und bog sofort in die erste beste Seitenstraße ein, um dem Gefühl im Hafengelände so schnell wie möglich zu entkommen. Vorbei an einem Labyrinth von halb verfallenen Lagerhallen bugsierte er den Wagen schließlich in eine ungewöhnlich leere Allee, die in westliche Richtungen ins Kolonialviertel führte. Die Silhouetten der Hochhäuser im gerade eine Meile entfernten Prunkviertel Malecon stachen ihm ins Auge. Ihm wurde bewußt, daß er automatisch links abgebogen war. Dabei lagen die Kasinos gar nicht auf seinem Weg. Wie kam es dann nur, daß er auf dem kürzest möglichen Weg genau auf sie zuhielt?

Über ihm bildeten prächtige Palmen einen Tunnel. Hier blühten sie noch, die goldenen Tage von Havanna. Aus Taxis und Limousinen stiegen die üblichen eleganten Herrschaften und hatten nichts anderes im Kopf als die nächste Runde am grünen Tisch. Jack ging vom Gas herunter, um sie eingehender zu mustern. Ja, sie lebten für nichts anderes als für die Drehscheibe beim Roulette. Er lächelte grimmig in sich hinein. Nichts als die Hoffnung trieb sie dorthin.

Vor ihm leuchtete die Fassade des Lido auf. Blitzartig entschied er sich, und schon fuhr er vor dem livrierten Parkwächter vor. Der hielt ihm die Tür auf und begrüßte ihn mit seinem gewohnt sonnigen Lächeln. Mit in den Taschen vergrabenen Händen schlenderte der Spieler in die Vorhalle und blickte in kühler Zurückhaltung um sich. Irgendwie konnte er gar nicht fassen, daß das alles noch dastand.

Der Spielsaal war gespenstisch leer. Die wie immer mit weißen Fracks ausgestatteten Musiker spielten ihren schwülstig erotischen Samba praktisch zur eigenen Unterhaltung. Fast ausnahmslos waren die wenigen Gäste um die Spielautomaten verstreut, zu ihren Füßen hatten sie ihr Gepäck stehen. Sie wirkten eher wie Passagiere, die sich die Wartezeit vor dem Abflug vertreiben. In gewisser Hinsicht waren sie das ja auch. Als Jack an einem Roulettetisch vorbeikam, zog eine hochgewachsene Frau in einem Lamékleid in aller Ruhe einen Brillantring vom Finger und setzte ihn auf die Nummer zwölf. Jack wartete das Ergebnis nicht ab.

In Joe Volpis Büro ging es zu wie in einem Taubenschlag. Die Angestellten huschten hin und her und waren viel zu sehr mit dem Verpacken der Ordner beschäftigt, um bei Jacks Eintreten ins Allerheiligste aufzuschauen. Joe saß hinter seinem Schreibtisch und stopfte Unterlagen in eine Aktentasche oder in die Papierkörbe, die links und rechts von ihm schon überquollen.

»Umzug?« fragte Jack trocken.

»Nein«, knurrte Volpi. »Seit Jahren will ich hier schon Ordnung schaffen.«

»Sie haben mich gestern angerufen?«

Der Geschäftsführer blitzte ihn wütend an. »Ja, und vorgestern auch schon. Wo haben Sie gesteckt?«

»Einen Ausflug gemacht«, meinte der Spieler achselzukkend und zündete sich eine Pall Mall an. »Wann steigt das Spiel?«

Volpi ließ die Arbeit ruhen. Das Spiel hatte Vorrang. »Forbes und seine Kumpel sind schon in der Stadt«, sagte er. »Morgen.«

Jack stieß den Rauch in die Luft und sah ihm mit zusammengekniffenen Augen nach. »Wann morgen?«

»Seit wann haben Sie Terminprobleme, Jack?« spottete Volpi. »Was ist los mit Ihnen?«

»Wovon reden Sie, Volpi? Ich bin ja da!«

Joe Volpis Augen verengten sich zu Schlitzen. »Hat es mit einer Frau zu tun?« fragte er mißtrauisch. »Etwa mit der einen da?«

»Wir unterhalten uns über ein Kartenspiel, Volpi.« Jacks Ton war mit einem Mal eisig geworden. Kategorisch verbat er sich jedes andere Thema.

Volpi zuckte mit den Schultern. »Morgen um halb drei. Meyers Suite. Diese Leute sind Pünktlichkeit gewohnt, Jack.« Die letzte boshafte Bemerkung konnte er sich nicht verkneifen. Die bloße Erwähnung der Bonzen schien ihm frischen Mut verliehen zu haben.

Der Spieler nickte nur und wandte sich wortlos ab. Besonders aufgeregt sah er nicht aus, als er durch den Spielsaal zum Ausgang schritt. Eher schien ihn die Aussicht auf das Spiel zu irritieren, auf das er doch zeitlebens gewartet hatte.

Mit ausdruckslosem Gesicht fuhr er dann am Parkwächter vorbei. Außer einem Zucken unter dem rechten Auge verriet seine Miene den ganzen Heimweg über keine Regung.

Fürs Einparken vor seinem Haus benötigte er heute mehr Platz als sonst. Warum, das vermochte er selbst nicht zu sagen. Auf dem verlassenen Bürgersteig vermißte er die Gassenjungen und den üblichen Lärm. Vor dem Hauseingang

Das neue Jahr wird von den Menschen jubelnd begrüßt.

Der verhaßte Diktator Batista wurde gestürzt – Freude, Erleichterung, aber auch unterdrückte Aggressionen brechen unter den Menschen aus.

bemerkte er eine blitzartige Bewegung, aber schon war es zu spät. Im nächsten Augenblick hatten sie sich auf ihn gestürzt. Wütende Hiebe und ein giftiger Wortschwall auf spanisch folgten. Es waren nur zwei junge Männer, aber sie droschen für fünf auf ihn ein. »Moment mal! Hey!« schrie Jack und schlug zurück. Einen beförderte er mit einem Tritt zu Boden, doch gegen den anderen hatte er keine Chance mehr. Er drängte ihn gegen die Wand und drückte ihm mit dem Unterarm die Kehle zu. Heftig keuchend standen sie beide da.

»Was soll das denn?« krächzte der Spieler.

»Du bist mit seiner Frau zusammen!« zischte sein Angreifer mit schwerem Akzent.

»Was?« Jack wehrte sich gar nicht mehr. »Arturo Duran ist tot! Er ist...« Er sah etwas in den Augen des jungen Manns aufblitzen. »Was?« rief er noch einmal. Dabei hatte der junge Rebell gar nichts gesagt. »Was willst du damit sagen?«

Der Rebell gab keine Antwort. Er ließ Jack los und wandte sich ab. Zusammen mit seinem Freund verschwand er in einer Gasse. Schwer atmend stand Jack da und rieb sich vor Schmerz die Schulter. Entsetzt starrte er den zwei Schlägern nach. Erstmals war ihm anzusehen, daß der Krieg auch an ihm nicht spurlos vorüberging.

11

Bobby döste auf dem Sofa, als Jack eintrat. Sie fuhr erschrokken hoch. Beim Anblick seines zerfetzten Hemds und der Abschürfungen in seinem Gesicht wurde sie kreidebleich. Mit einem Satz sprang sie auf und stürzte auf ihn zu. »Was ist passiert?« keuchte sie.

Er antwortete mit einem trockenen Lachen. »Du hast gar keine Ahnung, wie die Leute sich wegen eines läppischen Boots echauffieren können...«

Sie achtete kaum auf seine Worte, sondern trat dicht an ihn

heran, um die Wunden zu untersuchen. »Sag mir doch, was passiert ist«, bat sie ihn noch einmal.

»Es stimmt wirklich«, meinte der Spieler leichthin. »Die ganze Stadt ist am Hafen. Jeder will raus hier. So einen Zirkus hast du im ganzen Leben noch nicht gesehen.«

»Hast du ein Desinfektionsmittel?«

»Seife tut's doch auch«, beschied er sie knapp und trat ans Fenster. Keine Menschenseele war auf der Straße zu sehen. Da sie ihn weiter bedrängte, ging er schließlich mit ihr ins Bad. Während sie heißes Wasser ins Waschbecken laufen ließ, schmückte er die Geschichte noch ein bißchen aus. »Ich wollte mich vordrängeln. Menschenskinder, manche Leute sind wirklich leicht erregbar. Vor allem die eine Dame... Ich dachte schon, sie würde mich erschießen...«

Sie tauchte einen Waschlappen in das dampfende Wasser und betupfte ihm damit das Kinn. »Gab es wirklich eine Schlägerei um das Boot?« wollte sie wissen.

»Wenn ich es dir sage... Es ist übrigens eine kleine Segeljacht. Mit Willy geht alles klar. Morgen im Laufe des Tages können wir.«

Sie wich erschrocken einen Schritt zurück. Irgendwie ging ihr das alles doch zu schnell. »Und meine Sachen... Was wird mit dem Haus?«

»Nein«, sagte er kurz angebunden. »Du kannst nicht dorthin zurück.«

»Ich weiß ja«, erwiderte sie resigniert und kümmerte sich wieder um sein Gesicht. Aufgaben wie diese halfen ihr, die schlimmsten Ängste zu vergessen.

»Ich muß Willy heute noch bezahlen«, fuhr er fort. Er überlegte fieberhaft die nächste Ausrede. »Ein Freund von mir, Joe Volpi, hält etwas Bargeld für mich bereit. Es liegt im Lido. Ich muß ihn unbedingt noch erreichen.« Er zögerte. »Vielleicht bleibe ich länger weg. Schaffst du es allein in der Wohnung?«

»Aber natürlich«, versicherte sie ihm lächelnd und betupfte die letzten Schürfwunden. »Ich fühle mich hier richtig zu Hause.«

Er begutachtete sich im Spiegel. Von der Schlägerei war ihm fast nichts mehr anzusehen. »Besser als jede Krankenschwester«, lobte er.

Sie machte sich daran, ihm das Hemd aufzuknöpfen. »Ich heile nun mal gern Wunden«, meinte sie mit rauher, wie von weither kommender Stimme.

»Vielleicht solltest du mit einem Boxer zusammen leben«, schlug er lachend vor. Geduldig ließ er sich das Hemd ausziehen. Dann erblickte er ihr umwölktes Gesicht im Spiegel. So hatte sie auch in der Zelle ausgesehen. Er packte sie bei den Schultern. »Sag mir, was hast du?«

Sie nickte. »Arturo hat einmal...« Unwillkürlich zuckte sie zusammen. Die Erinnerung riß eine alte Wunde neu auf, aber sie sprach mühsam weiter. »Er hat einmal einen jungen Mann mitgebracht, der so... übel zugerichtet war..., daß ich kaum hinschauen konnte. Aber dann fühlte ich mich so gut, weil ich ihn trotzdem...«

Sie verstummte mitten im Satz, schlang die Arme um seinen Hals und barg den Kopf an seiner Schulter. Er wartete. Im Spiegel sah er sein Gesicht. Es verriet keinerlei Regung. »Ich habe schreckliche Angst vor etwas ganz Verrücktem...«, flüsterte sie mit tränenerstickter Stimme.

Er schob ihren Kopf behutsam zurück, damit er ihr in die Augen sehen konnte. »Wovor denn?« fragte er zärtlich.

»Vor dem... Glücklichsein.« Sie senkte den Kopf, als könne sie seinen liebevollen Blick nicht länger ertragen.

Er hielt ihr mit einer Hand den Mund zu. »Bitte, Bobby«, rief er und ließ ihren Mund wieder los, um sie fest in seine Arme zu schließen. »Bitte, Bobby. Bitte quäl dich nicht mit solchen Gedanken.« Sie standen eng umschlungen da, so eng, daß jeder den Herzschlag des anderen spürte.

Sie nickte an seinem Hals. Langsam machte sie sich frei. Mit einem Lächeln gab sie ihm zu verstehen, daß sie sich wieder besser fühlte. Dann half sie ihm beim Anziehen des frischen Hemds und knöpfte es ihm zu. Plötzlich war er es, der unsicher wirkte. »Ich komme so bald wie möglich zurück«, murmelte er. »Vergiß das mit dem Telefon nicht.«

Sie salutierte schneidig. »Yes, Sir! Es klingelt einmal. Wenn es später noch mal klingelt, bist du es.«

Sie küßte ihn leicht auf den Mund und gönnte sich damit einen jener Augenblicke des Glücks, vor dem sie solche Angst hatte.

Sein Blick fiel noch einmal auf den Spiegel in ihrem Rükken. Zu seiner Erleichterung konnte sie ihn so nicht sehen. Er wirkte gehetzt und verloren. Und ganz und gar nicht wie einer, der ans Glück glaubt.

Jack hastete über den Gehsteig, auf dem immer noch Männer in leichten Straßenanzügen nebeneinander herliefen. Noch galt die Tagesordnung, aber nicht mehr lange. Vor der Drehtür der *Havanna News* blieb der Spieler stehen und wartete, bis eine ganze Schar von Arbeitern, beladen mit Stapeln von Akten, herausgekommen war. Hinter ihnen wurde Ramos sichtbar. Er schleppte eine Schreibmaschine, und darauf balancierte er ein Diktafon, das schon bedrohlich wackelte.

»Hey, Ramos!« rief der Spieler. »Wo ist jetzt deine Story?«

Der Journalist bedachte ihn mit einem bösen Blick und ging wortlos weiter. Auf der anderen Straßenseite luden die Assistenten bereits die Akten in einen Volkswagen. Stöhnend wuchtete Ramos sein Schreibzeug auf das Dach. Mit dem Ärmel wischte er sich den Schweiß aus der Stirn, und dann erst wandte er sich zu Jack um.

»Was, zum Teufel, ist denn hier los?« wollte der Spieler wissen.

»Die Regierung hat die Zeitung verboten«, erklärte Ramos verbittert. »Der Herausgeber ist verhaftet worden. Es gibt keine Presse mehr.« Er wandte sich wieder ab und verstaute Schreibmaschine und Diktafon auf dem Beifahrersitz. Dann eilte er um den Wagen herum zur Fahrerseite. Jede Sekunde zählte. Jacks Anwesenheit schien er schon vergessen zu haben.

»Kumpel, mal nicht so hastig!« protestierte Jack. »Wohin fährst du denn?«

Ramos sah ihn erschöpft an. »Ich war auf dem Weg nach Oriente. Ich wollte mich Fidel anschließen. Aber dann habe ich gehört, daß man ein Gewehr mitbringen muß. Und das ist nun wirklich nicht mein Metier. Drum fahre ich jetzt nach Miami Beach.«

Er ließ sich in den Wagen plumpsen. Jack rannte auf die andere Seite. Ramos hatte schon die Hand am Zündschlüssel, da packte der Spieler ihn durch das offene Fenster beim Hemd. »Hey, Ramos... Könnte es sein, daß Arturo Duran noch lebt?«

Der Journalist lachte ihm ins Gesicht. »*Si, amigo.* Genauso aber auch Hitler. Kapierst du's denn immer noch nicht? Ganz Kuba ist eine einzige Gerüchteküche. Die Tatsachen sind alle tot.«

Jack rüttelte ihn verzweifelt an den Schultern. »Du mußt mir helfen!« zischte er zwischen aufeinandergepreßten Zähnen hervor.

»Wobei denn überhaupt?«

»Ihn zu finden. Ich muß wissen, ob er noch lebt. Könnte Menocal ihn gefangen halten? Und wo?«

»Du bist übergeschnappt, Mann! Ich bin zwar arbeitslos, aber so arbeitslos auch wieder nicht.«

Ein Ausdruck enttäuschter Ungeduld machte sich auf Jacks Gesicht breit. »Ich dachte, du verehrst ihn. Ich dachte, du würdest alles für ihn tun.«

Ramos grinste ihn hilflos an. Die Erschöpfung konnte seine innere Zerrissenheit nicht ganz überdecken. Der Mann hatte seine Seele verloren und wußte es auch. »Ach, mein Freund«, klagte er. »Siehst du denn nicht, daß genau das die Tragödie mit den Intellektuellen von Kuba ist? Wir lähmen uns selbst, weil wir zuviel denken und ständig an uns zweifeln.«

Jack verpaßte ihm eine durchaus liebevoll gemeinte Kopfnuß. »Laß das Geschwätz, Ramos, ja? Hilf mir lieber. Ich weiß ja gar nicht, wo ich überhaupt anfangen soll mit der Suche.«

Der Journalist sah ihn wie aus unüberbrückbarer Entfernung an. Schmerz lag in seinen Augen. Er war sich seiner eigenen Feigheit nur allzu deutlich bewußt. Er schluckte. »Weißt du was, Jack?« sagte er mit belegter Stimme. »Wenn er noch lebt, ist er in keinem öffentlichen Gefängnis.«

»Wo denn?« rief der Spieler. »Stell dich doch nicht so an. Du hast doch deine Quellen!«

Mit einem tiefen Seufzer ließ Ramos den Motor an. Erst sah er auf die stumme Schreibmaschine neben sich und dann wieder auf Jack. »Weißt du, wie viele Ford-Edsels es in Havanna gibt?« fragte er langsam und betont deutlich. »Genau einen.«

Damit schaltete er den ersten Gang ein. Der Käfer spuckte eine Rußwolke aus dem Auspuff und ratterte davon. Sein Ziel war ein Leben ohne jeden Sinn. Denn Ramos hatte keine Story mehr auf Lager.

Der schwarzbraune Edsel stand mit den Vorderrädern über dem Randstein in einer der Hangstraßen im Gartenviertel. Die Wohnhäuser in dieser Gegend waren hübsch mit Natursteinen und Messing verziert; vor jedem Fenster hingen Kästen mit prächtigen Blumen. Abfall war hier genauso wenig zu sehen wie die Müßiggänger, die durch die Altstadt flanierten. Hier herrschte ein geradezu gespenstisches Schweigen, als hätten sich sämtliche Anwohner der Frontera-Straße gleichzeitig für ein Mittagsschläfchen zurückgezogen.

Im Eingang eines schachbrettartig gefliesten Hauses erschien Marion Chigwell. Der schmierige Korrespondent trug sein bestes Leinensakko. Wie bei ihm üblich, war es leicht zerknittert, aber das galt ja in seinen Kreisen als todschick. Mit einer piekfeinen Aktentasche in der Hand kam er die Treppe herunter, an deren Fuß sein Edsel parkte.

Er stieg ein und ließ sich mit einem zufriedenen Grunzen auf den von der Sonne vorgewärmten Ledersitz sinken. Als er in der Sakkotasche nach dem Schlüssel tastete, schoß plötzlich Jack Weil hoch und drückte ihm von hinten die Gurgel zu. Der versnobte Journalist mochte quietschen und sich winden, wie er wollte, der Spieler lockerte den Griff nicht. So blieb ihm nichts anderes übrig, als in den Rückspiegel zu schielen, um wenigstens zu sehen, wer ihn da überfallen hatte.

»Bitte... Jack, lassen Sie das!« krächzte er. »Ich kann dafür sorgen, daß Ihnen der Schädel eingeschlagen wird.« Für eine Drohung klang das allerdings eher kläglich.

Jack schnalzte mißbilligend mit der Zunge. »Nimmt denn ein Harvard-Zögling solche Worte in den Mund?« spöttelte er. Dann senkte er die Stimme. »Lebt Arturo Duran noch?«

»Seit wann interessiert das denn Sie?« höhnte Chigwell. Obwohl er wild mit den Armen herumruderte, konnte er nicht verhindern, daß sein gepflegtes Gesicht langsam blau anlief. »Sie treiben es doch mit seiner Frau...«

»Also lebt er«, flüsterte der Spieler mit erstickter Stimme. Widerwillig gab er Chigwell frei. Umbringen wollte er seinen Informanten nicht.

»Gedulden Sie sich noch einen Tag«, keuchte Chigwell. »Dann haben Sie sie ganz für sich allein.«

»Wo ist er?«

»Woher soll ich das wissen?« spuckte der schmierige Journalist verächtlich und zupfte sich die protzige Krawatte mit Hilfe des Spiegels zurecht.

»Woher Sie das wissen?« äffte der Spieler ihn nach. »Weil Sie ein Spion sind. Darum. Es ist ja *das* Stadtgespräch.«

Im Spiegel wurden Chigwells Augen zu engen Schlitzen. Er hob langsam die Hände und klatschte müde. »Bravissimo, Jack«, sagte er mit Grabesstimme. »Und ich sage Ihnen noch etwas: Die ganze Operation ist an Brillanz nicht mehr zu überbieten. Man muß schon genial sein, um so einen Saustall anzurichten.« Seine Stimme überschlug sich. Der Zorn, die

Selbstverachtung, die er sein ganzes Leben lang brav hinuntergeschluckt hatte, stiegen auf einmal hoch. »Haben Sie's schon gehört? Der Botschafter hält Castro für einen Kommunisten. Sehen Sie das auch so, Jack? Ich nämlich nicht, aber...«

»Wo ist Duran?« fiel Jack ihm ins Wort.

»...aber wenn wir so weiterstümpern, wird er noch einer. Wir haben das Kunststück fertiggebracht, uns jede Gruppierung in Kuba zum Feind zu machen. Die Linken, die Rechten, die Mitte...« Gegen die Fahrertür gelehnt, ließ er seine Tirade vom Stapel. Er war stocknüchtern, schwadronierte aber wie ein Betrunkener. »Zum Teufel noch mal, sie hassen uns wie die Pest!«

»Verflucht noch mal, wo ist er?« bellte der Spieler. Wütend packte er Chigwell am Doppelknoten seiner Krawatte.

»Was Sie wissen wollen, ist mir scheißegal«, geiferte der eitle Informant. »Jetzt ist ohnehin alles sinnlos. Haben Sie's nicht im letzten *Pogo* gelesen? Der Feind, das sind wir selber.«

Der hochtrabende Ton wich schnell einem Gurgeln, das sich nach einem Fluch anhörte, denn Jack zog die Schlinge zu. Hilflos fuchtelte Chigwell herum. Auf sein Flehen hin lockerte Jack wieder den Griff. »Menocal hat ein geheimes Gefängnis«, keuchte er; »...in El Lagito.«

»Okay. Und wie bringt man ihn dazu, Duran rauszurükken? Mit Dollars?«

Chigwell antwortete mit einem heftigen Nicken. »Unmengen von Dollars. Dazu wird er Asyl verlangen.«

Stirnrunzelnd ließ Jack den anderen los. »Was für ein Asyl?« fragte er ungehalten, weil sich schon wieder ein ungeahnter Abgrund vor ihm auftat.

»Sagen Sie ihm einfach, sie seien von der Gesellschaft.«

»Was für einer Gesellschaft?«

Chigwell brach in ein entzücktes Lachen aus, als hätte er lange keinen so guten Witz mehr gehört. »Mein Gott, Jack!« rief er vergnügt und klopfte ihm jovial auf die Schulter. »Sie sind mir vielleicht ein Unschuldsengel. Sagen Sie's ihm einfach so, wie ich es Ihnen erklärt habe. *Er* wird verstehen.«

Jack kniff verunsichert die Augen zusammen. Ihm war nicht ganz klar, wer hier die Asse in der Hand hielt. »Wird er mir glauben?«

Chigwell nickte beflissen. Der Außenseiter, der so gerne beliebt gewesen wäre, kam wieder zum Vorschein. »Sagen Sie ihm, daß Wilson für einen sicheren Ort geradesteht, und zwar für ihn und für seine ganze Familie. In Virginia.«

»Und das kauft er mir ab?« fragte der Spieler mißtrauisch.

»Warum nicht?« meinte Chigwell mit einem trockenen Lachen. »Wahrscheinlich stimmt es sogar. Wir bieten dem Abschaum der ganzen Welt Unterschlupf im gelobten Land der Freiheit. Sind wir nicht schon ein richtiger Alterssitz für alle Ex-Folterer? Menschenskinder, wenn er Stunden nimmt, darf er am Ende noch mit Eisenhower Golf spielen...«

Jack hatte schon die Tür aufgerissen und kletterte aus dem Edsel. Von Marion Chigwells verbitterter Selbstverachtung hatte er mehr als genug. Bis zum Cadillac verfolgte ihn noch sein überdrehtes, schrilles Gelächter. Er mußte an einen Papagei denken, den man im Dschungel freigelassen hatte und der in seinen Käfig zurück wollte.

Die Abenddämmerung machte sich bemerkbar, als der grüne Cadillac auf die Vororte im Norden zubrauste. Von der Vergangenheit der Kolonie war hier nichts mehr zu spüren. Stuckvillen oder Herrenhäuser mit prächtigen Veranden gab es hier nicht. Statt dessen hatte man die Zuckerrohrfelder gerodet und in Windeseile eine Nachkriegssiedlung hingestellt. Zu Miami gab es so gut wie keinen Unterschied. Ultramoderne Ranchhäuser und daneben Garagen mit Platz für drei Wagen – dieser Teil von Kuba sah sogar noch amerikanischer aus als Amerika selbst.

Von der Größe her erinnerten die Grundstücke an Texas. Umgeben waren sie von massiven Drahtzäunen, die garantiert niemand mit nassen Fingern hätte anfassen wollen.

Langsam fuhr Jack weiter. Immer wieder verglich er die Hausnummern auf den Toren mit der Ziffer auf dem Zettel, den er auf dem Sitz neben sich liegen hatte. Als er vor dem Anwesen des Colonels ankam, fand er die Tore zu seiner Überraschung weit offen und sogar unbewacht vor. Er bog in die Kieselauffahrt ein, hatte aber noch keine Strategie für seine weitere Vorgehensweise im Kopf.

Die erste Pokerregel lautete: Wenn du nicht improvisieren kannst, warte lieber auf ein anderes Spiel.

Hinter einer gigantischen Oleanderhecke erblickte er endlich das ausladende Ranchhaus, davor erstreckte sich ein pingelig gepflegter Rasen aus Bermudagras. Und hier wurde auch das Fehlen der Streitmacht am Tor mehr als wettgemacht. Ein halbes Dutzend mit Maschinenpistolen bewaffneter Gorillas patroullierte auf dem Rasen. Man hätte meinen können, sie seien auf die Weide geschickt worden. Im Schritttempo fuhr der Cadillac weiter und hielt neben einem olivgrünen Oldsmobile mit der Aufschrift *Servicio de Inteligencia Militar* auf der Tür.

Bedächtig stieg Jack aus, peinlich darauf bedacht, jede überraschende Bewegung zu vermeiden. Trotzdem schoben sich sofort zwei Wachtposten heran, die Maschinenpistolen hielten sie genau auf Jacks Herz gerichtet. Der Spieler widerstand dem Impuls, die Hände zu heben. »Jack Weil«, sagte er in scharfem, ungeduldigem Ton. »Ich habe Informationen für Colonel Menocal.«

Die Gorillas zeigten keinerlei Regung. Wortlos traten sie auseinander und bedeuteten ihm, in ihrer Mitte mitzukommen. Der unterbelichtete Leibwächter, den Jack von der Pokerpartie im Lido bereits kannte, hielt ihnen die Tür auf. Er trug keine Waffe. Das war wohl auch nicht nötig. So wie er aussah, konnte er einem mit dem kleinen Finger jeden Knochen brechen.

In seinem Schlepptau bekam Jack das Wohn- und das Eßzimmer zu sehen. Eine derart geschmacklose Einrichtung kannte Jack eigentlich nur aus den Holiday Inns. Der Leibwächter stieß nun eine Schwingtür auf, und der Spieler trat in die hell erleuchtete hypermoderne Küche. An einem knallgelben Resopaltisch saß Colonel Menocal und aß so etwas wie Reis mit Bohnen. Was seine Eßgewohnheiten betraf, war er nichts anderes als ein Bauer. Bekleidet war er mit einer Baseballmütze, einem blauen Poloshirt und einer ockerfarbenen Bermudahose. An der Wand hinter ihm stapelten sich Kartons mit Getränkedosen. Man hätte meinen können, er richte sich auf eine Überwinterung ein.

Der Colonel sah lächelnd zu Jack auf. »Etwas zu melden, Jack?« fragte er betont freundlich. »Über die Frau zum Beispiel?«

»Nein«, beschied Jack ihn knapp. »Nichts zu melden.«

Menocals Lächeln erstarrte. Er stand auf, holte eine Flasche Orangensaft aus dem Kühlschrank, stemmte den Verschluß mit einem Flaschenöffner auf und reichte sie Jack so feierlich, als hätte er einen Martini gemixt. »Warum sind Sie denn gekommen?« fragte er gelangweilt.

Ein plötzliches wildes Kreischen aus dem Eßzimmer ließ Jack zusammenfahren. Eine seltsam verwachsene Gestalt kam in die Küche gehüpft. Der Colonel brach in unbändiges Gelächter aus. Die groteske Gestalt war ein Affe, ein verlottertes, häßliches Ungetüm. Er raste durch die Küche, sprang gegen jeden Schrank und hockte sich schließlich auf den Boden, um mitten im Raum sein Häufchen zu hinterlassen. Menocal amüsierte sich königlich über Jacks Entsetzen, während der Affe nach verrichtetem Geschäft wieder durch die Schwingtür davonhoppelte.

»Warum sind Sie gekommen?« wiederholte er seine Frage und ging an seinen Platz zurück. Um den Haufen machte er freilich einen Bogen. Die Gorillas würden den Dreck schon wegschaffen.

»Ich arbeite für bestimmte Leute«, erwiderte der Spieler vorsichtig.«

»Was für Leute sind das?«

»Sagen wir einfach, Sie haben schon Geschäfte mit uns gemacht«, meinte Jack. Das Ganze war jetzt ein Pokerspiel. Bis auf die Karten war alles da.

»Soll das ein Witz sein?« schnaubte Menocal. »Ich arbeite für El Presidente. Andere ›Geschäfte‹ kenne ich nicht, mein Freund.« Hochmütig, als hätte er Kaviar vor sich, wandte er sich wieder seiner Reismahlzeit zu.

»Meine Freunde wollen Arturo Duran«, erklärte Jack, ohne auf ihn einzugehen. »Und zwar lebendig! Wir zahlen bei Lieferung.«

»*Que lastima*«, meinte der Colonel mit einem bedauernden Achselzucken. »Der Mann ist leider tot. Ich bin ein gläubiger Katholik, Señor, aber ich kann keine Toten zum Leben erwecken.«

»Verscheißern Sie mich nicht, ja?« zischte der Spieler dem Colonel ins Gesicht. »Für Details interessiert sich keiner. Aber meine Auftraggeber wollen, was sie wollen. Sorgen Sie also gefälligst für ein kleines Wunder.«

»Mhm«, meinte der Colonel gleichgültig und nahm einen großen Schluck aus seiner Flasche. Genüßlich schmatzend setzte er sie ab und wandte sich mit einem ironischen Lächeln wieder an Jack. »Und wissen ›ihre Freunde‹ auch, daß Durans Frau sich in Ihrer Wohnung aufhält? In diesem Augenblick sogar?«

Daß die Tür aufgegangen war, hatte Jack nicht gehört, aber jetzt bemerkte er die Anwesenheit der zwei Leibwächter. Einer stellte sich vor den Kühlschrank, die Maschinenpistole wiegte er liebevoll in den Armen. Jacks Blick flackerte zu ihm hinüber, dann wieder zum Colonel. »Aber sicher doch«, antwortete er ungerührt. »Deswegen haben sie mich ja nach Santa Clara geschickt. Ich sollte sie zurückholen.«

Einen langen Augenblick sah ihm der Colonel starr in die Augen. Jack mußte an all die Folteropfer denken. Wie mochte es ihnen bei diesem unbarmherzigen, steten Blick ergangen sein? Menocal schlug eine Mappe auf, die neben seinem Teller lag, und nahm eine Fotografie heraus. »Interessiert es Sie, woher ich das weiß?« fragte er boshaft. Triumphierend legte er das Foto vor Jack auf den Tisch. Und das As willst du schlagen? schien er zu sagen.

Das Foto war grobkörnig und wohl aus großer Entfernung aufgenommen, zeigte aber eindeutig Bobby und Jack bei einer Umarmung vor seinem Wohnzimmerfenster. Besonders erotisch war es nicht, aber ihn empörte, daß sie derart unverschämt in seine Privatsphäre eingedrungen waren. Kühl beobachtete Menocal das zornige Aufblitzen in Jacks Augen.

»Sie haben recht«, seufzte er. »Es wird ihr nicht voll gerecht. Es wird Ihnen beiden nicht gerecht.« Er verweilte genüßlich auf dem letzten Wort und schnalzte dann kopfschüttelnd mehrmals mit der Zunge. »Schrecklich, nicht wahr? Aber solche Dinge passieren nun mal, wenn ein Land auseinanderbricht... vor allem ein so kleines. Ihre arme Vermieterin hat kalte Füße bekommen. Sie hatte Angst vor einem zweiten Budapest.«

Nachdenklich legte er den Finger auf das Foto. Daß er einen Fettabdruck hinterließ, störte ihn nicht. »Die Idee war nicht schlecht. Aber leider hat sie nicht die beabsichtigte Wirkung erreicht.«

»Und was haben Sie sich davon erwartet?« schnaubte der Spieler.

»Ach, wer weiß schon, über welche *Informacion* ein Mann wie Duran verfügt? Man hofft ja immer auf den Jackpot. Wie bei diesen Spielautomaten. Plötzlich rattern sie wie wild, und das Geld schießt wie ein Wasserfall heraus.« Zufrieden schmunzelte er über den Vergleich, dann sah er wieder stirnrunzelnd auf das Bild. »Aber er hat nur darauf gespuckt. Sehen Sie? Hier! Einfach gespuckt!« Er zeigte auf einen Fleck am Bildrand.

Jack blieb stumm. Sein Gesicht war zur Maske erstarrt. Ein solch riskantes Blatt ließ sich, wenn überhaupt, nur mit einem Pokerface gewinnen. Er sah dem Colonel lange und tief in die Augen.

Und mit einem wegwerfenden Schulterzucken meinte Menocal schließlich: »Sie gehören also nicht dazu.«

»Schauen Sie, für Geplänkel haben wir keine Zeit. Chigwell will nicht länger warten.«

Menocals Brauen gingen einen Tick nach oben. »Ich kann ihn anrufen, *Amigo*.«

»Rufen Sie an«, schnappte der Spieler. Es war ein Bluff, aber eine andere Chance hatte Jack nicht.

Unvermittelt schlug der Colonel mit der Faust auf den Tisch. »Was ist das für ein blödes Spiel?« brauste er auf. »Erst gebt ihr mir Geld, damit ich die Kommunisten in Schach halte, und plötzlich kommt ihr daher und wollt ihn haben! Wozu denn?« Er ließ eine wahre Schimpfkanonade auf spanisch los, riß sich wütend die Mütze vom Kopf und schleuderte sie gefährlich nahe neben dem Affenkot auf den Boden. »Ihr seid doch verrückt! Ihr Yankees seid wie... wie eine schwangere Frau. Ihr besteht nur noch aus Launen!«

»Ich folge nur meinen Anweisungen«, meinte Jack im Ton reinster Unschuld.

»Und was wird aus mir?« schrie der Colonel. Die Stirnadern traten ihm vor Wut hervor. »Für euch soll ich die Müllabfuhr spielen! Aber wenn ich zur Botschaft gehe und ein Visum will, behandelt ihr mich wie ein Stück Scheiße!«

Mit einem verständnisvollen Nicken deckte Jack seine vorletzte Karte auf. »Asyl«, verkündete er gelassen. »Wilson ist bereit, Ihnen Asyl zu gewähren.«

»Wozu brauche ich Asyl?« donnerte der Colonel aufgebracht. »Hören Sie denn kein Radio, Jack? Wir reiben diese Scheißguerillas auf. Havanna werden die nie nehmen!« Er war aufgesprungen und fuchtelte wild mit der Faust herum. Ein Macho, der noch einmal theatralisch seine Muskeln spielen ließ.

»Na schön«, meinte Jack nachsichtig lächelnd. »Dann besteht ja keinerlei Anlaß zur Sorge, Colonel.« Dem folgte ein kurzes, doch mehr als beredtes Schweigen. »Wo ist er?« bohrte der Spieler nach.

»Und wovon soll ich leben?« schrie der Colonel. Eigentlich wimmerte er schon. Wie fast alle Männer, die ihre Macht mißbrauchen, war Menocal feige.

»Fünfundzwanzigtausend«, entgegnete Jack. »Plus einen Job.«

»Schon wieder ein Witz!« Der Colonel baute sich vor Jack auf. »Sie sehen doch, wie ich lebe, *Señor*. Außerdem habe ich eine Familie zu ernähren. Und einen Affen.«

»Natürlich«, sagte Jack behutsam und strich sich mit den Fingern über den Unterarm. »Ich meinte fünfzigtausend. Bar. Amerikanische Dollars.«

Menocal steckte sich eine Zigarre in den Mund. Er dachte gar nicht daran, Jack auch eine anzubieten. Die täglichen kleinen Beleidigungen waren das Salz in seiner Suppe. Er fuhr herum und verscheuchte seine Leibwächter mit einem wütenden Zischen. Sobald die Tür sich hinter ihnen eingependelt hatte, trat er zu einer Hintertür. Obwohl er nicht dazu aufgefordert wurde, folgte ihm Jack.

Draußen hatte eine Brise aus den Bergen eine deutliche Abkühlung gebracht. Der scharfe Geruch von Orangenblüten hing in der Luft. Das Grundstück hinter dem Haus war etwa einen halben Hektar groß und zum größten Teil mit Obstbäumen bepflanzt. Menocal lief zackig, beinahe im Stechschritt voran. In der Stille des Obstgartens beschlichen Jack auf einmal Zweifel. War das wirklich noch ihr Pokerspiel, oder hatte der Colonel die Regeln geändert?

»Wo ist er?« fragte der Spieler unvermittelt.

»Bislang habe ich weder ja noch nein gesagt«, beschied ihn der Colonel kühl.

Jack blieb abrupt stehen. »Ach so? Und wer garantiert, daß Sie die Ware überhaupt liefern können?«

Menocal stemmte die Hände in die Hüften und wandte sich zu ihm um. »Ich zeige Ihnen Fotos.«

Jack schüttelte den Kopf. »Nichts da. Ich will alle Karten auf dem Tisch sehen.«

Menocals Grinsen triefte vor Hohn. »Er soll wohl Minister in der neuen Regierung werden, was?« Bitter lachte er auf.

Chigwell und Ramos zusammen hätten nicht soviel Verbitterung aufbringen können. Jetzt erst zündete er sich die Zigarre an. Im Licht des Streichhölzchens leuchtete sein Gesicht wie eine dämonische Fratze auf. »Menschenskinder! Was für Trottel! Ihr seid alle Trottel!«

Jack wartete, bis der Colonel den ersten tiefen Zug getan hatte. »Vielleicht wollen sie ihn einfach beseitigen«, meinte er gelassen.

»Ha! Ich kann ihn auch beseitigen, wenn ich will!«

Der Spieler hob die Schultern. »Das letzte Mal haben Sie sich aber nicht mit Ruhm bekleckert.«

»Warum gebe ich ihnen nicht einfach seine Leiche? Ist das nicht ›beseitigt‹ genug?«

»Sie wollen ihn lebendig haben«, platzte der Spieler heraus, viel zu ungeduldig, viel zu hastig. Er zwang sich zu einem Plauderton. »Sie wollen sich mit ihm unterhalten.«

Menocal nickte bedächtig. Das verstand er. Gefangene zum Reden zu bringen, war sein höchstes Vergnügen. Für nichts anderes lebte er. Er blies den Rauch in die Baumkronen hinauf, dann beugte er sich vertraulich zu Jack, von Mann zu Mann, sozusagen. »Der Bursche ist ein wahrer Kubaner!« rief er mit einem bewundernden Unterton. »*Cojones*! Ihr werdet kein Wort aus ihm rauskitzeln.«

»Wozu brauchen Sie ihn dann noch?« wollte Jack wissen. Irgendwie faszinierte ihn das Katz- und Mausspiel, das der Colonel da mit ihm versuchte.

»Versicherung«, meinte Menocal leichthin. »Falls der Schuß nach hinten losgeht. Wenn die Rebellen tatsächlich gewinnen sollten... Na ja, dann hätte ich wenigstens ein Faustpfand.«

»Wir sind Ihre Versicherung, Colonel!« rief Jack. Ihm blieb nur die Hoffnung, daß der andere seine letzte Karte nicht mehr sehen wollte.

Menocal nickte gelassen. Er wandte sich wieder um und marschierte weiter durch die Bäume. Nach etwa fünfzig Metern kamen sie zu einem offenen Feld. Gegenüber befand sich ein kleiner Schuppen mit Blechdach, davor saßen auf wackeligen Stühlen zwei Gorillas. Ihre Maschinenpistolen hatten sie auf dem Schoß ruhen. Kaum erblickten sie den Colonel, sprangen sie auf und salutierten.

»Laßt ihn rein«, befahl er ihnen und deutete mit der Zigarre auf den Amerikaner. Dann machte er auf dem Absatz kehrt und verschwand zwischen den Bäumen. Für seinen Gefangenen zeigte er nicht die Spur von Interesse.

Jack spürte dicke Schweißperlen auf der Stirn, als er auf den Schuppen zuging. Die Kehle schnürte sich ihm zusammen, als würde er selbst gleich verhört. Stumm sperrte der Wärter auf, und die Tür öffnete sich. Vor dem Eintreten holte Jack noch einmal tief Luft. Wer garantierte ihm dann, daß die Tür sich nicht sogleich hinter ihm wieder schloß? Und dann würde er nie mehr herauskommen.

12

Hinter dem Spieler fiel die Tür wieder ins Schloß, und der Luftzug brachte eine in einer Nische brennende Kerze zum Flackern. Es war brütend heiß im Schuppen, der kaum größer war als ein Verlies. Weiß getünchte Wände sorgten dafür, daß hier keine absolut trostlose Finsternis herrschte. Fenster gab es nicht. Darum ließ sich nicht feststellen, ob draußen Tag oder Nacht war. In der Nische mit der Kerze stand wie eine Parodie auf einen Altar ein entsetzlich riechender Nachttopf.

Der Mann kam Jack geschrumpft vor. Mit angezogenen Knien und dem Gesicht zur Wand lag er auf der Pritsche. In den winzigen freien Raum daneben hatte man einen Tisch und einen Hocker gestellt. Wahrscheinlich zum Verhör. Jack machte einen Schritt auf den Gefangenen zu, öffnete den Mund und versuchte etwas zu sagen, brachte aber kein Wort hervor. Zu viele Gefühle blockierten ihn. Er trat näher heran und kauerte sich neben der Pritsche nieder. Er wollte ihn berühren, fürchtete jedoch, ihm weh zu tun. Plötzlich schämte er sich, als trüge er die Verantwortung für Arturos Einkerkerung.

»Arturo?« fragte er leise und beugte sich über die zusammengekrümmte Gestalt.

Duran wälzte sich auf die andere Seite. Wortlos sah er zu Jack auf. Sein Gesicht war schweißgebadet, wies aber keine Verletzungsspuren auf. Genau darin bestand ja die Kunst von Folterknechten wie Menocal. Sie wußten genau, wie man Striemen und Narben am Kopf vermied. Aber etwas weitaus Schlimmeres als äußere Schläge hatte sich in das Gesicht des stolzen Adeligen gegraben. Sein Herz und seine Seele waren in ihrem Innersten getroffen. Dort spielten sich die Qualen ab, grausamere als schrillste Schreie vermuten ließen. Schreckliche Verzweiflung starrte Jack aus den glasigen Augen des Rebellenführers entgegen, der grausame Beweis dafür, daß die Hoffnung sterben kann.

Im ersten Augenblick war Arturo verwirrt. Jack kam ihm zwar bekannt vor, aber er konnte sein Gesicht nicht einordnen. Alles, was er bis vor zwei Tagen erlebt hatte, war Lichtjahre entfernt. Die Foltern in diesem winzigen Kerker hatten alles andere ausradiert – das blühende Land unter der tropischen Sonne, das kubanische Volk, das er so sehr liebte. Wer ist nur dieser blonde Yankee? schien sein getrübter Blick zu fragen.

Dann traf ihn der Schock der Erkenntnis mit voller Wucht. In den gehetzten Blick trat gräßliche Wut. Die Lippen stülpten sich vor und entblößten zerbrochene, blutrot verfärbte Zähne. Mehr als ein ausgetrocknetes, heiseres Flüstern brachte er nicht heraus, doch in diesem Flüstern steckte sein ganzer Haß. »Du Dreckschwein!« zischte er. »Du traust dich hierher? Hau bloß ab!« Mit letzter Kraft trommelte er gegen die Wand. »Schmeißt ihn raus!«

Die Tür ging auf, und einer der Wärter schob sich herein. Jack hob beschwichtigend die Hand. Alles in Ordnung, gab er ihm zu verstehen. Der Wärter glitt wieder nach draußen. Die Tür blieb diesmal offen.

Arturo stützte sich mühsam auf den Ellbogen. Er keuchte und stöhnte, Schmerzen quälten ihn am ganzen Leib. Der Zorn ließ ihn seine Schwäche jedoch vergessen. »Warum bist du noch in Kuba, du Ratte?« fauchte er Jack an. »Schau mir nicht in die Augen! Du nimmst ihren Namen nicht in den Mund! Ich warne dich!« Er schrie zum Schluß, aber es klang wie ein Flehen, als sei Jack drauf und dran, ihm auch noch den letzten Rest seiner Würde zu rauben.

»Hören Sie...«, stammelte Jack. »Ich... hole Sie hier...«

»Glauben Sie denn, daß ich das noch aushalte?« würgte der geschundene Gefangene hervor. »Wenn sie wieder verhaftet wird, dann ist das auch mein Ende. Sind Sie denn blöd? Nein! Sie sind ein Scheusal!« Er stieß ein verzweifeltes Röcheln aus, und sein Kopf fiel zurück auf die Pritsche. Mit einem leisen Wimmern drehte er sich wieder zur Wand.

Jack beugte sich weit über ihn. Er rüttelte ihn an der Schulter, wollte ihn zum Zuhören zwingen. Arturo versuchte ihm ins Gesicht zu spucken. Es gelang ihm nicht, sein Mund war ausgetrocknet. Wieder packte ihn grenzenlose Verzweiflung. »Wo ist sie?« bettelte er. »Jetzt gerade.«

»Sie müßte in diesem Moment Tee mit dem amerikanischen Botschafter trinken«, antwortete Jack mit unerschütterlicher Ruhe.

Für eine Sekunde waren die unsäglichen Schmerzen vergessen. Arturo blickte den Spieler mit kalter Verachtung an. In einem Auge flackerte aber etwas auf, ein Rest seiner früheren Ironie. Irgend etwas bewog ihn, Jack zu vertrauen. Ein Hustenanfall schüttelte ihn. »Näher«, keuchte er und wurde wieder von Husten unterbrochen. »Hören Sie mir zu. Sie schaffen es nicht...«

»Doch, doch, ich schon«, murmelte Jack. »Er meint, ich bin beim CIA. Der Name macht zur Zeit einen ganz guten Eindruck.«

Arturo brach in ein unbändiges Gelächter aus, das in ein

lang anhaltendes trockenes Husten überging. »Sie sind ein Narr!« höhnte er. »Seit Jahren belügen die doch den CIA nach Strich und Faden!«

Mühsam richtete er sich wieder auf. Seine Blicke schossen zur Tür hinüber. Die zwei Wachposten spitzten schon seit geraumer Zeit argwöhnisch die Ohren. »Schnell«, flüsterte er. »Tun Sie so, als ob Sie meine Blutergüsse untersuchen würden. »Knöpfen Sie mir das Hemd auf, schauen Sie mir in den Mund! Los, machen Sie schon!«

Mit zitternden Fingern leistete Jack Folge. Er zuckte zusammen, als er die Brust sah. Am liebsten hätte er weggeschaut. Die Haut war über und über von Striemen entstellt, und an den Brustwarzen klebte verkrusteter Schorf. Er schnappte entsetzt nach Luft. Endlich begriff er, in was für einen Abgrund er sich da hineingewagt hatte.

»Er will rausfinden, wie er Sie am besten verarschen kann«, murmelte Arturo eindringlich. »Etwas anderes hat er nicht im Kopf, das garantiere ich Ihnen.« Er riß den Mund weit auf, damit Jack sehen konnte, wie viele Zähne sie ihm gezogen hatten. Jack schloß die Augen. »Ich will Ihnen noch danken«, fuhr der Aristokrat fort. »Sie wissen gar nicht, wie dankbar ich Ihnen dafür bin, daß Sie meine Frau verführt haben.«

Der Spieler zog den Kopf ein. Man hätte meinen können, er selbst werde hier gefoltert. Duran packte ihn beim Hemd. »Ich meine es ernst«, flüsterte er. »Es ist wie Wasser... oder pechschwarzer Kaffee. Der Zorn hat mich am Leben gehalten. Wenn es unerträglich wurde...« Erschöpft nach Luft schnappend fiel er auf die Pritsche zurück. Auf seinem Gesicht spielte jedoch ein Lächeln, ein kaltes, rachelüsternes Lächeln. »Ich habe den Verstand nur deshalb nicht verloren, weil ich mir ausgemalt habe, wie ich Sie bis zum Tod foltere!«

Jack Weil starrte Arturo Duran nur an. Die wüsten Verwünschungen des Mannes, den er unwissentlich betrogen hatte, nahm er hin. Er sah etwas in seinen glühenden Augen, das weit über die zerschlagenen Revolutionsträume hinausging. Der gefolterte Adelige klammerte sich mit den letzten Fetzen seines unbeugsamen Stolzes an das Leben. Jetzt, da er zu Tode erschöpft war und keinen Ausweg mehr sah, schien es dem Spieler, daß er ihn um neue Nahrung für sein erlöschendes Feuer anflehte.

Jack lächelte wie ein Pokerspieler mit zwei Königen und zwei Buben in der Hand. »Ja, ja, sie ist schon was Besonderes«, verkündete er mit sanfter Stimme. Beide wußten sie, daß es ein Spiel war, demütigend für die geschundene Gestalt auf der Pritsche, eine Qual für den Spieler, aber nichtsdestoweniger notwendig. Jede einzelne Karte brachte Tod oder Leben, und es konnte nur einen Sieger geben. »Soll ich Ihnen was sagen, *Amigo*? Ich hoffe, daß Sie es nicht schaffen. Denn dann gehört sie mir, und keiner kann sie mir nehmen. *Comprende*?«

Der blanke Haß blitzte in Durans Augen auf. Aus seinen Mundwinkeln trat Schaum, der Speichel, den er vorhin nicht aufgebracht hatte. Er spuckte jedoch nicht. Statt dessen würgte er eine Frage hervor: »Weiß sie, daß ich noch am Leben bin?«

Jack gab ein trockenes, überhebliches Lachen von sich. »Sie hat Sie beerdigt, Mann!« Um das gequälte Zucken des anderen nicht sehen zu müssen, machte er auf dem Absatz kehrt und stolzierte aus dem Schuppen. Die Wärter links und rechts von der Tür würdigte er keines Blicks, sondern trat schnurstracks den Rückweg durch den Obstgarten an.

Das Zwielicht der Dämmerung wich langsam der Nacht. Wie Weihnachtskerzen schimmerten die Sterne durch das Laubwerk hindurch. Als der Spieler aus dem Hain trat, erblickte er die hochgewachsene, elegante Erscheinung des Colonels, der im Hof vor der Küche gewartet hatte.

Im Licht aus der Küche ließ sich erkennen, daß er seine Uniform angelegt hatte. Pedantisch rückte er gerade seine Orden zurecht. Schon von weitem rief er dem Spieler zu: »Machen Sie schnell, Jack! Der Bursche ist wie altes Fleisch. Lange hält er nicht mehr durch.«

Jack nickte knapp. »Lassen Sie ihn in sein Haus schaffen, Colonel. Vorher muß er natürlich gewaschen und anständig angezogen werden.« Er warf einen Blick auf die Uhr und kniff dann nachdenklich die Augen zusammen. »Sagen wir um Mitternacht. Machen Sie sich wegen des Geldes keine Sorgen. Aber solange wird es wohl dauern, bis ich es in Händen habe.«

Der Colonel hatte ganz offensichtlich angebissen. »Und das Visum?« fragte er aufgeregt.

»Gehen Sie morgen früh zur amerikanischen Botschaft«, beschied ihn der Spieler. »Fragen Sie nach Chigwell. Er wird es Ihnen aushändigen.«

Damit ließ er den Colonel stehen. Er verabschiedete sich nicht einmal. Seine letzte Karte, so hoffte er, würde er nie aufdecken müssen.

Im Präsidentenpalast sollte die Weihnachtsbeleuchtung in dieser Nacht nicht ausgehen. Ein Strom von Limousinen und Rolls-Royces kroch die kreisförmige Auffahrt zum Portico hinauf, wo livrierte Lakaien die Gäste in Empfang nahmen. Der Weihnachtsbaum hinter ihnen strahlte in herrlicher Festbeleuchtung. Die Frauen trugen lange, zu den Farben der für den Anlaß ausgewählten Edelsteine passende schwarze oder weiße Roben. Rubine und Smaragde galten als Favoriten für die Feiertage, aber auch Diamanten waren in Havanna nie fehl am Platz. Und wo hätte man sie unbesorgter zur Schau stellen können als hier? Die halbe Armee von Batista lagerte auf dem Gelände.

Die Begleiter der Damen waren zum größten Teil in ihrer Galauniform der Armee oder der Marine gekommen. Selbstverständlich protzten sie mit all ihren Streifen, Orden und roten Schärpen über der Brust. Geflissentlich übersahen sie die an jeder freien Stelle zur Verteidigung aufeinandergestapelten Sandsäcke. Desgleichen weigerten sie sich, einen Blick auf das Dach zu wagen, wo Soldaten mit dem Gewehr im Anschlag im Schatten kauerten. Und ungerührt stolzierten sie vorbei an den Panzern durch die Tore des Palasts.

Eine Party war schließlich eine Party. Das neue Jahr lockte mit Champagner und Kaviar. Wo, wenn nicht hier, konnte sich die herrschende Klasse Kubas noch der Illusion hingeben, daß das Fest ewig so weitergehen würde?

Die ganze Stadt war in dieser Nacht auf den Beinen. Anscheinend hatte jeder, versteckt hinter seinem Fenster, nur darauf gewartet, daß es losging. Bobby Duran hörte sie in der Straße unter Jacks Wohnung feiern. In offenen Wagen kreuzten sie laut singend durch die Altstadt und reichten einander Flaschen. Sie dagegen saß stocksteif und in banger Erwartung auf dem Sofa. Um sich mit dem Radio abzulenken, war sie zu nervös. Plötzlich schrillte das Telefon. Sie sprang auf. Gebannt starrte sie auf den Apparat, betete, daß er nach dem ersten Klingeln verstummen würde.

Aber es ging weiter. Es klingelte und klingelte, erbarmungslos, höhnisch, bis sie meinte, losschreien zu müssen. Als es dann endlich aufhörte, verbarg sie den Kopf in den Händen und brach in ein entnervtes Schluchzen aus. Das bunte Treiben unten auf der Straße konnte sie nicht aufmuntern. Für sie gab es in Kuba nichts mehr zu feiern. Wie ein Häufchen Elend, abgeschnitten vom Rest der Welt, saß sie wieder auf dem Sofa.

Willy stand am Pier und starrte auf seine Uhr. Bis Mitternacht war es nicht mehr lange. Neben ihm wartete stumm ein junger Mann in weißer Bordkleidung. Im Wasser unter ihnen schaukelte eine schnittige Motorjacht von vielleicht zwanzig Metern Länge sanft auf und ab. Welche Party hier gefeiert wurde, war nicht klar. Dunkle Gestalten schlichen mit ihrem Gepäck vorbei. Irgendwo ankerte ein Schiff, das sie in dieser Nacht fortbringen sollte.

Jeder beging auf seine Weise das Ende der Zeit. Die einen hupten wie verrückt, andere tranken bis zur Besinnungslosigkeit. Es gab keine Vorschriften mehr. Auch die letzte der tropischen Nächte bot unzählige Möglichkeiten. Manche trugen Pistolen in der Tasche, andere Mordpläne im Kopf. Gemeinsam beschäftigte sie alle nur eines: die Frage, wie sie sich den besten Abgang verschaffen konnten. Um Mitternacht würden die Kirchenglocken wie immer das alte Jahr aus- und das neue Jahr einläuten und die Leute daran erinnern, daß jeder für sich und auf seine Weise Frieden schließen sollte.

Was Jack Weil in die Chinatown trieb, war nun wirklich nicht ersichtlich. In den mit grellen Neonlichtern und Papierdrachen geschmückten Gassen wurden zwar alle möglichen Arten von komplizierten Spielen praktiziert, Poker war aber nicht dabei. Und doch parkte der grüne Cadillac irgendwo neben dem Randstein, und der Spieler blieb nachdenklich hinter dem Lenkrad sitzen, um den Straßengauklern bei ihren akrobatischen Darbietungen zuzusehen.

Über all das Johlen und Hupen erhob sich in der Ferne das Donnern von Geschützen, auch eine Art des Feierns, wenn auch eine grundverschiedene. Mit einem Griff ins Handschuhfach förderte Jack ein Papiermesser mit perlenbesetztem Griff zutage. Er warf es beim Aussteigen in die Luft, fing es auf und steckte es wieder in die Tasche. Zügig schritt er durch die Straße und schlängelte sich elegant vorbei an all den Asiaten. In diesem Ghetto war er auch nicht fremder als überall sonst auf der Welt. Als Spieler legte er Wert darauf, daß er ein Mann ohne Vaterland blieb.

An der nächsten Ecke saß ein alter Chinese wie ein Weiser aus der Vergangenheit mit verschränkten Armen und Beinen auf dem Boden. Papierlaternen beleuchteten sein Gesicht. Er lächelte friedlich in die Nacht. Das Jahr des Hundes brach an, und das schien ihn zu verzücken. Als er des Spielers ansichtig wurde, verneigte er sich tief und ehrfürchtig. Was blieb Jack anderes übrig, als den Gruß zu erwidern?

Der Alte lächelte ihn huldvoll an. »Wollen Sie ein Mädchen, Freund? Fül eine velzaubelte Nacht? Ganz billig fül Sie und solange Sie wollen.«

Jack schüttelte den Kopf und ging weiter. Mit einem grimmigen Lächeln gedachte er all der Weisen und Philosophen von Havanna. Er hatte keine Zeit für sie, denn er suchte etwas ganz Bestimmtes, auch wenn er mit den chinesischen Schriftzeichen, die überall vor ihm leuchteten, nichts anfangen konnte. Er schaute durch die Fenster von schmuddeligen Cafés, Wahrsagerbuden, Läden voller wertlosem Tand. Den Ort, den er suchte, würde er auf Anhieb erkennen, denn er kannte ihn noch von damals – als er auf der anderen Seite der Welt gewesen war.

Mitternacht war eine Stunde näher gerückt, als der Cadillac vor dem Wohnhaus zum Stehen kam. Jack stieg bedächtig aus. Er wirkte ein bißchen benommen. Mit schweren Schritten taumelte er durch die Einfahrt in den Hof. Vor dem Treppenhaus bemerkte er La Polaca. Sie wälzte eine zerbeulte Mülltonne über den Hof. Nur zu gerne wäre er unerkannt im Treppenhaus verschwunden, aber sie entdeckte ihn.

Und erstarrte vor Schreck. Die Mülltonne polterte zu Boden. Es ließ sich schwer sagen, was schlimmer war in diesem Augenblick, das Entsetzen oder die Scham. Sie hob die Arme zu einer hilflosen Geste, und urplötzlich verbarg sie wimmernd den Kopf in den Händen, als Jack auf sie zutrat.

Er legte die Arme um ihre zuckenden Schultern, und weil sie keuchte, um nicht schluchzen zu müssen, redete er beruhigend auf sie ein. Er hätte der Sohn sein können, der seine von Angst gepeinigte Mutter zu trösten versucht: »Ist ja gut, ist ja alles gut«, flüsterte er. Über ihren Verrat maßte er sich kein Urteil an. Sie alle kämpften ja ums Überleben. Vorbei war vorbei. Die Tränen standen der Vermieterin noch in den Augen, doch sie biß sich auf die Lippen und schob ihn sachte von sich. Sie wußte, wie wertvoll seine Zeit war.

Er wandte sich ab und schlich die Treppe hinauf. Mit einer Hand stützte er sich an der Wand ab, um das Gleichgewicht nicht zu verlieren. Als er den Schlüssel ins Schloß steckte und der Bolzen mit einem Klicken zurücksprang, vernahm er das gleiche Klicken in seinem Herzen, nur ging dort eine Tür nicht auf, sondern zu.

Er war kaum eingetreten, da warf Bobby sich ihm an den Hals und drückte sich, so fest es ging, an ihn. Vor Erleichterung konnte sie kaum atmen. Blind überschüttete sie ihn mit Küssen, suchte fahrig seinen Mund und versuchte gleichzeitig zu sprechen. »Was war los? Ich habe mir solche Sorgen gemacht. Das Telefon hat andauernd geklingelt und ...«

Er schluckte. »Es ist ja alles gut«, flüsterte er. Noch stand er wackelig auf den Beinen, in seinem Kopf schien alles benebelt.

»Haben wir ein Boot?« Nervös musterte sie sein Gesicht.

»Ja, ja ... kein Problem.« Er versuchte ein Lächeln. Vergeblich, denn sein Kiefer fühlte sich noch vereist wie nach einem Zahnarztbesuch an. »Alles in bester Ordnung.«

Sie löste sich mit einem nervösen Kichern von ihm und deutete auf ihre Bluse. Sie hatte sie in der Nacht, als sie sich kennenlernten, getragen. »Ich habe sie gewaschen und am Herd getrocknet!« rief sie viel zu laut. Nach dem langen Warten war sie vollkommen überdreht. »Na ja, sie ist fast trokken. Aber du hast nicht zufällig ein Bügeleisen?« Sie lehnte sich wieder an ihn und küßte ihn erneut hektisch wie ein Schulmädchen. »Sie ist entsetzlich verknittert!«

»Sie sieht ... doch ganz gut aus«, erwiderte er viel zu nüchtern. »Nein, ich habe kein Bügeleisen ... Ich hatte noch nie eins.«

»Auch gut!« rief sie. »In Miami kann ich mich ja neu einkleiden.« Er nickte zerstreut. Sein Blick war auf den Papierschirm auf dem Tisch gefallen. »Wann fahren wir endlich?« wollte sie mit zittriger Stimme wissen. Sie konnte die Spannung kaum noch ertragen.

»Nun, ähm ... da wäre vorher noch etwas zu erledigen.«

»Dann mach doch. Und mach schnell!«

Zum erstenmal an diesem Abend sah er ihr in die Augen. »Das werde ich auch«, sagte er. Seine Stimme klang seltsam zärtlich und zugleich zittrig. Etwas stimmte nicht an ihm.

Sie sah es seinem Gesicht an, weigerte sich aber, es wahrzuhaben. »Ist es ein großes Boot?« fragte sie aufgeregt. »Kann man damit auf hohe See gehen?«

»Ähm... nein, das glaube ich nicht. Nein, dafür taugt es nicht unbedingt.« Damit sie nicht merkte, wie sehr seine Stimme und sogar seine Hände zitterten, schloß er sie schnell in die Arme und versuchte ihre Küsse ungestüm zu erwidern.

Doch jetzt mußte sie mehr wissen. Sie entzog sich ihm. Zwischen ihren Augen hatte sich eine Falte gebildet. »Aber nach Miami kommen wir doch damit, ja? Und dann?«

»Hör zu, Bobby...«

»Es ist ja auch egal, wohin!« rief sie lachend. »Vielleicht nehmen wir in Miami einen Zug.« Er wußte nicht, wie er ihrem wirren Gerede Einhalt gebieten konnte. Es sprudelte aus ihr hervor, weil sie etwas verloren glaubte und es verzweifelt wiederfinden wollte. Wie sollte er da mit der Wahrheit zu ihr durchdringen? »Wir könnten ein Abteil nur für uns zwei nehmen. Und ans Aussteigen können wir denken, wann wir Lust dazu haben.« Sie lachte hysterisch auf. »Vielleicht auch nie!«

»Früher bin ich gern mit dem Zug gefahren«, sagte er, um einen zärtlichen Ton bemüht. Dennoch klang seine Stimme so rauh, so entsetzlich kalt, daß ihr das Blut in den Adern gefror. Indem er sie an den Schultern packte, nahm er einen zweiten Anlauf: »Hör zu, mein Kleines...«

Trotzig vergrub sie den Kopf an seiner Brust. »So darf niemand mehr mit mir sprechen«, schmollte sie.

»Hör bitte zu, ja?«

»In den zwanziger Jahren war das was anderes. Da war ich noch klein...« Sie weinte. Er drückte sie mit Gewalt an sich, als wollte er sie so am Reden hindern. Reden aber mußte sie. Es war ihr letzter Strohhalm, und sie klammerte sich mit aller Kraft daran. »Gehen wir ins Bett?«

»Nein.«

Sie nickte gegen seine Brust. Endlich gab sie auf. »Du hast

ja recht... wenn du noch etwas erledigen mußt, ist es wohl besser, du tust es. Aber wir haben nicht mehr viel Zeit...« Die Stimme versagte ihr. Tiefes Schweigen senkte sich über sie. Es gab kein Zurück mehr. Die Wahrheit mußte an den Tag.

»Weißt du«, sagte er zärtlich und streichelte ihr das Haar, »wenn ich dich nicht kennengelernt hätte, wäre mein Leben in der ewig gleichen Bahn weitergegangen...« Hilflos zuckte er mit den Schultern. Die richtigen Worte wollten sich einfach nicht einstellen. Und so biß er die Zähne aufeinander und stieß sein eigenes Urteil hervor, unverblümt, brutal, schonungslos: »Er lebt.«

Sie löste sich von seiner Brust und sah zu ihm auf. Genauso hatte sie ausgesehen, als sie das Gefängnis verlassen, als die Folter endlich ein Ende gehabt hatte: Ihr Gesicht verriet keinerlei Regung.

»Arturo lebt«, wiederholte der Spieler. Da sie nichts sagte, redete er mühsam weiter: »Ich habe ihn vor zehn Minuten noch gesehen. In eurem Haus. Sie haben ihn dorthin gebracht.«

Sie schwankte. Einzig seine Hand um ihre Hüfte bewahrte sie vor dem Fallen. In einer stummen Umarmung blieben sie so stehen. Die Leidenschaft war verflogen. Er versuchte, ihr soviel Distanz wie möglich zu gewähren.

Urplötzlich schoß ihre Hand nach vorne. Ehe er sich's versah, hatte sie ihn geohrfeigt. Und noch einmal. Sie schlug so fest zu, daß ihre Finger sich rot auf seiner Wange abzeichneten. Sie holte zum dritten Mal aus. Er fing ihre Hand ab und hielt sie fest. Jetzt zog er sie zu einer echten Umarmung an sich, denn die Ferne, in die sie entrückt schien, war ihm unerträglich.

»Es gibt nichts mehr zu sagen, Bobby«, murmelte er tonlos wie einer, der in einer Höhle eingeschlossen ist und kaum noch Luft zum Atmen hat.

Sie löste sich von ihm. Um das Gleichgewicht zu wahren, hielt sie sich an der Wand fest. »Einen Augenblick lang...«, sagte sie mit ausdrucksloser Stimme und starrte auf die Wand, »...einen Augenblick lang hatte ich mich verirrt. Es war eine wunderschöne Gegend... aber ich hatte mich verirrt.« Sie versuchte ein Lächeln, nur gehorchten ihr die Gesichtsmuskeln nicht. »Danke«, fügte sie hinzu. Die ganze Zeit hatte sie seinen Blick gemieden. Dann wandte sie sich ab und ging mit zögernden Schritten zur Tür.

»Warte«, flüsterte er. Sie blieb stehen, wagte aber nicht, sich umzudrehen. »Ich bring' dich hin.«

Jetzt sah sie ihn doch an. Ganz langsam schüttelte sie den Kopf. »Nein.« Hilfloses Schweigen fiel über sie beide. Dann sagte sie es noch einmal. »Nein. Nirgendwohin.«

Ihre gemeinsame Reise war vorbei. Die Gangway wurde ausgeklappt, und sie sahen einander an. Bald waren sie wieder Fremde und die gemeinsame Zeit nur noch Erinnerung. Der Spieler lächelte. »Bis irgendwann, Genossin.« Es war das Tapferste, was er zuwege brachte.

Sie wandte sich abrupt um. Noch ging sie auf wackeligen Beinen. Den festen Boden unter den Füßen war sie noch nicht wieder gewöhnt. Dann zog sie die Tür auf, glitt hinaus und machte sie leise hinter sich zu. Wollte sie den Schlaf der Toten respektieren?

Jack Weil blieb allein stehen. Seine Reise ging weiter, nur wußte er weder wohin, noch warum er sie überhaupt angetreten hatte. Einem Reflex folgend, griff er nach den Karten auf dem Tisch. Statt ihrer streifte er den Papierschirm. Er war so zerbrechlich, so hauchzart wie ein Schmetterlingsflügel. Er sah zu, wie er sanft auf und ab schaukelte, ließ sich von diesem ewig gleichen, ziellosen Hin und Her hypnotisieren. Sah ihm zu, bis er wieder still vor ihm lag.

Und er rührte die Karten nicht an.

13

Für die Festbeleuchtung im Ballraum des Präsidentenpalasts sorgten Tausende von Kerzen, in deren Licht zahllose ununterbrochen herunterschneiende Pailletten blitzten und funkelten. Auf der Bühne wand sich eine ellenlange Schlange von Congaspielern in immer neuen Formationen. Und dann war es soweit. Aus den Mündern der exklusiven Gäste des Präsidenten erschallte ein ›Frohes neues Jahr!‹ Unmittelbar danach stimmte das extra für diese Nacht vom Lido geborgte Orchester im weißen Frack *Auld Long Syne* an, das Abschiedslied auf das vergangene Jahr, natürlich im Sambarhythmus.

Ein Offizier in blauer Uniform kam in den Saal gestürzt. Daß sämtliche Gäste aus voller Kehle das Lied schmetterten, nahm er gar nicht wahr, sondern bahnte sich wie gehetzt den Weg zu Colonel Menocals Tisch. Der oberste Folterer hob gerade das Champagnerglas zu einem Toast. Erzürnt blitzte er den Störenfried an. Am liebsten hätte er ihn wohl gleich festnehmen lassen.

»Er ist geflohen!« schrie der Offizier in die Runde. »Batista ist geflohen!« Mit einem Ruck drehten sich die Leute an den Nachbartischen zum Tisch des Colonels um. Immer mehr Leute verstummten. »Der Präsident ist geflohen!« brüllte der Offizier. Daß ihm alle zuhörten, scherte ihn nicht mehr.

Menocal stand wie vom Donner gerührt mit erhobenem Glas da. Äußerste Verwirrung spiegelte sich in seinem Gesicht. Die ersten Gäste brachen bereits auf, die Nachricht schwappte wie eine Welle durch den Saal. Jetzt sprangen auch die letzten auf und drängten zu den Türen. Die Band spielte weiter, aber nur, weil sie dafür bezahlt wurde. Es war nur noch eine Frage von Sekunden, bis alle in Panik ausbrachen. Ein Feueralarm hätte keine wildere Flucht auslösen können.

Verschreckt und hilflos strömten sie in ihren Ballkleidern und Smokings ins Freie. Sie schrien nach ihren Wagen, aber keiner kümmerte sich mehr um sie. Die Lakaien waren wie vom Erdboden verschluckt. Ein weißhaariger Pflanzer und seine blutjunge Frau rannten verzweifelt zu ihrem schwarzen Mercedes. Vor ihren Augen knallte der Chauffeur die Tür zu und brauste davon. Ein anderer Millionär, der über riesige Ländereien im Westen Kubas verfügte, mußte mit ansehen, wie sein Rolls-Royce von wildfremden Leuten in Beschlag genommen wurde. Empört forderte er sie zum Aussteigen auf. Vergeblich – der Wagen fuhr ihm vor der Nase davon. Seine Leibwächter hatten schon vorher das Weite gesucht.

An allen Ecken und Enden herrschte nun das Chaos. Die Flucht des Präsidenten hatte das Faß zum Überlaufen gebracht. Die Menschen erdrückten sich schier auf den Straßen. Das alte Jahr war tot, das neue bereits ein Alptraum. Der öffentliche Verkehr war zusammengebrochen, Taxis waren keine mehr aufzutreiben. Festlich herausgeputzte Leute mischten sich mit Aufständischen. Niemand wußte so recht, wohin er wollte oder wie er an sein Ziel kommen würde.

Wie eine Traumwandlerin schob sich Bobby durch die tobende Menge. Noch war sie ganz benommen von Jacks Mitteilung. Das Tohuwabohu um sie herum schien ihr freilich gutzutun. An einer Ecke blieb sie stehen und lehnte sich gegen eine Straßenlaterne, während die Menge sich um sie teilte und hinter ihr wieder zusammenfloß. Eine Gruppe junger Männer und Frauen brach in ein kleines Kasino ein. Einen nach dem anderen schleppten sie die Spielautomaten heraus und schlugen sie auf dem Kopfsteinpflaster kurz und klein. Bobby versuchte sich an die Ziele der Revolution zu erinnern, aber bei dem Krach konnte man keinen Gedanken mehr fassen.

Nicht weit von ihr entfernt bahnte sich Jack Weil gegen den Strom seinen Weg. Obwohl er aussah wie einer, der einsam auf verlorenem Posten kämpft, jagten ihm die Massen keinerlei Angst ein. Er lief unbeirrt weiter zum Lido, während handgemalte Transparente von vorbeidonnernden Lastwagen herab einen Sieg verkündeten, den noch keiner begriff, und Lautsprecher vergeblich die Menge zur Ruhe aufforderten.

Studenten übernahmen die Rolle der Verkehrspolizisten. Für sie war es ein Spiel. Theatralisch wie Zirkusclowns dirigierten sie die Autos, was das Chaos eher noch steigerte. Überall an den Rinnsteinen wurden die Parkuhren aus den Betonsockeln gerissen und so lange gegen den Boden geschmettert, bis die Münzen sich auf die Straße ergossen. Die Feiernden krabbelten auf allen vieren hinterher.

Mit hohen und nicht so hohen Tieren aus Batistas Gefolgschaft vollgepackte Straßenkreuzer rasten über den Boulevard. Die Nachricht von der Flucht des Präsidenten hatte sich wie ein Lauffeuer in der ganzen Stadt verbreitet. Den Bürokraten und Funktionären war nicht einmal genug Zeit geblieben, um die Festkleidung abzulegen. Sie waren nur nach Hause gerast und hatten die tragbaren Safes, Pelzmäntel, Heiligenfiguren und schon am Vortag gepackten Koffer geschnappt und in die Autos geschmissen. Jetzt hupten und kreischten sie, damit die Menschenmassen auf den Straßen ihnen den Weg zum Hafen nicht weiter versperrten.

Jack kamen diese Batistianos in ihren Luxusschlitten nicht anders vor als die Bauern, die ihre Esel, mit ihrem wenigen irdischen Hab und Gut beladen, aus Santa Clara getrieben hatten. Verzweifelt versuchte jeder zu retten, was zu retten war. Das Chaos im Hafen wollte der Spieler sich lieber nicht ausmalen. Für so viele Bonzen konnten die Boote nie und nimmer ausreichen. Er sah auf die Uhr. Willy hatte vermutlich längst das Warten aufgegeben und die Leinen gekappt. Dieser Traum war demnach ebenfalls vorbei.

Der Portier des Lido hatte seine Loge auch schon geräumt. Durch das Glas hindurch sah Jack sämtliche Lichter der verlassenen Telefonzentrale aufblinken. Hier kam kein Anrufer mehr durch. Die Vorhalle war praktisch menschenleer, nur neben dem Papageienkäfig stritt sich lauthals ein angetrunkenes Ehepaar. Die Frage nach dem Schuldigen an dem ganzen Schlamassel war jetzt eigentlich müßig, aber es schien den beiden gutzutun, sich die Seele aus dem Leib zu schreien.

Jack schritt weiter durch das Portal in den Saal. Verzweifelt versuchten die Croupiers und Saalchefs die Spielautomaten und Roulettetische in Sicherheit zu bringen. Ein paar Leute wanderten durch den Raum und schauten, wo sie noch ihr Geld verlieren konnten, aber das Kasino war für den Spielbetrieb geschlossen. Was nicht niet- und nagelfest war, wurde verpackt und wartete auf den Abtransport in die nächste Stadt. Jacks Blick wanderte zur zweiflügeligen Treppe.

Am Absatz oben stand Joe Volpi wie ein Kapitän auf der Kommandobrücke und betrachtete wie immer teilnahmslos das Treiben im Saal. Er trug seinen üblichen Buchhalteranzug und seine randlose dunkle Brille. Jack schlenderte zum Fuß der Treppe und salutierte von unten ironisch.

»Ich habe bei Ihnen angerufen«, sagte Joe, diesmal ohne den gewohnten säuerlichen Unterton. »Hätten Sie's für möglich gehalten, Jack? Die Burschen spielen!« Er deutete auf die Decke. Gemeint war die Penthousesuite. »Wollen Sie einsteigen? Es ist noch nicht zu spät dafür.«

»Doch, ist es«, meinte der Spieler gedehnt und stieg die Treppe zu Volpi herauf. »Wir schreiben das Jahr 1959, Joe. So spät wird es nie mehr.«

Volpi nickte bedächtig. »Wo ist die Lady?«

»Bei ihrem Mann. Wo sonst?«

»Das nenne ich Adel. Ich habe ja immer gesagt, daß an Ihnen ein Prinz verlorengegangen ist, Jack.« Er fuhr sich mit zwei Fingern unter die Brille und rieb sich die Augen. Soweit der Spieler wußte, hatte Volpi zeit seines Lebens noch nicht geschlafen. »Wir sind doch nichts anderes als Idioten, Jack. Und unser Hirn führen wir nur spazieren...«

Ein schreckliches Getöse unten ließ sie herumwirbeln. Die Menschenmenge hatte die Fenster eingeschlagen und kam nun hereingeströmt, um zu plündern, was es zu plündern gab. Die Bediensteten hatten vielleicht ein Drittel der Automaten vor der Revolution in Sicherheit bringen können, der Rest fiel der rasenden Meute in die Hände. Sie rissen die Leuchter von den Wänden, zertrampelten das Orchesterpodium und stürmten die Bar. In Nullkommanichts waren die Flaschen entkorkt und geleert. Der Freudentaumel wurde so noch zusätzlich angeheizt.

Volpi sah dem rasenden Mob mit sonderbar unbeteiligter Miene zu. Er studierte die Szene wie ein Gelehrter, der sein Forschungsobjekt durch ein Monokel betrachtet, dann wandte er sich mit seinem säuerlichen Lächeln an Jack: »Macht anscheinend Spaß«, bemerkte er trocken. Mit einer Geste deutete er das Lüften eines unsichtbaren Hutes an. »Zeit zu gehen, Jack.«

Aber keiner von beiden bewegte sich von der Stelle. Gebannt beobachteten sie weiter die entfesselte Meute zu ihren Füßen. Es waren teils Studenten, teils Arbeiter. Sämtliche Automaten wuchteten sie durch die zerborstenen Fenster und zerschlugen sie auf der Straße. Sie war schon übersät mit Chips und Münzen – der Topf voller Gold aus dem Märchen. Es war das erste Mal in der Geschichte des Lido, daß der Jackpot geknackt worden war.

Ein letztes Mal sahen Jack Weil und Joe Volpi sich an, sie nickten sich augenzwinkernd zu wie zwei Rentner. Es war wirklich Zeit zu gehen. Volpi machte auf dem Absatz kehrt und verschwand im Büro. Vor seinem Verschwinden mußten noch ein paar vertrauliche Unterlagen in Sicherheit gebracht werden. Der Spieler trabte die Treppe wieder hinunter und drückte sich an den Tobenden vorbei zum Ausgang.

Keiner von den zwei Männern brauchte ein Souvenir, keiner drehte sich noch einmal um. Wohin sie es auch als nächstes verschlug – ins Gefängnis oder ins Exil, in eine Hungersnot oder in den Luxus – die Karten waren dabei, und das Ganze ging wieder von vorne los. Das wußten sie beide. Und auch den anderen ihrer Art erging es nicht anders. Havanna und das Lido waren von Anfang an ein

Übergangsquartier gewesen. Das Eigentliche war das Spiel. Weil es Ortsgrenzen nicht kannte, blieb es stets lebendig.

Die Plaza vor der Kaimauer war im goldenen Morgenlicht des neuen Jahres gespenstisch friedlich. Man hätte meinen können, ganz Havanna hätte die Nacht durchgefeiert und schliefe nun seinen Rausch aus. Die Café-Bars im Hafengelände waren offen, aber so gut wie leer. Weit und breit gab es nur einen Wagen zu sehen – den grünen Cadillac.

Der Kellner kehrte den Bürgersteig, als Jack auf die Terrasse zusteuerte. Er sah auf und lächelte den Spieler an. Hatte er ihn wiedererkannt? Oder freute er sich, endlich einen Kunden zu haben? Mit einem wütenden Zischen verscheuchte er eine schlafende Katze von einem der Tische, dann wies er Jack einen Platz an. Am selben Tisch hatte er mit Bobby nach ihrer Befreiung aus dem Gefängnis gesessen. Vielleicht war es nur Zufall? Jack fragte den Kellner nicht. Er setzte sich still hin und schaute aufs Meer hinaus. Gleichmütig verschwendete es vor den tropischen Gestaden seine schier unendliche schaumgekrönte Pracht.

Ein von den Rebellen beschlagnahmter Armeelaster ratterte über die Plaza. Kinder standen dicht gedrängt auf der Ladefläche und schwenkten ein selbstgemachtes Banner. Über einen auf dem Dach angebrachten Lautsprecher wurden die Anwohner aufgefordert, den Generalstreik zu befolgen. Der Spieler mußte grinsen. Seit er hier lebte, hatte es in Kuba noch nie etwas anderes als einen Generalstreik gegeben. Er lächelte den Kellner, der jetzt eine Schale Milchkaffee vor ihm abstellte, freundlich an. Ein Blick über die Terrasse verriet ihm, daß noch ein anderer allein seinen Kaffee schlürfte: Chigwell.

Der penetrante Korrespondent las in einem Buch. Er trug seinen schicken Blazer und ein Hemd mit Stehkragen zur Schau. In dieser Aufmachung hätte er auch zum Lunch gehen können, egal in welchem piekfeinen Club. Jack schaute weder krampfhaft weg, noch winkte er ihm zu. Eine Begegnung ließ sich sowieso nicht mehr vermeiden. Schweigend trank er weiter seinen Kaffee. Und eine Minute später stand Marion auch schon glückstrahlend vor ihm und strich sich eine fettige Strähne aus den Augen.

»Alles gutgegangen, Jack?«

Der Spieler blinzelte in die Sonne hinter Chigwells Kopf. »Ja, ja, bestens. Und Sie, Kumpel? Gewinnen Sie oder verlieren Sie?«

Chigwell gab ein trockenes Lachen von sich. »Es ist ja nie vorbei. Drum kann von Verlieren nie die Rede sein.«

»Aber auch nie von Gewinnen.«

»Es ist wohl wie beim Pokern«, spöttelte der Korrespondent. Jack war erstaunt. Zum ersten Mal scharwenzelte er nicht um ihn herum, sondern markierte den Überlegenen.

»Ach, übrigens«, meinte der Spieler leichthin, »Menocal dürfte Sie gerade in der Botschaft suchen. Und wohin fahren Sie?«

Chigwell strahlte ihn selig an. »In den Fernen Osten! Ich fange ein neues Buch an: *Die Küche Indochinas.*«

Jack sah verwirrt auf. »Indochina? Ich weiß, wo es geographisch liegt, aber die Situation dort...«

»Das ist alles ein alter Hut, Jack. Vielleicht sehen wir uns mal dort. Bis dann...«

»Bis dann, Marion«, meinte Jack nickend, während der andere davonschlenderte. Aus seiner Jackettasche zog er ein Kartenspiel und breitete es auf dem Tisch aus. Ein Schatten fiel auf den Tisch. »Nimm dir eine Karte«, sagte der Spieler, ohne aufzusehen. Es klang fröhlich, wie wenn er sich über sich selbst lustig machte.

Dann sah er doch auf. Umrahmt von den goldenen Strahlen stand Bobby Duran vor ihm. Unverwandt blickte er ihr in die Augen. Einen Wimpernschlag vielleicht herrschte Schweigen, wie immer, wenn sie sich trafen, schien die Zeit in der Luft zu schweben. »Wie kommt es, daß du nicht feierst?« fragte sie schließlich.

Er zuckte mit den Schultern. »War ja nicht mein Kampf.«

Die Sonne strahlte ihm derart grell ins Gesicht, daß er Bobbys unerträgliche Schönheit nur verschwommen sehen konnte. Es war ihm lieber so. »Wo ist er?« fragte er beiläufig.

Sie trat einen Schritt näher heran. Die Sonne blendete ihn nun nicht mehr, und ihre Züge traten scharf hervor. Sie schaute über die Plaza auf die Berge hinter der Stadt. »Bei ihnen«, meinte sie schlicht. Ihm fiel auf, daß sie dieselbe Seidenbluse trug, die sie bei ihm hatte bügeln wollen.

»Wie kommt es dann, daß *du* nicht dort bist?« Es gelang ihm nicht, einen provozierenden Unterton zu vermeiden.

»Ach, ich stoße später wieder zu ihnen.« Plötzlich trat ein Schimmern in ihre Augen. »Aber ich... wußte, daß ich dich hier finden würde.«

Er ließ sein kurzes Lachen hören. »Komisch. Mir ist es erst vorhin wieder eingefallen, daß wir hier waren.«

Sie sah auf die halb leere Kaffeeschale. »Hast du auf mich gewartet?«

»Mein ganzes Leben lang«, sagte er zärtlich.

Ein beklommenes Schweigen folgte. Sollte ihr letztes Treffen ein Irrtum des Schicksals sein? Zumindest sah es so aus, als würde gleich einer von ihnen beiden davonrennen, weil er ebendieses glaubte. Sie drückte ihre Handtasche fest an sich und trat von einem Fuß auf den anderen. Jack griff nach oben, als wolle er ihr Haar liebkosen. Statt dessen schnippte er unter ihrem Ohr mit den Fingern und breitete die Handfläche aus. Eine Münze lag darauf.

»Ach, deine Tricks.« Ihre Lippen kräuselten sich zu einem Lächeln. Sie hatte wohl vor, sich von ihm nicht mehr beeindrucken zu lassen.

»Mhmhm«, meinte er und schüttelte den Kopf. »War sonst immer ein Vierteldollar. Das ist ein halber.« Er warf die Münze hoch in die Luft, fing sie auf und ließ sie auf dem Handrücken seiner Linken verschwinden. Dann nickte er ihr zu. Sie sollte nachschauen, welche Seite oben lag.

Doch sie sah weg. Seine Spielerei machte ihr den Abschied noch schwerer. »Wohin gehst du, Jack?«

»Keine Ahnung«, meinte er achselzuckend und nahm die Hand von der Münze. Sie zeigte die Zahl. »Kalifornien vielleicht.«

Sie nickte abwesend. Ihr Blick war wehmütig auf das diamanten glitzernde Meer gerichtet. Es war, als suchte sie dort ein Schiff, hätte aber den Augenblick verpaßt, in dem es am Horizont verschwunden war. »Wie hast du Menocal dazu gebracht, ihn gehen zu lassen?«

»Ich habe geblufft«, sagte er kurz angebunden, ohne den Blick von seinem Kartenfächer auf dem Tisch zu heben. Er wußte, daß sie Details wissen und ihm dann danken wollte. Die Dankbarkeit war das Allerschlimmste. Genauso unerträglich, wie wenn man einem Spieler viel Glück wünschte. Unvermittelt, praktisch aus dem Nichts sagte er dann: »Komm mit mir.«

»Ich kann nicht«, kam ihre prompte Antwort, als hätte sie sie sich schon vorher zurechtgelegt und nur auf ein solches Ansinnen gewartet. Ihr Blick blieb auf den Horizont gerichtet, dem sie auf diese Weise die gleiche Absage erteilte wie Jack. »Ich kann nicht«, wiederholte sie. Diesmal klang es aber bei weitem nicht mehr so sicher. Eher als diskutierte sie mit sich selbst.

Ihre nächste Geste wiederum drückte Entschiedenheit aus. Sie riß sich los vom Anblick des Ozeans und starrte unverwandt auf Jacks Arm. Dann nahm sie mit der einen Hand sein Handgelenk und schob ihm mit der anderen den Ärmel bis über den Ellbogen hinauf. Ein Mullverband zierte den Unterarm an der Stelle, wo der Diamant gewesen war. Die ganze Zeit hing sein Blick an ihrem Gesicht. Sie zeigte nicht die Spur von Überraschung. Mit einem Finger fuhr sie leicht über den Verband.

»Du glaubst nicht ganz, was du weißt«, erklärte sie mit einem Anflug von Ironie. »Stimmt's, Jack Weil?«

Er antwortete mit einem aufrichtigen, zugleich wehmütigen und resignierten Lächeln. »Ja, es stimmt. Ich liebe dich, Bobby. Und ich glaube auch, daß Schmetterlinge mit einem

Flügelschlag über einer Blume in China ... einen Sturm in der Karibik auslösen können. Das *glaube* ich, Bobby. Ich bin lange genug im Spiel, um zu wissen, daß man sogar die Gewinne kalkulieren kann.« Keiner ließ auch nur einen Moment die Augen vom anderen. »Es ist nur nicht wahrscheinlich.« Er sagte es mit leiser Stimme. Der Schmerz war unüberhörbar, die trockene Trauer in seinem Blick schlimmer als Tränen. »Und es dauert so lange.«

Sie hielt noch immer seinen Arm, und mit den Fingern schien sie nach seinem Puls zu fühlen. Er erhob sich plötzlich. Mit einem strahlenden Lächeln schüttelte er die verträumte Melancholie ab. Ihr Abschied sollte anders aussehen, beiläufiger, vielleicht sogar unbeschwerter, fröhlicher. »Hey, weißt du, wie du mich findest?«

Bobby nickte eifrig. Um ihre Lippen spielte ein sanftes Lächeln, das genaue Abbild des seinen. »Ins nächste Kasino gehen, schauen, wo um hohe Einsätze gepokert wird und dort ›Wo ist Jack Weil?‹ fragen«, sagte sie schnell.

»Genau.« Er zwinkerte ihr zu und umarmte sie kurz, so hastig, daß sie gar nicht reagieren konnte. Als sie aufsah, lief er schon auf seinen Cadillac zu. Sie spürte, daß er ihr etwas in die Hand gedrückt hatte, aber noch wollte sie es nicht anschauen. Sie sah ihm nach, wie er in das Kabriolett stieg, wendete und die Richtung zum Anlegepier einschlug. Im Vorbeifahren winkte er ihr lässig zu. Genauso lässig winkte sie zurück.

Dann senkte sie den Blick und öffnete die Hand. Er hatte ihr eine Karte hineingedrückt – den Herzbuben. Sie sah wieder auf und starrte auf das Meer hinaus. Mehr denn je wirkte sie wie eine einsame, verlassene Gestalt am Strand, die dem letzten ihrer Träume nachblickt, bis er in der Ferne verschwunden ist. Dann warf sie den Kopf zurück und wandte sich ab. Mit entschlossenen Schritten lief sie landeinwärts, immer den Berg hinauf. Jenseits der Grenze wartete eine neue Welt auf sie – das zu keiner Zeit berechenbare Land der Hoffnung.

Aus dem Maschinenraum der SUZI kam ein tiefes Dröhnen. Wütend wirbelte die Schraube das Wasser auf – das Schiff hatte es eilig mit der Abfahrt. Dabei waren noch gar nicht alle Wagen an Deck. Als letzter verschwand der grüne Cadillac im Bauch des Schiffs. Der Zoll bestand nur noch aus einem Rumpfteam, und aufgehalten wurde kein einziger Passagier. Auch wenn es niemand aussprach, für jeden stand fest, daß dies auf lange Zeit die letzte Fahrt auf der Passage zwischen Havanna und Key West war. Die letzte fahrplanmäßige, genauer gesagt, denn die Fahrpläne würden wohl alle umgeschrieben.

Die Sirene dröhnte zweimal, wie zum Abschied, und das Schiff legte ab. Allmählich füllte sich der Salon mit einer kunterbunten Mischung von Heimreisenden und Exilanten. Kubanische Offiziere in Zivil waren dabei. Sie hatten ihre ganzen Ersparnisse für die Fahrkarte aufgebracht, die normalerweise nur zwölf Dollar kostete. Alle möglichen Vertreter aus Amerika saßen ebenfalls herum. Griesgrämig brüteten sie über ihren Musterköfferchen, als hätte sie jemand übers Ohr gehauen. Und nicht zuletzt gab es auch noch jede Menge Touristen. Einige hatten tatsächlich bis zum Schluß in Havanna ausgeharrt, weil sie doch das Hotel im voraus bezahlt hatten.

Wer am Morgen schon trinken wollte, stellte sich unverzüglich an die Bar und bestellte sich den ersten Wodka-Tonic oder Rum. Ein Grüppchen von ganz bestimmten Leuten lungerte wie von einem Magneten angezogen um den runden Tisch vor der Tür zum Steuerhaus herum und sondierte das Terrain. Man brummte und nickte kurz, und schon saßen vier begierig in einer Pokerrunde. Ein Vertreter im Geschäftsanzug, der Sänger einer der aufgelösten Bands, die in Havannas Hotels gespielt hatten, ein amerikanischer Matrose und ein sonnenverbrannter Tourist.

Durch die Doppelschwingtür trat Jack Weil in den Salon. Der Tourist erhaschte seinen Blick. »Lust auf ein Spiel?« fragte er ein bißchen zu aufgeregt.

»Weiß noch nicht«, meinte Jack mit einem unbestimmten, gleichgültigen Lächeln. »Was wird denn gespielt?«

»Stud, wenn's recht ist«, lautete großspurig die Antwort in einem Mischmasch aus New Yorker- und Miami-Akzent.

Jack zog die Augenbrauen fast unmerklich hoch. »Und wie hoch ist der Einsatz?«

Der Seemann warf eine Handvoll Münzen vor sich auf den Tisch. »Vierteldollar«, erwiderte er knapp.

»Ganz schön hoch«, meinte der Spieler grinsend und zog einen Stuhl heran. Dabei lachte er aber nur über sich selbst.

»Hör mal, Kumpel«, knurrte der Seemann. »Wir haben verfluchtes Glück gehabt, daß wir heil aus dem Drecksloch herausgekommen sind...«

Ein jäher Ruck unterbrach ihn. Die SUZI tuckerte aus ihrer Schlippe. Allmählich gewann sie an Fahrt, und das Dröhnen im Maschinenraum ließ nach. Ein Kartenspiel erschien auf dem Tisch. Als erstes wurde bestimmt, wer geben durfte. Jack zog ein Pik-As und machte sich ans Mischen. Seine Hände wurden zusehends geschmeidiger, als kehrte erst jetzt das Blut in sie zurück. Die Schiffssirene tutete dem schillernden Chaos von Havanna ihr letztes Lebewohl zu, und der Spieler teilte zur ersten Runde aus.

EPILOG: 1963

Der Abend hatte sich über den Strand herabgesenkt. An der Landzunge von Key West herrschte Stille. Hatte sich die Sonne erst einmal mit großem Gepränge verabschiedet, hielt hier auch die letzten versprengten Romantiker nichts mehr. Das Panorama taugte ohnehin nicht als Postkartenmotiv, dafür war der Sand zu übersät mit faulenden Holzstücken, alten Autoreifen und verrosteten Blechteilen. Vor drei Jahren hatte es hier eine Landungsbrücke für Fähren gegeben. Die Wagen für die Neunzigmeilenreise nach Havanna hatten hier Schlange gestanden, doch heute war der Strand eines von vielen Kriegsopfern. Eine andere Verwendung hatte man nicht für ihn gefunden. Zum Schwimmen und Barfußgehen war er viel zu gefährlich.

Aus der Ferne tasteten auf einmal Scheinwerfer diese Öde ab. Ein Wagen kroch auf der heruntergekommenen Straße heran. Sand und Gras hatten den ehemaligen Parkplatz mehr oder weniger zugedeckt, aber der Wagen schien sein Ziel genau zu kennen. Es war ein brandneuer Thunderbird, strotzend vor Kraft und Selbstvertrauen. Vor den Resten eines Kopfsteinpflasterbelags blieb er stehen. Die Scheinwerfer erloschen, und ein Mann stieg aus. In seinem weißen Leinenanzug sah Jack Weil genauso wohlhabend aus wie der Wagen, den er zur Zeit fuhr. Wie ein Archäologe, so schritt er mit bedächtigen, vorsichtigen Bewegungen über den Sand zum Phantom der ehemaligen Landungsbrücke.

Manchmal mache ich das. Dann fahre ich von Miami hierher. Nicht, daß ich sie erwarten würde. Die Fähre verkehrt ja seit Jahren nicht mehr. Seit der Revolution ist damit Schluß . . .

Der Blick des Spielers war nach Süden gerichtet, wo das Meer noch in einem matten Rot schimmerte, nach Havanna. Etwas weiter östlich blitzte plötzlich ein Licht auf. Angestrengt spähte er in die neue Richtung. Es war ein Schiff weit draußen auf dem Meer. Er mußte grinsen, als hätte er soeben ein Damenpärchen gezogen.

Aber das passiert mir manchmal. Ich sehe ein Schiff, und plötzlich... fängt mein Herz zu klopfen an. Hoffnung, wahrscheinlich. Und dann frage ich mich, ob es ihr auch so geht...

Ihn fröstelte. Die Abendbrise über dem Golf frischte auf und blies durch sein blondes Haar. Er stellte den Kragen hoch und vergrub die Hände in den Taschen.

Baby Hernandez soll die anderen in der Nacht damals gehörig abgezockt haben. Wer hat mir das gleich wieder erzählt? Jedenfalls lebt Baby jetzt in New Jersey. Und Volpi hat mir eine Karte geschickt. Die Sixtinische Kapelle ist drauf. Aber die Briefmarke ist aus Santo Domingo. Schmeißt wohl immer noch den Laden für Meyer. Man weiß nie, wer es am Ende schafft...

Die Lichter des Schiffs flackerten auf, verschwanden. Es kam gar nicht näher, es entfernte sich. Der Spieler schaute zum Himmel. Mit zusammengekniffenen Augen versuchte er den ersten Stern auszumachen, dessen Namen er bestimmt nicht wußte. Jack Weil sah aus wie einer, der es geschafft hatte. Aber er war allein dabei geblieben. Abrupt wandte er sich um und lief zurück zu dem Thunderbird. Eine innere Uhr sagte ihm, daß die Spielerrunden sich bald zusammenfinden würden.

Mir geht's ja blendend. Die Nase habe ich immer vorn. Aber warum auch nicht, verdammt noch mal? Wir haben schließlich unsere eigene Revolution. Und ich sitze immer mit dem Gesicht zur Tür. Mir entgeht kein Ankömmling. Von einem Tag zum andern kann sich ja schnell was ändern. Jemand sucht vielleicht sein Glück... ist vielleicht vom richtigen Kurs abgekommen...

Er stieg wieder in seinen Thunderbird und fuhr in einem weiten Bogen über den sandbedeckten Asphalt. Bald waren die Hecklichter des Wagens in der zunehmenden Dunkelheit nur noch ein winziger Punkt. Es ging heimwärts nach Miami.

Wie die Chancen stehen, erfährt man erst, wenn das Spiel angefangen hat. Möglich ist alles. Wir leben ja schließlich im Land der Hurricanes.

HEYNE BÜCHER

JOHN LE CARRÉ

Perfekt konstruierte Thriller, spannend und mit äußerster Präzision erzählt.

01/6565

01/6679

01/6785

01/7720

01/7762

01/7836

01/7921

01/8052

Wilhelm Heyne Verlag München

HEYNE BÜCHER

John D. MacDonald

»John D. Mac Donald ist einer der besten Thriller-Autoren der Gegenwart. Es gibt heute kaum einen, der ihn an Spannung und Originalität übertrifft.«

New York Times

01/7650

01/7855

01/7980

01/8181

Darüber hinaus sind in der »Blauen Reihe« folgende Titel erschienen: Thriller mit dem inzwischen klassischen Detektiv Travis McGee in Dreifachbänden 02/2200, 02/2217, 02/2233, 02/2249, 02/2267

Wilhelm Heyne Verlag München

HEYNE BÜCHER

RIDLEY PEARSON

Ein amerikanischer Spannungsautor der neuen Generation. Seinen fesselnden Thrillern kann man sich einfach nicht entziehen.

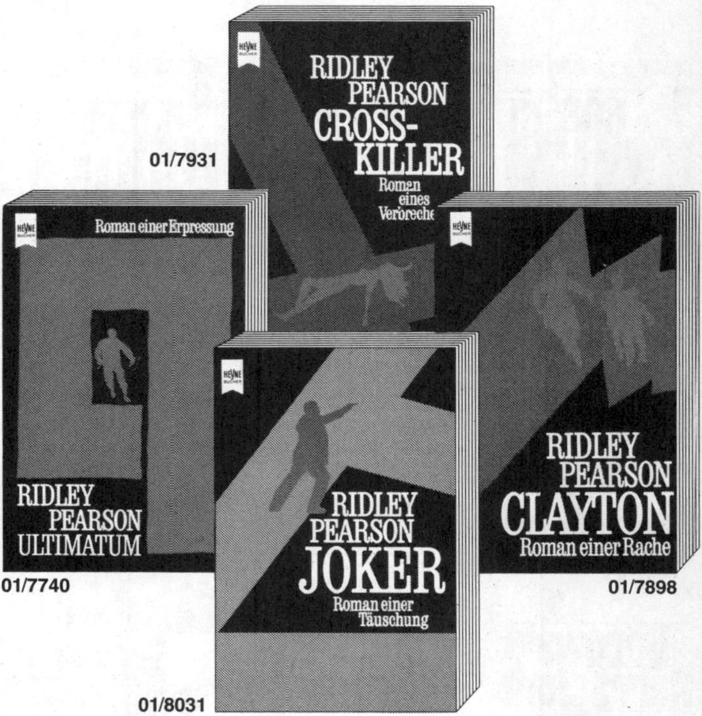

01/7931

01/7740

01/7898

01/8031

Wilhelm Heyne Verlag München

HEYNE BÜCHER

ROBERT LUDLUM

Die Superthriller von Amerikas Erfolgsautor Nummer 1

01/6265

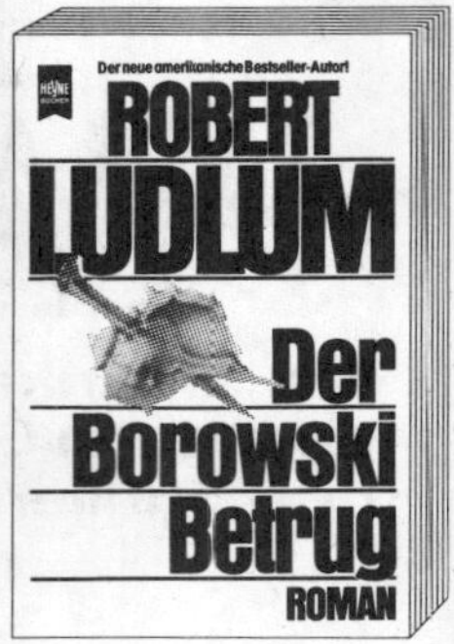

01/6417

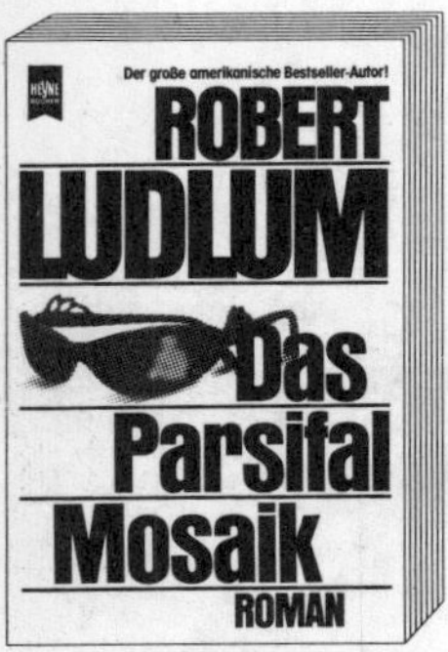

01/6577

01/6744

01/6941

01/7705

01/7876

01/8082